KB062120

마추픽추에서 만난 그 남자

마추픽추에서 만난
그 남자

초판 1쇄 인쇄일 2024년 7월 10일
초판 1쇄 발행일 2024년 7월 19일

지은이 김창환
펴낸이 양옥매
디자인 표지혜 송다희
교   정 조준경
마케팅 송용호

펴낸곳 도서출판 책과나무
출판등록 제2012-000376
주소 서울특별시 마포구 방울내로 79 이노빌딩 302호
대표전화 02.372.1537   팩스 02.372.1538
이메일 booknamu2007@naver.com
홈페이지 www.booknamu.com
ISBN 979-11-6752-505-5 (03800)

마추피추에서 만난

그 남자

Machu Picchu

김창환 지음

책과나무

오랫동안 염원하였던 미지의 땅, 마추픽추에서 우연히 만난 그는 미국 시민권을 가진 남자였다. 그를 만나면서 인간은 역사 속에 휘말릴 수밖에 없는 존재임을 자각했을까? 인간 존재의 의미를 그 역사성 속에서 찾아야 한다는 것은 새로운 단서였다. 우리는 길 위에서 잠깐 만나는 사람에게도 쉽게 물을 수 있는 게 "어디에서 왔느냐?"라는 것이다. 마치 "고향이 어디냐?" 묻는 것과도 같았을 것이다.

역사는 그 고향의 의미처럼 결정론적으로 이해할 수 있다. 이때 역사는 사실들의 결과이며 그 결과들이 총합하여 굴러가는 것이다. 먼 타국에서 같은 고향이랄 수 있는 이를 만나면서 역사는 인간의 의지 밖에 놓인 숙명적인 필연의 결과일 뿐이라는 것이 새삼스러웠다. 인간이 개입할 수 없는 그렇다고 운명이라고 말하기에도 쉽지 않은 행로들.

먼 이국땅의 길 위에서 만난 그 남자는 두 번이나 가파른 선택을 감행했었다고 했다. 하지만 우연찮게 세상사는 그의 선택을 막아 주었다는 게 그의 삶을 염탐하게 된 결정적 계기였다. 그가 태어났던 것도 그가 태어난 시절 역사의 산물이었다 하면, 구불거리는 삶을 살아 내야 했던 그의 어머니의 삶은 구불거리는 질곡의 역사였다. 강이 내어 주는 물길을 따라 강물은 쉼 없이 흐르면서 가 버렸고 그 어머니의 삶도 그렇게 흘러갔다.

그를 만나면서 생각했던 것은 역사 속 인간이 존재하는 형식과 함께 한국인에게 미국이라는 나라였다. 기회와 도전의 땅이기도 했지만 많은 사람들이 숨어든 곳이라는 사실이 새롭게 다가왔다. 미국이라는 나라, 대한민국이 오늘날의 번영과 자유민주주의 국가로 존재할 수 있게 해 준 고마운 나라라는 긍정의 인식과 함께 넓은 땅에 풍요로운 나라라는 부러움의 대상이기도 하다. 철천지원수라는 원색적인 비난을 던지며 끊임없이 대화를 갈구하는 북한의 입장에서 보듯 국제 질서를 주도하는 패권 국가로 미국은 이중적인 인식 또한 강한 나라이다. 미국은 멀리 있지만 가까운 나라라는 것은 분명했다.

수레바퀴가 굴러가듯 인간의 삶을 운명이라고 한다면 역사 속의 인간사를 돌아보고 싶었다고 해야 하나, 자칫 숨기거나 부정하고 싶었을지도 모를 자신의 역사를 햇빛 속으로 꺼내 준 그 남자(고경상 兄)에게 머리 숙여 감사한 마음도 전하고 싶다.

－ 2024년 7월
김창환

_ 목차

마추픽추에서

만난

그 남자

지구 반대편에서 고향을 묻다

　강이 내어 주는 물길을 따라 강물은 쉼 없이 흐르면서 가버렸고 저마다의 삶도 그렇게 흘러갔다. 흘러가는 강물에 길을 묻거나 흘러온 고향을 묻는 이는 없었다. 하지만 고향을 떠난 사람들은 타인에게 고향을 묻기도 했고 낯선 곳에서 만난 사람들은 서로 어디에서 왔는가를 묻곤 했다. 어쩌면 별 의미 없이 건넨 인사말에 답하여 나온 고향 얘기였을 텐데. 굽이쳐 흘러간 세월의 강물에 휩쓸려야 했던 한 사람의 인생이 실타래가 풀리듯 꼬리를 물고 이어졌으니 그가 살아온 길을 반추하듯 되짚어 가야 했다. 햇빛에 바랜 역사와 그 역사 속에서 굴절되거나 달빛에 숨겨지듯 한 사람의 인생에 세월이 아로새긴 삶의 무늬들, 세월과 고향이 있다면 고향 속에 우리의 근대사가 응축되어 있는 그 사람을 만났다. 결국 집요하게 끌어낸 그의 얘기에 나 스스로 빠져든 셈이었다.

여행 중 그와의 세 번째 만남이었다. 세 번째 만났을 때에야 그에게 고향을 물었던 듯싶다. 미국에서 이민자로 살고 있다는 그에게 고향을 물었던 건 무슨 이유였을까? 더군다나 그곳은 멀리 지구의 반대편쯤 아르헨티나의 부에노스아이레스의 극장식 식당이었다. 무대에서는 열정적인 멜로디와 남녀가 몸으로 대화를 나누듯 감미로운 탱고 쇼가 절정을 향하고 있었다. 그의 이야기는 무대의 춤과 음악이 그치자 제자리로 돌아오고 있었다. 고향이 어디인가를 물었던, 질문에 대한 답이었다.

그가 태를 묻은 곳은 부산이라고 했다. 하지만 고향에 대한 기억은 전무했으니 고향이랄 수 없는 곳이었다. 바람에 날려 묵정밭에 뿌리를 내린 들풀 같은 존재였을까? 전후 황폐한 대지의 정돈되지 않은 혼란스러움 속에서 그는 태어났고 지금은 미국의 시민권자였다.

"그럼 미국에는 언제 가셨어요?"

"지난 2004년이었어요. 누군가의 도움이 있었지만 유일한 출구였다고 해야 하나. 당시 미국에는 아무런 연고도 없었지요. 막연히 부탁의 말만 전해졌던 낯선 곳으로 떠난다는 게 쉬운 일은 아니잖아요."

"당시 굉장히 어려운 상황이었던 모양이네요."

"불행을 스스로 선택했다는 생각만큼 교묘한 위안이 없다고 누군가 말했다지요? 돌처럼 단단한 결심으로 두 번씩이나 한강의 다리에 올라서려던 극한 절망의 순간들이 있었지요. 기막힌 우연이라고 해야 하나, 정말 믿기 어려우시겠지만 우연하게 조금 이른 시간에 그 자리에 섰던 이름 있는 이들 때문에 포기하고 돌아서야 했었지요. 한 번도 아니고 두 번씩이나."

마치 운명의 장난 같은, 스스로 선택했다는 어마어마한 불행을 담담하게 회상하는 그의 말에 순간 당황스러움과 강한 호기심을 감출 수 없었다.

"부산에서 태어나셨다고 했는데 그럼 부산은 부모님에게 어떤 곳이었나요?"

답변은 이어지지 않았고 한동안 침묵이 흘렀다.

고향이란 말은 떠나왔기에 생겨난 말이었다. 오늘날 기성세대들 대부분은 부모를 따라 고향을 떠나왔거나 학업이나 취업을 위해 고향과 부모 곁을 떠난 사람들이었다. 오랫동안 농경으로 정착 생활을 영위했던 우리에게 고향은 각별한 의미를 지닌 대지였다. 태어나고 자라서 아버지의 땅을 물려받고 다시 자식에게 물려주고는 양지바른 뒷산에 무덤을 두었던 시절이었으니 그랬다. 왕조가 몰락해 가고 밀려드는 외세의 여파로 상투를 잘라 내던 때, 사람들은 떠나는 것에 익숙해지기 시작했다. 일제 강점기에 이어지기 시작한 철길은 피식민국 수탈물의 이동 수단이기도 했지만, 고향에서 멀리 떠나는 길이기도 했다. 흥미로운 것은 당시 영남 사람들은 독립운동 등을 이유로 만주 일대로 많이 떠났다는 것, 이에 비해 호남 사람들은 조금 달랐다고 했다. 당시 상황을 후천 개벽이라고 판단하고 신종교 운동을 통해서 극복하려 했다. 실제로 동학이나 증산교, 원불교가 그랬다. 그 시절 북쪽 사람들 중에는 정감록을 보고 안위를 보전하며 생활을 영위할 수 있는 새로운 세상을 꿈꾸며 풍기 등으로 이주한 이들도 있었다. 6·25 전쟁이 끝나고 60년대 이후 급속한 산업화 시대가 도래하면서 고향을 떠나는 것은 평범한 일상의 현실로 굳어져 갔다.

낙동강까지 후퇴했던 국군과 유엔군은 월미도를 거쳐 인천의 해안에 상륙하여 교두보를 확보하고 서울을 탈환할 수 있었다. 이후 북진하여 압록강의 물을 수통에 담아 대통령에게 보냈다던 일화는 너무 허무했던 철군으로 쉽게 믿기지 않는 사실이었다. 꽹과리를 치고 피리를 불며 밀려오는 중공군에 후퇴를 거듭하던 중 다시 서울을 내주어야 했던 1·4 후퇴가 있었다. 북한군의 기습 남침으로 허망하게 함락당한 채 3개월여 진저리 치도록 '인공' 시절을 겪었던 사람들은 혹한의 추위에도 피난길을 나설 수밖에 없었다. 피난길에 많은 가족들이 헤어지기도 했고 전장으로 나간 경우도 그랬다. 남진하는 인민군을 따라 의용군으로 간 것으로 추측되는 남편을 찾아 고향을 떠났고 떠밀리듯 하지만 생과 사의 험난한 고비를 숱하게 넘나들며 부산까지 밀려왔지만 끝내 남편은 만나지 못했던 그의 어머니. 그녀의 신산스러운 삶 속에서 자신을 존재하게 해 준 이를 만난 것은 행운이었을까? 불행이었을까?

누구나가 그렇듯 자신을 존재하게 해 준 아버지나 어머니를 선택할 수 있는 권한은 주어지지 않았다. 무릇 존재함의 의미가 그랬다. 그래서 운명(運命)이라고 했을 것이다. 우주의 일체를 지배한다고 생각되는 초인간적인 힘 말이다. 태고로부터 자연은 강을 만들었고 사람은 길을 만들었다. 자연이 만든 강을 따라 흘러간 강물이 다시 돌아서지 않은 것은 끊임없이 흐른다는 이유였으려나. 우리네 인생도 후대를 이어가며 그렇게 흘러갔다.

타인의 삶을 염탐하다

　나에게 여행은 타인들의 삶을 염탐하려 문밖으로 나서는 길이기도 했다. 이제 세상에는 더 이상 탐험의 여지가 사라진 듯했지만, 소문으로 전해진 탐험의 대상은 여전히 존재했다. 그중에 여전히 풀 수 없는 수수께끼의 대상이라고 해야 하나, 세상 사람들이 불가사의(不可思議)라고 정한 것들이 더 그랬다. 불가사의의 사전적 의미는 '원뜻을 헤아리는 것이 불가능하다.', '생각할 수조차 없다.'는 의미였다. 눈으로 보고도 믿을 수 없다며 미지의 영역이라 둘러대어 고대 그리스나 로마 시대에 이미 경이롭도록 신기한 건축물을 기준으로 '7대 불가사의'로 정했었다고 했다. 경이로운 사실은 지금도 마찬가지인데 번역된 말이 우리에게 들어오면서 '생각할 수조차 없는' 신비의 개념을 보탠 듯했다.

　'잃어버린 공중 도시' 등으로 전해 들은 그곳의 소문은 굉장했다. 잉카 문명이 남긴 찬란한 문화유산으로 유적 전체가 하나의 도시를 이루고 있다는 곳, 세상을 유람하는 기회가 주어진다면 가 봐야 할 1순위로 꼽을 만큼이었다. 사방이 절벽과 골짜기 그리고 밀림으로 덮여 있는 오지 중의 오지, 그러니 산자락에서는 그 모습을 볼 수 없고 오직 하늘에서만 도시 전체의 모습을 볼 수 있다 하여 '공중 도시'라고도 했다. 원인도 불분명하게 역사에서 지워졌으니 오랫동안 가시덤불에 덮여 있다가 1911년 미국의 고고학자이자 예일대학 교수였던 하이럼 빙엄에 의해 세상에 그 모습을 드러냈다. 얼추 400년 만이었다.

세상에 모습을 드러낸 신비로운 옛 도시에는 태양의 신전과 궁전, 주거 지역, 계단식 밭 등 자족 기능을 두루 갖추었다고 해야 하나. 천체의 변화를 감지할 수 있는 장치와 콘도르 모양의 형상 등 수많은 유적으로 가득했다. 잉카인들은 콘도르를 죽은 자의 영혼을 나르는 존재로 여겨 신성시했다. 건축물 안에 있던 유물들이 무엇이었든지 거대한 바위를 정교하게 다듬어 신전과 집을 지었으며 또한 완벽한 배수 시설을 만들어 농사에 사용한 모습은 경이로움 그 자체였다.

하지만 도시를 만든 계기나 건축 과정 등의 단서가 어디에도 남아 있지 않았고 가파른 벼랑에서 육중한 돌을 움직인 장비며 도구의 흔적도 찾지 못했다. 그보다 훨씬 앞선 시대의 로마인들이 도르래 등을 이용했다면 도구나 기계의 도움을 받지 않은 것은 물론 말이나 소를 이용한 동력의 흔적도 남아 있지 않은 게 신기했다. 더구나 침략자들이 그곳에 들어가기 전까지, 말이나 소는 그곳에 살지 않던 동물이었다. 손발과 원시적인 도구만으로 수십 톤의 돌을 옮기고 또 그 돌을 정교하게 다듬어 도시를 이루었다. 흔적도 없는 칭기즈칸을 앙모하는 몽골인들처럼 눈비를 가렸을 지붕이 삭아 내린 지 오래지만, 그곳은 잉카인의 자긍심 그 자체인 곳이었다. 구심점이듯 하나로 묶는 성지 역할까지 한다. 체 게바라, 네루다 등 걸출한 인물들이며 많은 이들이 이곳을 순례한 후 새로운 지평을 꿈꾸었다고도 했다.

　두 눈으로 꼭 확인해 봐야 할 탐험의 대상으로 정한 지 오래였지만 막연했다고 해야 하나, 쉽게 나설 수 없는 먼 길이었다. 낯선 먼 길을 가야 하는 오지 여행은 당연히 시간과 비용이 걸림돌이 되겠지만, 용기도 필요한 것이었다. 어찌 보면 여행도 경험의 산물이라는 게 맞는 말이었다. 그곳으로 가는 길은 탐험가가 미지의 세계를 찾아 떠나는 것처럼 두려움보다는 설렘이 있는 길이었다. 영화 〈인디아나 존스〉의 장면들도 떠올렸다. 갈망하던 목적지에 닿았을 만큼 그 과정의 길이 여행자의 마음을 더욱 흥분시키기도 한다면 그곳으로 가는 여정이 그랬다. 하늘길로만 하루가 저물고 다시 공기가 희박해지는 고원 지대 쿠스코에 닿은 밤은 어두웠지만, 광장에 나갈 수밖에 없었다.

쿠스코는 오랫동안 토착민들의 중심지였고 제국의 수도였다. 16세기 대항해 시대가 시작되었을 때 스페인 정복자들이 페루를 식민 거점 기지로 삼고 제국의 수도였던 쿠스코를 중심으로 정착을 시도했다. 하지만 해발 3,400m 고원 지대에서 토착민이 아닌 이방인들이 정상적으로 생활하기가 어려워 쿠스코를 포기했고 대신 페루의 수도인 리마를 선택했다. 오늘날 쿠스코에 어느 지역보다 잉카의 후예들이 많은 이유가 그것이었다.

오늘날까지 그 흔적으로 남아 있는 육중한 돌들은 어디에서 채석되어 어떻게 옮겨 왔는지 여전히 의문이었으니, 육중한 돌을 다듬어 옮겨 쌓고 세운 건축물은 경이로움 그 자체였고 도시의 규칙성도 마찬가지였다. 프란시스코 피사로는 신전 등 그 위대한 건축물들을 허물었고 돌로 된 벽은 새로운 도시를 만들기 위한 기초로 사용했다. 광장을 중심으로 신전 등을 허문 터에 성당 등을 세웠고 피사로는 '매우 고귀하고 위대한 도시'라 칭했다. 쿠스코는 케추아어로 '배꼽'이란 의미였다. 원주민들이 쓰던 말과 문자를 지워 버리고 성당에 십자가를 새겨 새롭게 절대적으로 추앙해야 할 대상을 지목했다. 침략자 자신들을 위한 주문이기도 하였을 것이다. 오늘날까지 남아 있는 침략 전의 순박한 모습들은 침략자들의 모습으로도 닮아 갔고 피사로의 말로는 비참했다.

자정이 가까운 시간, 아르마스광장의 불빛은 여행자의 마음을 흔들었다. 도시는 분지를 이루듯 낮은 산들이 둘러서 있고 광장을 중심으로 근엄한 모습으로 치장한 채 세월에 지치듯 고색창연한 성당들이 둘러서 있다. 여지없이 두통이 엄습했던 고원 지대에서도 더 올라간 산언덕까지 피어나는 불빛들이 여행자의 허튼 비애로 다가왔다. 차가운 밤공기에 늦은 시간에도 광장에는 손님을 부르는 발길이 머물렀다. 숱한 공력이 들었을 직물들의 무게가 어깨에 점점 느껴지는지 손님을 찾는 원주민 처자의 눈길이 처연했다.

숙소에 돌아와서는 고산병에 좋다는 뜨거운 코카차를 천천히 마셨다. 여행은 색다른 풍경이나 풍물을 보는 것도 의미 있지만 낯선 사람들을 만나는 묘미는 그 무엇과 견줄 수 없다. 그 밤에 거기서 만난 사람은 배낭여행으로 이곳에 왔다가 아예 쿠스코 시민이 되었다고 했다.

"백두산보다 높은 곳에 도시가 있는 것인데 산의 중턱까지 올라선 불빛들이 이색적이에요. 마치 부산의 산동네처럼, 머리가 어지러울 정도로 고도가 높은 동네에서 더구나 경작지도 공장도 볼 수 없는 이곳에서 저 많은 사람들이 도대체 무슨 일을 해서 먹고사는지도 궁금했고요."

"저도 그랬지만 궁상스러운 어린 시절을 보낸 티가 나네요. 그래요. 우리가 흔히 말하듯 '사람 사는 동네 다 거기서 거기'라는 말로 뭉뚱그리듯, 아마 그럴 거예요. 황금으로 망했다는 말이 어폐가 있지만, 아직 오래전의 모습들이 남아 있는 것처럼 순박한 모습으로 살아가는 사람들이니까요. 학창 시절 체 게바라에 심취해 쿠바를 동경하다가 결국 여기에 머무르고야 말았지요. 원래 우리의 식자재인 것처럼 알고 있는 감자나 고구마, 옥수수며 고추가 여기서 가져간 것들이잖아요. 여기에 오기 전에 다른 곳을 다녀 봐서 알겠지만 앞서간 사람들이 남긴 흔적과 놀라운 경관과 풍물들을 보면 뭐라 한마디로 말할 수 없는 그 다양함에 놀라셨을 거고."

"맞아요. 아직 남미의 다른 나라들을 다녀 보지 않아서 잘 모르겠지만 페루만 해도 사막과 바다, 열대 우림, 그보다는 과거와 현재, 미래가 공존하는 듯 아주 흥미로웠어요. 가끔 지하철 역사 안이나 고속도로 휴게소 등에서 공연하는 남미 음악을 들을 때마다 영혼이 순수해지는 비장미가 느껴진다고 해야 하나, 물기가 밴 슬픔이 묻어나는 것 같았거든요."

"그렇죠. 정복한 도시를 파괴하는 게 침략자의 본성인지는 모르지만, 스페인군이 이곳을 점령했을 때 잉카의 건축물들을 모조리 파괴했어요. 이곳에는 본래 잉카인들의 모습이 다른 곳보다 더 많이 남아 있고 나머지 지역에서는 역사의 흔적 정도만 남아 있어요. 언젠가 바다가 연결되어 건너왔다는 원주민이 있고 침략자의 후예, 백인들이 있지요. 그리고 백인과 인디오 간의 메스티소, 백인과 흑인 간의 물라토 등이 있어요. 물론 지역마다 비율은 차이가 있고요. 철제 무기와 종교를 앞세운 폭력의 합리적 위장 등으로 이곳을 식민지로 삼고 금과 은을 약탈해 강대국이 됐으니 볼리바르의 전기를 쓴 이는 '인류 문명에 씻을 수 없는 죄악'이라는 표현을 했어요. 여기를 찾아오는 대부분의 여행객들이 마추픽추를 보러 먼 길을 나섰을 테고 글쎄, 먼저 말하면 김이 새 버릴지도 모르니까, 오늘은 여기까지만 진도를 나가지요."

"네, 반가웠습니다. 이곳을 떠나기 전에 한 번 더 뵈었으면 좋겠네요."

그와 인사를 나누고 방으로 돌아왔지만, 고산 증세처럼 쉽게 잠이 오지 않았고 한때 관심을 가지고 읽었던 재러드 다이아몬드 교수의 『총, 균, 쇠』의 이야기들이 돌아 나왔다. 꽤 두꺼운 분량의 책이지만 그 핵심은 이랬다. '대륙 간 경제적 불평등과 힘의 불균형은 대륙 자체가 지닌 지리적 조건의 유불리가 근본적 원인이라는 것, 유전적, 생물학적 우성, 열성이 아니라 우연히 그 대륙에 태어난 지리 생태 환경적 요건 때문이다.' 쉽게 말하면 금수저를 물고 태어났느냐 은수저를 물고 태어났느냐 구분하는 것이라고나 할까. 하지만 그보다는 제목으로 축약된 총과 균은 잉카 제국의 붕괴와 깊은 연관이 있다. 화려했던 잉카 제국을 역사 속으로 지워 버린 불한당의 인물로 여전히 부르는 프란치스코 피사로, 그는 한때 스페인의 용병이었다고 했다.

잉카 제국은 근 100년간 남아메리카 일대를 다스린 대제국이었다. 콜럼버스가 오늘날의 아메리카를 인도라고 알고 도착한 게 1492년, 잉카는 그가 도착하기 50여 년 전부터 남북 아메리카 대륙 전역에서 가장 거대한 제국으로 군림하면서 남미 대륙 태평양 연안 대부분을 다스렸다. 현재의 페루, 에콰도르 서부, 볼리비아 남서부, 칠레, 아르헨티나 북서부, 콜롬비아 남서부 등 총 6개국에 걸친 광대한 영토였다. 자동차는 물론 말도 없었는데, 상상하기 어려운 첩첩산중에 흩어져 살던 80여 개의 부족을 통합, 유럽 대륙보다 더 넓은 나라를 이루었다. 더욱이 공용하던 문자가 불확실했다는 제한 사항에도, 아무튼 나름의 시스템을 갖춘 위대한 제국을 이루었다.

그렇듯 강성했던 제국이었지만 내부 분열로 기세가 꺾인

데다가 유럽에서 건너온 침략자들로 멸망했다. 먼 뱃길에 지쳤을 침략자들은 제국의 군대에 비해 극히 소수였다. 그들이 말을 타고 총을 가졌다는 것이 제국이 망한 이유로도 설득력이 있었지만, 그들이 숨겨 온 듯 퍼트린 홍역과 천연두 등 전염병에 대부분 스러져 갔다는 말은 여전히 의아스러웠다. 제국이 망해 가는 전조처럼 내전에서 이긴 황제, 아타우알파가 피사로의 계략에 휘말려 포로가 되었다던 것은 사실이려나. 황제는 몸값으로 방 두 개나 채울 만큼의 황금을 바쳤으나 결국 풀려나지 못했다는 말은 멀리서 보면 차라리 희극이었다. 당시 그들이 아니더라도 비통한 식민지 역사의 시작이었다.

마추픽추의 허무

　살아오면서 허무를 느꼈던 게 언제였을까? 죽음이라는 결말이 정해진 삶 속에서 허무함을 느낀다면 막연하다. 그저 삶이란 허무함을 곁에 두고 잊은 듯 살아야 하는 거라고나 할까. 환멸에서 오는 허무를 피하고 싶다면 좋아하는 대상에 파묻히지는 말아야 한다는 데, 그게 어디 쉬운 일인가 말이다.

　먼 외지에까지 소문으로 전해진 탐험의 대상, 깊고 가파른 산중의 오지에 영원히 흔적으로 남아 있게 될 돌을 재료로 도시를 건설했던 이유는 무엇이었을까? 또 이유도 알 수 없이 버려진 이유는 무엇이었을까? 다음 날, 그때까지만 해도 만년설이 올려다보이는 가파른 산맥을 넘어 깊은 골짜기로 들어가는 길은 호기심과 설렘이 늘여 놓은 길이었다. 넓은 세상에서 그 골짜기에 모여든 다양한 모습의 사람들, 새로운 국가가 아닌 특정한 지역에 단순하게 입장을 위해 여권을 내보여야 했던 것은 위대한 유적을 가진 후손들의 작위적인 위엄처럼 어색했다.

많은 사람들이 줄을 선 산골짜기에서 시작하는 길은 남해 다랭이마을에 들어서듯 친근한 모습이었다. 가파른 비탈에 돌을 쌓아 차례대로 땅을 펼쳐 놓은 곳, 돌담길을 지나듯 석축으로 이어진 길에 들어섰을 때 두근거리던 가슴, 이곳에 이르기 위해 지나온 길들은 또 멀어서 그토록 아름다웠을까. 거기까지였다. 산 아래에서는 절대 볼 수 없던 거라던 공중 도시가 마치 영화의 세트장처럼 생경했다. 불가사의한 현실을 마치 영화의 세트장처럼 보았다니 기대가 너무 무거웠을까 싶었다.

파다했던 소문을 듣고 지구촌 곳곳에서 찾아온 많은 사람들의 표정은 다양했다. 대부분의 여행자들은 먼저 도착한 탐험가의 이야기를 들으며 알 듯 모를 듯 안내자의 설명에 귀를 기울이는 모양새였다. 탐험가의 호기심과 희열에 찬 눈빛은 아니었지만 원하는 것을 가진 어린아이처럼 만족한 표정들이었다고 해야 하나. 그만큼 오는 길이 쉽지 않았다는 징표였다.

인솔자에 주목하며 무리를 이루는 중에 한 사람의 모습과 표정은 의아스러웠다. 뭔가 불만이 느껴지는 표정이라고 해야 하나? 분노하듯 아니면 눈앞에 펼쳐진 어이없는 광경에

망연자실 서 있는 이가 보였다. 뭔가 고뇌하는 모습이었다. 세계 어느 곳을 가든 같은 말을 쓰는 여행객을 만나는 것은 당연히 반가운 일이었다. 그에게 다가가 어디에서 왔는가를 물었다. 그는 방금 전의 굳은 표정과는 다르게 미국 LA에서 왔다고 우리말로 다정하게 말해 주었다. 가벼운 마음으로 다가가듯 그에게 물었다.

"저 아래 오래된 도시를 보시고 무슨 생각을 하셨어요?"

그는 기다렸다는 듯이 답변했다.

"벼르고 별러 여기까지 온 거잖아요. 오는 길이 얼마나 멀었느냐고요. 그러면 눈에 보이는 모습의 경이로움에 감탄하고 더 큰 호기심이 생겨나야 하는데 전혀 그렇지가 않네요. 도대체 무슨 이유로 이 외딴 오지에 숱한 공력을 들여 오늘날까지 무너지지 않는 흔적을 남겨 두었을까 하는 생각 때문이었어요. 추측하는 여러 이유 중에 개인적으로 신앙적인 이유가 가장 타당성이 있다고 생각하지만, 당시 열악한 환경에서 노역에 동원됐던 사람들을 생각하면서 가슴이 답답했어요. 이집트의 거대한 피라미드 앞에서도 마찬가지였던 듯해요."

"물론 이곳에 살던 소수의 원주민이 숨겨진 이곳의 모습을 알았을 테고, 하이럼 빙엄이 이곳을 발견한 이후였을 것 같은데 수습된 유골을 조사한 결과가 특이해요. 왜 여자들과 아이들 유골만 있고 왜 사내들의 유골이 없었는지 하는 것도요. 과연 스페인 정복자들의 손에 들어가는 것이 싫어서 일부러 아이들과 여자들만 남기고 떠났는지, 또 새로운 도시를 찾아 더 깊숙한 오지로 남자들만 떠났는지 하는.”

 “처음 너무나 의아했다는 것은 아마 그런 게 아니었을까 해요. 이런저런 편리하거나 쉽고 빠른 것에 길든 바닥을 드러낸 거라는, 아마 그 표현의 일단이었을 거예요. 처음 쿠스코에 도착했을 때 아르마스 광장에서 만났던 손으로 짠 직물을 팔고 있는 처자의 모습처럼 순수하고 우직스러운 모습의 잉카인들이었기 가능했을 거라는. 그래서 이곳에 이토록 무너지지 않을 흔적을 지상에서는 볼 수 없는 곳에 남겨 놓았을 거라는.”

 그와 나눈 이야기는 거기까지였다. 사물이나 어떤 사안에 대해 견해를 같이했을 때 낯선 사이인데도 급격히 가까워진다는 것을 실감했다. 돌아보니 그는 일행들을 따라 내려가고 있었다. 그곳에서 하룻밤쯤은 지내고 싶었는데 아니면 한나절이라도 그곳에 머물고 싶었는데 마음대로 되지 않았다. 관리자들의 간섭과 통제에다 배낭여행이 아닌 이상 일행과 같이 움직여야 했기 때문이다. 이야기를 나누었던 그를 다시 만날 수 있으려나.

아구아스칼리엔테스, 마추픽추의 종착역이자 출발역이었으니 늘 설렘과 미련이 교차하는 곳이었다. 수학여행의 필수 코스이던 설악산 아래 설악동이나 경주의 불국사처럼. 이곳의 대부분 지명이 원주민 언어인 케슈아어로 되어 있는데. 스페인어로도 쓰인 듯했다. 아구아스는 물이라는 뜻이겠지. 진안의 마이산처럼 뾰족 솟아오른 산으로 둘러싸인 채 흘러내리는 개울물은 낯선 여행자의 마음을 누그러뜨렸다.

저마다 지구별을 여행하는 여행자라면 누가 마을 사람이고 여행자인지 구별이 쉽지 않았다. 단지 여행자들만을 위해 존재하는 마을인 듯, 토산품을 파는 상점과 식당, 여행자 숙소들로 마을을 이루고 있었고 도보로 오는 길이 있다지만 아직 기차가 마을과 바깥세상을 연결해 주고 있었다. 하루 정도는 어슬렁거리며 머물고 싶은 곳이었다. 오는 길이 멀었다면 돌아가는 길은 더 멀어야 하는 것이 세상 이치였다. 들어가면서 보았던 색다른 풍경들이 색이 바랜 듯 침울했다. 다시 쿠스코로 돌아가는 길은 가팔랐고 몸이 흔들렸다.

쿠스코에 도착한 건 저녁나절이었다. 긴 여정이었던 데다가 고원 지대로 돌아오니 다시 머리에 통증이 시작됐다. 저녁을 먹고 다시 광장으로 나갔다. 아르마스광장은 어제와는 다른 사람들로 채워진 듯했다. 산으로 올라간 불빛들에 온기를 느끼듯 바람은 차가웠다. 골목길이 궁금했다. 현지의 젊은이인지 여행자들인지 구분이 쉽지 않았지만, 어디든 젊은이들은 나름의 고뇌와 활력이 느껴졌다.

숨어든 나라

쿠스코의 모습을 무어라고 해야 하나. 단순히 세월의 더께가 묻어난다고 보기에는 좀 그랬던 것이 불기가 사그라진 연탄재의 질감과 색이라고 해야 하나, 도시의 영광과 쇠락의 모습이 한데 있는 듯했다. 광장은 여러 갈래의 길을 열어 두듯 골목길이 이어졌고 그 길에는 거리의 예술가들이 자리를 잡고 있었다. 귀에 익숙한 '엘 콘도르 파사', 굴곡진 가수의 얼굴과 어깨에 두른 판초, 장쾌한 안데스 고원을 홀로 나는 콘도르처럼 응어리진 고독 속에 움트는 비애가 다가왔다. 그 골목길에서 그를 다시 만났을 때 그 반가움이 낯설었다.

"아직 여기에 계셨네요?

"네, 내일 떠나요. 부에노스아이레스로."

"시간 되시면 어디 가서 차 한잔하실래요?"

그는 그곳에서 처음 마주쳤을 때처럼 밝은 표정으로 고개를 끄덕였다.

골목길을 따라 작은 카페에 들어갔다. 아직은 낯선 느낌이어서일까? 데면데면함을 감추려고 대화를 이어 갔다.

"차는 후에 마시고 맥주나 한잔할까요?"

"그럽시다. 이 오래된 도시에서는 차보다는 맥주가 더 어울릴 것 같아요. 그런데 마추픽추 아랫마을에서 기차를 타고 나오면서 어떤 기분이었어요?"

"일정이 정해진 여행이라는 게 그럴 수밖에 없지만 아쉬웠어요. 아니, 조금 허무하다고 해야 하나. 아무리 경이롭거나 신비한 여행지라 하더라도 이내 새로운 것을 엿보게 되잖아요."

"맞아요. 누군가 했던 그 말이 생각나네요. '사람의 귀는 익숙한 말을 좋아하고 눈은 늘 새로운 것을 탐한다'는. 너무나 기대와 열망이 컸던 데다가 그리고 경위를 알 수 없는 비애, 인간이 인간을 혹사시킨 흔적이라는 것도."

주문한 맥주가 나왔다. 맥주 이름은 쿠스케냐, 쿠스코 맥주라는 뜻이라고 했다.

"나름 이 맥주도 풍미가 있는 것 같은데요. 그런데 미국에는 언제 오셨어요. 아니, 가신 건가?"

"2004년이었어요. 가진 것을 모두 잃고, 가정까지도요. 도망치듯 미국에 온 거였어요."

그 말을 듣는 나는 민망한 표정이었으나 그의 표정은 담담했다. 미국이라는 나라, 기회와 도전의 땅이기도 했지만 많은 사람들이 숨어든 곳이기도 하였다는 사실이 새롭게 다가왔다. 미국이라는 나라에 과연 언제부터 한국인들이 들어왔던 것일까?

근래에 미국에서 두 편의 우리 영화, 〈기생충〉과 〈미나리〉가 화제가 됐다. 영화 〈기생충〉은 가난한 자와 부자의 갈등을 냄새로 드러낸다. 반상으로 구분되던 완강했던 신분제 사회가 사라진 지 한 세기가 지났는데도 새로운 신분 사회로 회귀하듯 서로의 모습을 보는 게 우리의 피할 수 없는 현실인 듯하다. 또 다른 영화 〈미나리〉는 미국에서 한국계 이민자 가족이 겪는 고된 생존 모습을 그렸다. 〈미나리〉는 이제 까마득한 과거의 일이지만 〈기생충〉은 현재 진행형으로 오히려 사회 현상이 심각해지는 듯하다.

영화 〈미나리〉에서 주인공인 제이콥(스티븐 연)이 이민자 가장으로 살아가는 모습에 공감했다. 제이콥이 아칸소 농장에서 농사지을 준비를 하면서 아내와 함께 병아리 부화장에 나가 암수 감별 '아르바이트'를 한다. 이민 1세대라고 해야하나, 이민자들은 손발을 움직여야 하는 세탁소나 접시 닦기, 청소나 정원 관리 등의 단순노동을 업으로 해야 했다.

하지만 한국인 이민자들은 이 같은 단순노동을 직업으로 여기지 않는 경향들이 있었으니, 어제와 내일의 상황이 별로 다르지 않을 단순노동을 꿈의 실현을 위한 중간 과정쯤으로 여겼다. 제이콥이 농장에서 농사를 지어 아내가 3년 후에는 부화장에 더 이상 나갈 필요가 없는 목표를 가졌듯이 한국 이민자들은 대체로 더 나은 삶을 살려는 꿈과 야망을 가지고 있었다. 영화〈미나리〉의 시대적 배경은 1980년대이지만 그 이전, 반상으로 구분된 신분제가 존재하던 시절 노동력을 팔기 위한 이 땅에서 최초 이민의 역사가 시작되었다. 본토는 아니었지만 단순한 일회성의 여행이나 방문이 아닌 정착을 위한 처음의 발길이었다.

극도의 정치적 혼란과 민생도 당연히 피폐할 수밖에 없었던 구한말에 생소하지만, 최초의 노동 이민이 시작된다. 설탕 수요가 급증하면서 1900년대 하와이 개발을 추진했던 미국은 먼저 들어와 있던 일본인 노동자들이 임금 인상을 요구하며 불만을 표출하기 시작하자 대체 노동자들을 고려하던 상황이었다. 당시 미국 북장로교회에서 파송한 의료 선교사이며, 17년간 주한 미국 공사였던 알렌이 추진한 미국 이민 공고가 나붙기 시작했다. "나뭇가지에도 돈이 피어난다"는 선전 문구도 있었다는 게 어이없는 현실이었다. 당시 조선인들은 조상이 묻힌 고향을 등지고 떠난다는 것은 죄를 짓는다는 오랜 관습적인 억압에 쉽게 이민자 지원에 응모하려 하지 않았을 것이다. 하지만 선교사들을 통해 교회를 중심으로 지원자가 생겨났고 하와이 사탕수수밭 농장주들은 1903년 1월, 한국 이민자들을 받게 된다. 이민자 102명을 태운 미국 증기선 갤릭호가 인천 제물포항을 떠나 일본 나가사키항을 경유하여 하와이 호놀룰루항에 도착했다. 최초의 미국 이민이었다. 이후 이민이 중단된 1905년 4월까지 하와이에는 7,843명의 동포들이 이주했다.

"50대 초반의 나이였으면 일반적으로 안정된 시기였다고 할 수 있는데, 무슨 어려운 일이 있었는가 보네요."

그렇게 구부러지며 흐르는 강물처럼 그의 이야기는 나에게로 흘러들었다.

IMF, 이제 20년도 훨씬 더 지났으니 그 참담했던 시절을 어떻게 기억하려나? 당시 그 상황은 각자의 상황이 다 달랐으니 그 절망의 시간을 반추하는 질감은 다 다를 듯싶다. 별 흔적 없이 기억하는 이도 있을 것처럼.

1997년에 닥친 IMF 구제금융 신청은 우리네 삶을 뿌리째 흔들어 놓았다. 산업화 시대의 격랑을 헤쳐 오면서 크든 작든 나름의 성취와 희망의 끈을 이어 오다가 어렵게 이룬 성취가 송두리째 허물어지고 졸지에 그 끈마저 끊어져 버린 참담한 상황이었다. 그 누구도 그런 살벌한 시간이 도래하리라고는 예상하거나 생각하지 못했을 초유의 일이었다. 하루아침에, 직장에서 쫓겨난 자가 속출하고 기업들은 파산했다. 막다른 길에서 쫓기듯 돌아서지 못하고 생을 포기하는 사람들도 부지기수였다. 가정이 해체되면서 노숙자로 한뎃잠을 자는 사람들도 많아졌다. 그도 이를 피해 가진 못했다. 탄탄했던 아내의 회사가 무너지며 국제적인 행사까지 참여할 정도로 기반을 다져 놓았던 그의 양복점까지 허물어 갔다.

크게 욕심을 부린 것도 아닌데 상장을 앞두고 있던 아내의 회사는 쉽게 부도 처리를 하지도 못했다. 은행에서도 유예의 시간을 주었고 당시 여러 분야의 특허를 가지고 있어서 부도 처리를 하면 그것들을 사장할 수밖에 없는 상황이었다. 주문이 들어와도 원자재 구입 시 어음으로 결제했으니 제품을 생산하여 출하해도 다시 어음으로 돌아왔다. 원금에 이자까지 눈덩이처럼 빚이 늘어 갔다. 밑 빠진 독에 물을 붓듯 모았던 돈은 아내에게로 가면서 종업원들 월급을 주지 못하고 원단을 들여올 수도 없었다. 화불단행(禍不單行)이라더니 어렵게 굴러가는 공장에서 원인도 알 수 없는 화재가 발생했고 진화 과정에서 물을 뿌리면서 정밀 기기들이 죄다 망가졌다.

출구가 없었으니 막다른 골목이었다. 몸과 마음을 옥죄어 오는 돈의 사슬을 끊어 내는 게 도저히 해결할 수 없는 참담한 상황이었으니. 겨우 한다는 생각이 '이 세상에서 사라지면 되는 게 아닌가.' 나쁜 마음이 비집고 들어오기 시작했다. 당연히 아침은 날마다 새롭게 찾아왔지만 그 아침을 맞는 게 두려웠다. 오늘은 누구에게 빚 독촉을 받을까. 나의 존재를 지워 버리고 싶다는 절망, 내일이 아니라 오늘 하루를 견딘다는 게 벼랑 끝에 선 기분이었다.

돌아설 수밖에 없는 막다른 골목에서 결국 돌아서서 보이는 것은 무엇이려나? 생의 파국이었다. 프로이트의 말을 빌려 오지 않더라도 인간은 살아가면서 두 방향의 삶을 본능적으로 지향한다. 살려고 하는 방향과 죽으려고 하는 방향이다. 살려고 하는 것은 건강하고 행복하게 소망하는 바를 성취하면서 사는 길이다. 보통 사람들이 지향하는 삶이다. 죽으려고 하는 것은 자신이 원하는 상황과 엇나갈 때 자신도 모르게 병에 걸리게 만들고 불행에 빠지게 하고 성공보다는 실패의 길로 걸어가게 된다. 흔히 공격성으로 나타나지만 완벽하게 무력한 상태로 돌아가고자 할 때의 극단적인 자기 파괴는 스스로를 해하는 것이었다.

그 역시 두려움은 피할 수 없었지만 달콤한 유혹이기도 했다. 한강에 나갔다. 3월이었으니 강바람이 차가웠다. 반포 대교 쪽으로 들어가려는데 강 둔치에는 물론 다리 위에도 경찰들이 늘어서 있었다. 범죄를 모의한 용의자처럼 지레 겁에 질려 다리로 들어서기도 전에 돌아서야 했다. 집으로 와 뉴스를 보니 대우건설 남상국 사장이 한남대교에서 차에서 내려 한강에 투신했고 경찰과 119구조대 등이 수색 중인 상황이었다. 스스로 선택하여 죽는다는 게 이루고자 하는 목표가 될 수 없겠지만, 그때는 무엇보다도 절박한 과제처럼 느껴졌는데 다행인지 불행인지 우연히 그런 상황이 생겨 돌아서야 했다.

2004년 3월 11일 당시 대통령은 생중계된 기자 회견에서 "대우건설 사장처럼 좋은 학교 나오시고 크게 성공하신 분들이 시골에 있는 별 볼 일 없는 사람에게 가서 머리 조아리고 돈 주고 그런 일 이제는 없었으면 좋겠다."라고 말한 직후였다고 했다. 시골에 사는 별 볼 일 없는 사람이란 대통령의 형이었다. 검찰에서 조사를 받던 혐의는 정치인들에게 불법 자금을 제공하기 위해 비자금을 조성한 혐의였고 이와는 별개로 2003년 9월 대통령의 형에게 법정 관리 중인 대우건설 사장직을 연임하게 해 달라며 3천만 원을 건넨 혐의로 검찰 조사를 받는 중이었다. 당시 대우건설 비자금 수사를 맡았던 이는 채동욱 특수 2부장이었다. 후에 유족들은 명예훼손 혐의로 고소했지만 결국 혐의를 규명할 기회가 사라졌다.

　한강에서 쫓기듯 집으로 돌아와 허탈한 심정으로 혼자 술을 마셨다. 자신은 돈 때문에 선택한 막다른 길이었다면 그는 달랐다. 스스로 선택하여 명을 달리한 그 사람은 돈 때문이 아니었다. 결국 돈이 만들어 낸 일이었을 뿐 모멸감이었을 것이다. 대통령이 공개적으로 자신의 이름을 거명하였으므로 정조준하여 당겨진 화살처럼 치욕감을 피할 수 없었을 것이다. 모멸감은 그 원인을 제공한 자에게 앙갚음하려는 면이 있다.

　역사상 처음으로 동서양의 문명을 딛고 선 인물이라고 해야 하나, 『천주실의』의 저자 마테오 리치는 16세기 말 포교를 목적으로 중국으로 들어왔을 때 그곳에서 이해할 수 없던 일 중의 하나가 바로 그곳 사람들의 자진(自盡)하는 행위였다며 자신의 관점에서 남겼던 기록을 기억했다.

　"생활고를 견디지 못하거나 큰 불행을 이겨 내지 못
　하는 경우가 많지만, 이런 것보다는 더욱 어리석고 더
　욱 비겁한 동기는 미워하는 사람을 골탕 먹이기 위하여
　제 목숨을 끊는 일이다."

마테오 리치의 말에 토를 달 수 있는 여지가 없다 하더라도 어려운 상황에 대처하는 각자의 마음 그릇은 제각각이라는 거다. 내 편의 위신을 위해서 자신과 무관한 타인에게는 원인도 불분명한 잣대를 들이대는 것에 느꼈을 모멸감은 당사자가 아닌 이상 누구도 알 수 없다.

나의 호기심도 호기심 나름이지 과거의 일을 그에게 자꾸만 묻는 것도 그랬다. 어쨌든 그는 살아서 돌아왔다. 크게 마음을 비웠다고 해야 하나, 아니면 될 대로 되라는 자포자기 상태였는데, 상황은 더 나빠지고 있었다. 다시 한강에 나갔던 건 4월 29일이었다. 완연한 봄이었다. 한강 둔치에는 봄을 즐기려는 사람들이 윤슬처럼 출렁거렸다. 죽음도 유혹이라도 해야 하나, 막연한 미래보다는 시시각각 다가오는 현실의 문제였다.

이번에는 동작대교로 나갔다. 우연하게 그날도 경찰들이 배치돼 있었다. 다리 난간에 서 보지도 못하고 다시 돌아와 뉴스를 보니 이번에는 박태영 전남도지사가 반포대교에서 투신자살했다는 뉴스였다. 박 지사는 건보공단 이사장 재직 시절 발생한 비리와 연루돼 서울남부지검에서 조사를 받았었다. 이 과정에서 검찰은 박 지사가 이미 구속된 부하 직원들의 비리 과정에 개입했는지 여부를 집중 추궁했으며 박

지사는 관련 혐의를 강하게 부인해 왔다는 내용이었다. 모두 돈 때문이었다. 아니, 다 먹고 사는 건 문제가 없는 이들이었으니 돈 때문만은 아니었다. 자신의 결백 내지는 더 이상 자신의 이름이 세상 사람들의 입에 더럽히는 것을 막기 위해 세상을 버리는 극단의 조치였을 것이다.

두 번이나 가파른 선택을 감행했지만 우연찮게 세상사는 그의 선택을 막아 주었다. 그랬으니 더 이상 유혹은 유혹이 될 수 없었다. 이제 그에게 죽음은 피하고 싶은 것이었다. 어느 순간 그에게 '죽기밖에 더하겠냐.' 하는 배짱이 생겼다고 해야 하나. 시간은 흘러갔고 결국 아내의 회사는 부도 처리를 해야 했다.

그렇게 어두운 터널 속을 지나듯 답답한 날들이 오고 가던 때 하루는 가깝게 알고 지내던 이가 그를 찾아왔다. 피할 수 없는 절망의 상황에서 찾아온 지인은 자신이 알고 있던 점집을 알려 주었다. 살아오면서 아무리 힘들었던 순간에도 점집을 찾아간 적은 없었으니 철학관을 찾는 데도 나름 용기가 필요했다. 철학관이라는 작은 간판을 지나 두리번거리며 문턱을 넘어섰을 때는 막연했다. 타인의 눈길을 의식하듯 두리번거려야 했다. 그래, 살아갈 방도는 어디에라도 있는 것일까? 재판정에 선 피고인의 심정이 그런 것일까? 그의 얼굴을 보자마자 운명을 알고 있다는 듯 자신 있는 표정으로 한마디 했다.

"억세게 나쁜 삼재가 들었는데, 자식을 잃었소? 돈을 잃었소?"

그 말을 듣는 순간 정신이 번쩍 들었다. 터널 속을 빠져나온 듯, 어렵게 얻은 아들 생각이 났다.

현대의학으로 가질 수 없다고 했던 아이는 태어났다. 그리고 지금 아들에게는 아무 문제도 없다. '돈은 또 벌면 되지. 가졌던 재산은 다 잃어도 상관없어.' 하는, 깨달음이라고 해야 하나, 두둑한 배짱이 불현듯 찾아온 듯했다. 그에게 강한 메시지를 전해 주었던 이는 한마디를 더 보탰다.

"노후에 팔자가 좋아 잘살 거요. 행여 바다 건너갈 일이 생길지도 모르겠소."

물에 빠진 자가 지푸라기라도 잡듯 그 말은 막연했지만 희망의 불씨와도 같았다. 그곳에서 나왔을 때 챙겨 든 것 같았던 희망의 불씨가 금세 바람에 펄럭거리듯 위태롭게 흔들리는 듯했지만, 마음은 한결 가벼웠다.

그렇게 사흘이 지나던 날, 행사에 다녀오는 길이었다. 같은 분야의 일을 하는 김성동 대표와 동행이었는데 얼떨결에 그는 자신의 현재 상황을 이야기했다. 누구에게도 자신의 어려운 처지를 이야기하지 않았는데 우연이었다. 그의 현재 상황이 어지간한 도움으로는 다시 일어설 수 없다는 것을 알아챈 듯했다. 그동안 다양한 활동을 통해 나름의 위치를 이루었는데 체면을 중시하는 한국 사회에서는 다시 재기하는 게 어렵겠다고 판단한 듯했다. 미국 할리우드의 영화사에서 배우들의 양복을 만드는 일을 하는 친구에게 전화해 주었다. 그렇게 우연이라고 해야 하나, 예정에 없던 미국행이 결정됐다. 아니면 죽음의 경계에서 도망쳐 나왔다고 해야 하나. 하지만 미국으로 가는 비용조차 없던 형편이었다. 다음 날 행운처럼 외상 거래를 했던 돈이 들어와 항공권을 구입하고 미국행 비행기에 오를 수 있었다. 그때 주머니에 넣어 간 돈은 650달러. 그러나 행운은 계속되지 않았다. 그의 아내는 미국에서 정착하기를 원해 결별을 선택했다. 처음 미국에 도착하여 새로운 환경에 적응하는 것은 쉽지 않은 과정이었다. 하지만 살아 있음이 얼마나 소중한 결말이었던지.

쿠스코의 밤이 깊어 가고 있었다. 그렇게 미국에 오게 된 사연은 차가운 밤공기로 스며들었다.

"내일 부에노스아이레스로 가신다고요?

"맞아요."

"다시 만날 수 있으려나요?

"아직 할 이야기가 남아 있으니 다시 만나야겠지요."

처음 도착했을 때보다 두통은 덜한 듯했지만, 고산병의 고통은 피할 수 없었다. 숙소에 돌아왔지만 쉽게 잠을 이룰 수 없었다. 오래전에 살았던 도시로 시간 여행을 떠난 듯 쿠스코는 그런 도시였다. 쿠스코에서 다시 맞는 아침은 아쉬움으로 각별했다. 아침을 먹고 공항으로 이동해 쿠스코를 떠난다. 다시 올 수 있으려나. 리마에 도착하여 부에노스아이레스로 가는 비행기에 올랐다. 고원 지대의 호수, 가 보지 못한 티티카카가 그리웠다.

에비타

오후 늦은 시간에 쿠스코에서 출발, 리마를 거쳐 다음 날 아침에 아르헨티나에 도착했다. 아침을 해결하는 게 문제였다. 수소문 끝에 다행히 문을 연 한국 식당이 있어 뜨끈한 우동으로 아침을 해결할 수 있었다. 1536년 페드로 데 멘도사가 대서양을 건너 라플라타강 하구에 도착할 때까지 이곳에는 사람의 발길이 거의 닿지 않았던 곳이었다. 그럼, 앞서 머물렀던 페루처럼 이 도시에는 원주민 역사가 없었던 것일까? 멘도사는 강을 거슬러 내륙으로 가는 길을 개척하려고 이 땅에 마을을 짓고, 그 이름으로 '좋은 바람', 즉 부에노스아이레스라는 문패를 걸었다.

그 이름의 의미처럼 하늘은 맑았고 공기도 상큼했다. 벚꽃이 피어나는 우리의 4월처럼 아직 잎이 피지 않은 나무에서 꽃들이 피기 시작했다. 중남미 대부분의 도시들이 광장을 중심으로 근엄하게 성당이 서 있는 풍경이라면 이 도시의 분위기는 전혀 달랐다. 내전이 끝난 1880년 이후, 아르헨티나의 중심으로 부에노스아이레스는 급속한 경제 성장과 함께 세계에서 가장 현대적 도시의 모습을 갖춰 나갔다. 유럽풍의 건물과 넓은 대로 중간의 광장 등. 광활한 초원에서 생산된 쇠고기, 양모, 밀, 옥수수 등을 수출해서 축적한 막대한 부를 축적했으니 앙드레 말로가 '존재하지 않았던 제국의 수도'로 칭할 정도였다.

대부분이 이주민의 후예들이니 유럽의 한 도시처럼 원주민의 모습은 보기 힘들었다. 정복자들은 원주민들을 무자비하게 학대했고 정복자들이 퍼트렸을 홍역과 천연두 등 균에는 이겨 낼 방도가 없었으니 라틴 아메리카에서 뿌리를 이어 갈 남은 원주민의 수가 나날이 줄어들었다. 그때 침략자들은 아프리카에서 흑인 노예들을 실어 날랐다. 그 후손이 뿌리내린 대표적인 곳이 카리브해 연안에서는 쿠바, 도미니카 공화국, 아이티 등이고 남미에서는 브라질이다. 아니, 그 이전에 '사막 정복'이란 군사 작전을 벌여 팜파스에서 원주민을 몰아내고, 이주민들을 받아들였다. 남미에서는 유별난 도시였다.

동대문 시장처럼 아침 일찍 의류 도매 시장이 선다는 거리를 걷다가 안내자를 따라 향한 곳은 5월 광장이었다. 5월 광장이라니, 우리에게 아픈 역사가 있기도 한 5월이어서 의아스럽거나 친근한 느낌으로 다가왔다. 그 광장 곁으로 대통령궁이 있다는 것도 그랬다. 카사 로사다(Casa Rosada)는 스페인어로 '분홍빛 집'이라는 뜻, 이름에 걸맞게 대통령궁은 분홍색이다. 스페인 로코코 양식으로 19세기 말에 건축되었고 정면에서는 2층 건물이지만, 뒤편으로 돌아가 보면 4층 건물이란다. 항구 근처의 비스듬한 언덕에 지어졌고 처음에는 대통령 관저가 아닌 영해를 지키는 요새 역할을 하기 위해서였다고 했다.

5월 광장, 1810년 5월 25일 이 광장에서는 자치 정부 설치와 독립 선언이 있었고 수많은 시민들이 독립의 기쁨에 환호했던 5월 혁명이 있었다. 요새 광장, 총리 광장 등의 옛 이름을 거쳐 이 혁명 이후로 5월 광장이라는 이름으로 불린단다. 광장의 중심에는 이 혁명의 1주년을 기념해 세워진 5월의 탑이 하늘을 향해 우뚝 서 있다. 이 광장은 우리의 서울시청 광장과 같이 큰 행사나 정치 집회 등이 있을 때마다 수만 명의 시민이 모이는 장소이다. 아르헨티나가 월드컵 축구에서 우승했던 날, 축하의 함성도 멀리 서울에까지 들렸을 것이다.

유럽의 묘지들은 대개 주거 공간에 같이 머문다. 우리네 묘지처럼 산중에 외따로 있는 게 아니라 마을의 일부처럼 존재하는 공동묘지지만 '레콜레타'는 특별한 곳이었다. 망자를 위한 공간이 마치 도시의 일부라는 형식을 넘어 특별한 공간을 이루고 있다. 원래 수도원 공동체가 있던 공간이었다. 수도승들이 채소를 기르던 정원이었다가 1822년 프랑스 건축가에게 공원과 같은 공동묘지 설계를 의뢰해서 각각의 묘지를 대리석으로 만들었다. 마치 조각 박물관을 보는 것같이 다양한 부조와 장식물들은 화려함 그 자체였다. 1920년까지 이곳에 들어선 납골당과 조각상은 파리와 밀라노에서 수입한 대리석으로 만들었다고 한다.

삶과 죽음이 자연의 한 조각이라면 사후에 남아 있는 사람들이 남긴 치장이 무슨 의미가 있을까 싶었지만, 그만큼 죽음이라는 게 두려움의 대상이라서이다. 레콜레타가 세계적으로 유명한 이유는 대통령에서 시인에 이르기까지 아르헨티나의 가장 유명한 이들의 유해가 안치된 공동묘지여서이다. 5ha에 이르는 묘지는 그 자체로 거의 조그만 마을에 가까웠다.

그중에 특별한 한 사람, 에바 페론이 있다. 브로드웨이 뮤지컬 〈에비타〉가 인기를 끌면서 전 세계 사람들에게 이름을 알린 여인, 사생아로 태어나 여배우로 살다가 페론 대령과 결혼해서 대통령의 부인까지 올라간 극적이면서도 파란만장한 인생을 살았던 여인이었다. 아버지를 제대로 알지 못할 정도로 비천한 신분으로 태어나 계부와 함께 가난한 시절을 보냈고, 어린 나이에 학교를 그만두고 배우로 일하기 시작했고 방송국에서 일하게 되었지만 친아버지의 장례식조차 참석할 수 없었다. 그런 미천한 소녀가 이 도시에서 영부인의 자리까지 오르고, 여성에게 최초로 선거권을 부여하고 에바 페론 재단을 설립해 새벽 6시부터 12시까지 일했다는, 가난한 사람들의 성녀로 불리다가 33세의 어린 나이에 암으로 사망한 후 왜 오늘날까지 추앙하는 인물이 되었을까?

당시 인기와 권력으로 시신은 미라로 제작되었으나 남편 페론의 실각에 따라 행방불명되었다가 이탈리아에서 찾아내 24년 만에 이곳의 레콜레타에 이장되었다고 했다. 페론 집안의 반대로 남편 곁에 묻히지 못했다는 것은 사족(蛇足)이려나. 가난한 사람들의 편에 서서 정치를 했지만, 부자들의 사후 안식처가 된 묘지에 묻혀 있다는 것도 그랬다. 하지만 일 년 내내 추모의 발길이 이어진다니 채 시들지 않은 꽃다발이 그 징표였다. 그의 묘소 앞에는 오늘 아침에도 다녀갔는지 향기가 시들지 않은 꽃다발이 놓여 있었다.

에비타라는 별칭으로도 남편 후안 페론이 대통령의 자리에 오르는 데 결정적 기여했고 부부는 '페론주의'를 앞세워 노동자들의 편에 서서 임금 대폭 인상 등 포퓰리즘 정책으로 인기를 누렸다. 하지만 국가 재정은 악화됐고 경제는 침체에 빠져들었다. 정치적 반대자들에 대한 공격과 사치스러운 생활 방식, 권력 남용과 독재적 성향에 대한 비판도 여전히 현재 진행형이었다. 사망 선고를 받고서도 자신의 아름다움이 망가지는 게 싫어서 끝까지 수술을 거부하였다는 게 믿기지 않는 사실이었으니 결국 33세라는 젊은 나이에 자궁암으로 죽은, 그 이해하기 힘든 여인의 미에 대한 집착이었으려나, 도저히 알 수가 없다.

뮤지컬 등으로 절절한 멜로디를 떠올리고 있는데 쿠스코에서 두 번째 만났던 그를 반갑게 다시 만났다.

"여기는 언제 오셨어요?"

"동선이 비슷한가 봐요. 오늘 아침에 도착했고 5월 광장에서 이곳으로 왔어요."

"오늘은 점심이나 같이 먹을까요?"

그의 이야기를 더 들어야 했기에 너무 들이대는 게 아닌가 싶었지만 그렇게 제안했다.

"일행들과 일정이 있으니 저녁에 편하게 만나기로 하지요."

"그러면 더 좋겠네요. 그럼, 제가 숙소가 있는 곳으로 가겠습니다."

오후에 그가 머무는 호텔에서 만나기로 약속을 하고, 세상에서 가장 아름다운 서점으로 20세기 초에 극장을 개조하여 만든 서점 엘 아테네오(El Ateneo)에 갔다. 모차르트의 전기 영화 등을 통해 보았던 화려한 극장의 모습이 남아 있었으니 세종로에 사옥 건물을 세우면서 지하에 서점을 고집했던 사업가가 생각났다. 어디서든 크고 작은 모니터로 보게 되는 흘러넘치는 영상으로 종이책의 가치가 한없이 추락하고 있는 현실이지만 종이책을 고르는 즐거움은 따로 있었다. 잠시이지만 그 공간 안에 있는 게 행복했다. 서점을 나와 찾아간 곳은 라보카의 골목길.

광활한 초원 지대 팜파스의 나라, 아르헨티나는 소가죽만 벗겨서 수출하고 고기는 땅에 버릴 정도로 풍요로운 나라였다지만 '남미의 파리'라고 했던 부에노스아이레스의 뒷골목에는 고향을 등진 가난한 이민자들이 있었다. 19세기 말부터 20세기 초까지 3백만 명이 넘는 유럽의 가난한 이민자들이 보카 항구를 통해 이곳에 정착하면서 도시가 형성되었다. 그 당시 이민자들은 배를 만들고 남은 철판과 페인트를 활용해 집을 짓기 시작했다. 작고 초라한 집이었지만 알아보기 쉽도록 다양한 원색의 페인트칠을 하여 지금은 거리 전체가 화사하고 개성 있는 집들이 여행자들이 찾는 관광명소가 되었다.

이민자들이 하루의 고된 일이 끝나고 땀에 전 작업복을 벗어 던지고 화려한 슈트 차림으로 고향을 그리워하며 선술집이나 골목에서 서로를 껴안고 추기 시작한 것이 탱고의 시발점이 되었다. 이후 그 골목에 가난한 예술가들이 모여들면서 그림도 그리고 거리 공연도 하면서 오늘날까지 이어지고 있다.

이제 그 골목에서 부두 노동자와 선원들의 삶에 찌든 우울함은 옛일이 되었고 여유로운 노천카페와 레스토랑이 대신차지하고 있다. 거리를 지나는 여행자들을 유혹하듯 무희복장을 한 여인이 다가왔을 때 그 손을 잡았던 것은 옛 부두노동자와 선원들처럼 열정적으로 탱고 춤을 추고 싶어서였다. 잠시 달콤한 유혹에 빠졌을 때라도 비용은 필요했다.

화려하지도 누추하지도 않은 거리, 여러 번 오갔을 것처럼 익숙했는데 한 건물 앞에 많은 사람들이 줄을 서 있었다. 양옆에 골목길을 둔 건물 2층 발코니에 위대한 축구선수 메시가 우승컵을 들고 있는 모습이 실제 크기로 서 있었다. 사람들은 메시의 형상과 사진을 찍기 위해 줄을 서 있었다. 줄서는 것을 좋아하지 않지만 어릴 때 축구선수가 꿈이기도했던 기억은 긴 대열에 줄을 세웠다. 축구가 단순한 스포츠이상인 곳이 남미라면 브라질 못지않게 아르헨티나도 마찬가지였다. 카타르월드컵 당시 전 재산을 털어 월드컵 경기를 보러 왔다는 아르헨티나인의 인터뷰 장면은 도무지 한심스러워 거짓말 같았던 기억이 돌아왔다.

공을 쫓는 것과 골을 넣을 때의 짜릿함, 축구의 역사는 전설적인 선수들의 이야기로 이어져 왔다. 펠레의 우아함부터 마라도나의 마법까지, 메시의 예술성에서 호날두의 파워까지, 남미 출신 선수들이다. 축구화는 물론 운동화도 없이 맨발로 거리에서 축구를 하며 미래를 꿈꾸었던 선수들. 축구는 기쁨의 강이자 영감의 원천이며 마을을, 국가를 단결시키는 힘이었다. 어른이 되어서는 축구의 열망이 사그라들었지만 메시, 그의 모습을 한 형상과 나란히 서 본다는 것이 잊고 있었던 꿈을 돌아보듯이 가슴이 뛰었다.

호기심을 가진 여행자들만 반짝이는 거리, 마치 쇠락한 고향을 돌아보듯 비애에 젖기도 했다가 조금 일찍 숙소로 돌아왔다. 페루에 도착하면서부터 바쁜 일정으로 시간을 보내다가 모처럼 한가한 시간이 반가웠다. 그동안 미뤄 두었던 통화와 소식을 전하다가 그가 머무는 숙소로 갔다. 지난여름의 지독한 더위에 시달리다가 가을이 시작되며 이곳에 와서는 거리의 선선한 바람이 한껏 마음을 들뜨게 했다. 거리를 오가는 사람들은 많지 않았다.

그가 머문 숙소에 도착했을 때 그는 로비에서 기다리고 있었다.

"오늘 시내 여행은 어떠셨어요?"

"이곳에 늘 바쁜 시간을 보내다가 여유로운 시간을 가질 수 있었네요. 식사하러 갑시다. 여기 사정을 잘 몰라서 호텔 프런트에서 식당을 알아봤고 탱고 쇼를 관람하면서 저녁을 먹을 수 있는 곳으로 정했어요. 비용이 좀 비싸기는 하지만 이곳에 왔으니 아사도라는 스테이크 요리도 먹고 탱고 쇼도 봐야 할 것 같아서."

"잘 정하셨어요. 한때는 서울에도 극장식 식당이 유행했었는데 이제는 대부분 사라졌지만요. 나이트클럽보다는 진화한 개념이었다고 해야 하나. 당시 이주일 씨를 포함한 유명 연예인들을 무대에서 직접 만날 수 있었으니 더 그랬던 것 같아요. 이제는 '조이너스' 등 의류 상품명만으로 남아 있지만, 당시 극장식당의 성공을 발판으로 재벌 그룹의 반열에도 오르게 했던 일이 있었으니까요."

"맞아요. 지금도 기억나는 게 〈초원의 집〉, 〈무랑루즈〉 등, 거기 대표가 90년대 초엔가 최고 납세자로 기억하고 있으니까요. 그 당시의 일이었을 듯, 〈옥경이〉란 대중가요는 잘 아시지요. 그 노래가 만들어졌던 과정이 아마 그 시절이었을 거예요."

"그래요. 무슨 사연인지 궁금한데요?"

"임종수라는 작곡가를 아실 거예요. 〈고향역〉을 포함해 아직까지 사람들 입에 여전히 오르내리는 노래를 작곡하신 분이니까요. 옥경이라는 노래도 그분이 작곡하셨고요. 나이 든 대부분 사람들이 기억하는 하수영 씨가 부른 〈아내에게 바치는 노래〉도 마찬가지, 당시 엄청난 유행을 했던 노래인데 이 노래는 카바레에서는 금지곡이었대요. 지금 생각하면 웃기는 이야기이지만 아내를 집에 두고 다른 여자와 춤을 춘다는 이유였대요. 워낙 유행하던 노래이니 영화사에서도 눈독을 들였는데, 마침 영화사에 근무하고 있는 후배가 있어 그 영화사를 선택했고 제법 두둑한 저작권료도 받고 가사를 쓴 조운파 씨와는 반을, 그리고 영화사의 후배에게도 조금 나누었는데 그 후배는 또 고마운 마음에 두 분을 어느 술집에 모시고 갔대요. 옛 극장식 식당에서도 접대하는 아가씨가 있었듯이 그 술집도 마찬가지였어요. 근데 조운파 씨 옆에 앉은 아가씨가 시종 눈물이 그렁그렁했다는 거예요. 나중에 알아보니 조운파 씨의 고향 부여에서 서로 가깝게 알고 지내던 사이여서 자신의 신세를 한탄하듯 눈물만 흘렸던 거였대요. 물론 그 술자리에서는 그런 이유가 있었는지는 몰라서 옆자리의 임종수 씨는 영문도 모른 채 '왜 아가씨를 울리느냐.' 핀잔만 주었대요. 술자리가 끝날 때에야 아가씨가 그 이유 같지 않은 이유를 토로했대요. 다음 날 조운파 씨는 퉁퉁 부은 눈으로 메모지에 그 가사를 적어와

'곡을 작곡해 달라'고 부탁했고, 20여 분 만에 술집에서의 상황을 회상하며 만든 곡이래요."

   "희미한 불빛 아래 마주 앉은 당신은
    언젠가 어디선가 본 듯한 얼굴인데
    고향을 물어보고 이름 봐도(중략)"

 "아하 그런 일화가 있었군요. 가사를 새롭게 음미해 보니 그때 그 처자의 처연한 상황이 그려지듯 하네요. 하여튼 그 아가씨가 느꼈던 비애와 비교한다는 게 그렇지만 IMF는 그토록 무서운 것이었어요. 백화점 등으로 사업 영역을 확장하면서 위기에 빠졌고 이제는 형체도 없이 사라졌으니."

 순간 그의 표정이 조금 어두워지는 걸 느꼈다. 밖으로 나왔을 때 거리가 어두워지기 시작했다. 마른 나뭇가지에서 피어나는 꽃, 자카란다일까? 먼 이국에서 봄의 계절을 맞는다는 게 신비스러울 정도였다.

 "하루만 지나면 서울에서 멀지 않은 친숙한 느낌이 들기도 하는데, 이곳은 더 그런 것 같아요."

 "그 말을 들으니 정말 그런 것 같네요. 아마 오래된 도시여서 그런 것도 같고, 거리를 오가는 사람들의 표정이 여유 있어 보이는 듯싶지만 뭔가 삶에 지쳐 보이는 듯도 하고요."

식당의 입구는 공연장과 비슷했다. 입장료라고 해야 하나, 밥값이 좀 비쌌기 때문에 계산은 각자의 몫으로 했다. 계단식으로 되어 있는 공연장은 굉장히 넓었다. 자리를 잡고 주문을 했다. 와인을 맘껏 먹을 수 있다고 했으나 별로였으니 맥주를 시켰다. 커피를 좋아하지 않는데 와인도 마찬가지였다. 그럴 수도 있겠다고 생각했지만 약간의 자괴감은 피할 수 없었다.

"오전에 레콜레타 에비타의 묘소에 들렀을 때 어떠셨어요?"

"돈 크라이 포 미 아르헨티나, 마돈나가 부른 노래였나요? 애절하도록 강렬했으니 그 멜로디만 생각날 뿐, 그녀에 대해서는 잘 몰랐어요. 그런데 이곳에 와 보니 뭐라 할까, 치명적인 매력을 넘어선 마력으로 유혹한다고 해야 하나, 사람의 마음을 꾀는 특별한 마력을 가졌었다는, 그런 마음이 들었어요."

"네, 저도 마찬가지였어요. 그녀가 살다 간 시공간을 공유하지 못했고 노래 하나만으로 기억하다가 70년이 지나서도 여전히 사람들의 가슴에 존재한다는 게 정서적으로 굉장한 충격이었어요."

식사가 나왔고 와인과 맥주가 나왔다. 스테이크는 맛이 있었으나 너무 흔한 게 그저 그랬다.

"고향을 여쭤보지 못했네요. 요즘에는 금기 사항처럼 조심스러워졌지만, 예전에는 만나면 고향을 물어보면서 안면을 트기도 했는데요."

"그랬지요. 농경으로 정착 생활을 했던 우리는 고향을 떠난다는 생각을 하지 못했어요. 그때는 고향이라는 말도 없었을 테고. 대부분 태어난 마을을 벗어나지 못하고, 반경 사오십 리 내외를 오갔으려나. 왕조가 몰락하면서 견고했던 신분의 구분에 금이 가기 시작했고 밀려드는 외세에도 권력 유지에만 급급했던 기득권층의 무능으로 먹고사는 일이 한없이 힘들어지면서 사람들은 고향을 떠나기 시작했을 거예요. 일제가 건설한 철도가 먼 길을 떠나는 길을 만들기도 했겠지요."

"어쩔 수 없이 고향을 떠난 사람들은 낯선 타향에서 낯선 사람을 만났을 때 고향을 먼저 물었을 거예요. 같은 하늘 아래 살았더라면 오랜 친구를 만난 것처럼 반가워도 했겠지요."

"정말 그랬네요. 하지만 정치를 하는 자들이 지역감정을 이용하여 표를 구하면서 갈등의 골은 더 깊어지고 이제는 고향을 묻는 게 금기처럼 되어 가고 있더라고요. 나의 고향을 말하는 게 애매한 게, 태어난 건 부산이지만 그렇다고 그곳을 고향이라고 한다는 게 좀 이상하다고 해야 하나."

"무슨 사연이 있으신가 보네요?"

나오려던 말을 삼키던 그는 연거푸 술잔을 비웠다. 나도 말없이 술잔을 채웠다.

"그랬어요. 어머니를 생각하면 언제나 눈물이 나요. 일제 강점기에 태어나 그 시대를 산 누구라도 예외 없이 해방과 전쟁의 소용돌이를 헤쳐 나오려 고단한 삶을 살아왔으니, 나의 어머니도 그 한복판에 서 계셨던 것이지요."

그의 이야기는 산중의 개울물처럼 소리를 내며 흘러갔다.

아! 어머니

황해도 연백, 그의 어머니 고향이었다. 구한말까지 연안과 배천으로 구분되었으나 일제 강점기 행정 구역을 조정하면서 연백군, 하나로 합쳐졌다. 지금은 갈 수 없는 북한 땅, 해방 후 38도선으로 남북이 갈리면서는 개성과 마찬가지로 남한 땅이었다. 해방 후 남북한 신탁 통치가 결정되면서 미국과 소련의 군정이 시작되었을 때 처음에는 그곳에 소련군이 들어왔었다. 당연히 미군이 들어올 것으로 예상했는데 의외였다.

모습도 생소했던 소련군의 행태는 목불인견(目不忍見), 그 자체였다. 그들을 악의적으로만 본 시선이 아니라 실제로 시계를 빼앗아 팔등까지 차고 군복을 입고도 약주를 바가지로 들이키며 비틀거리는 등의 부녀자를 희롱하는 행위를 서슴지 않았다. 그 후 38선 분할 진주로 결정되면서 남한으로 분리되어 소련군이 철수하고 미군정이 시작되었고 미군들에 의해 일본군의 무장 해제와 일본 본토로의 귀환이 진행되었다. 황해도에서 경기도로, 군사적으로 기필코 방어해야 할 곳으로 인식되어 많은 병력이 투입되었다.

38선으로 나뉘어 마주한 남북 쌍방은 잠시 동안 우호적인 분위기가 유지되었다. 하지만 해방의 기쁨도 잠시, 친일파 색출이니 좌익과 우익이니 문제가 불거지고 있었고 46년 위조지폐 문제로 불거진 조선정판사 사건을 계기로 좌우익의 대립은 격화되고 있었다. 좌우익의 충돌이 잦아지면서 군사분계선에서도 야간에 공비가 기습하여 방화 등의 사례가 빈번하게 발생하였다.

연백평야는 북쪽의 산악 지역에서 남쪽으로 내려오면서 낮아지며 평야를 이루었고 남북한을 포함하여 이름난 곡창 지대였다. 연백평야, 너른 들판의 대부분은 38선 이남에 있었고 저수지는 산악 지역이 시작되는 38선 이북 지역에 있었으니 잠재된 갈등 요소였다. 38선은 행정 구역은 물론 그러한 사정을 고려한 선이 아니었으니 분단 후 곡창 지대의 농업용수 사용권으로 분란이 일었다. 먹고사는 문제가 걸려 있으니 단순한 게 아니었다.

대한민국 정부가 수립되기 전이었다. 중국에 있던 임시정부를 구성하다가 귀국하여 통일 조국을 염원하던 김구 선생은 1948년 4월 19일 김일성과 마주 앉았다. 당시 단일정부

구성을 협의할 목적으로 남북정당사회단체회의에 참석한 상황이었다. 당시 북의 김일성에게 제안한 안건은 5개 항이었다. ①남한에 대한 무력 침공을 하지 말고 ②북한의 전기를 남한에 계속 공급하며 ③연백평야 농업용수의 공급, ④연금 중인 조만식 선생을 서울로 이송시키고 ⑤안중근 의사의 묘지를 서울로 이장하는 것이었다. 회담 후 이해관계가 있는 건은 요구한 대로, 정치성이 있는 조만식 선생 건과 안중근 묘소 이전 문제는 소련 당국과 협의하여 미구에 해결할 것을 확약한다. 회담이 끝나고 각자의 자리로 돌아갔지만, 어느 것 하나 진전이 없었다. 통일 정부를 위한 김일성과의 회담은 여전히 논란의 대상이 됐다.

모내기를 앞두고 연백평야에 논을 가진 농민들 모두는 타들어 가는 논밭을 망연히 바라볼 수밖에 없었다. 소규모의 저수지가 있는 논조차도 마찬가지였으니 6월까지 통수(通水)가 안 된다면 그해 농사는 폐농이 될 게 불을 보듯 뻔한 일이었다. 그때 분연히 한 농민이 결사(決死)의 결의로 나서게 된다. 그는 뜻을 같이하는 농민 800여 명으로 어렵사리 38선을 넘어 북한 당국에 호소하였으나 북에서 추가적인 인원 참여를 요구하였다. 다시 1,200여 명으로 다시 38선을 넘어 말 그대로 협상의 물꼬를 트게 되는 쾌거를 이루었다.

이름 없는 촌부 한 사람의 열정이 숱한 사람들의 생명 줄을 살린 셈이었다.

1948년 5월 10일, 제헌국회의원 선거가 있었고 7월 17일 대한민국 헌법을 공포하였다. 그 이전에 제주에서는 수세에 몰린 남로당 제주도당 신진 세력들을 중심으로 남한만의 단독선거, 단독정부 반대, 통일 정부 수립을 촉구하는 무장봉기가 있었다. 봉기한 무장대는 선거 사무소를 공격하거나 선거 관계 공무원을 납치 · 살해하고, 선거인 명부를 탈취하는 등 5 · 10 단독선거에 적극적인 거부 투쟁을 벌였다. 주민들도 선거 반대에 동조해 입산, 선거를 거부했다. 결국 남한 200개 선거구 중 제주도의 2개 선거구만이 투표소 과반수 미달로 무효 처리됐다. 미군정은 6월 23일 재선거를 하려고 시도했으나 실패했던 게 4 · 3 사건의 여파였다.

이어 제헌국회에서 대통령과 부통령을 선출하여 이승만 대통령이 8월 15일 신생 대한민국의 초대 대통령이 되었다. 일찍이 미국에서 유학한 이승만은 2차 대전 후 독립된 대다수의 나라가 공산주의를 택했을 때 자유민주주의를 국시로 삼았다. 오늘날 우리가 누리는 자유는 저절로 굴러온 것이 아니었다. 더구나 좌파가 아니면 지식인 대접을 못 받았을 정도로 공산주의에 매료되었던 해방 공간에서 말이다.

조선 공산당을 창당했던 박헌영과 여운형은 해방이 되자

마자 건국준비위원회를 만들어 표면적으로 이승만을 내세우려 했지만, 이승만은 이들의 정체를 알고 거절했고 무소속으로 대통령에 추대되었다. 일제 강점기 항일 투쟁을 했던 대부분의 인사들이 해방 후 좌익이 되었다면 자유민주주의에 대한 개념이 불리한 상황에서도 꿋꿋하게 자유민주주의를 사수했다.

농지 개혁은 소작농에게 자신이 농사짓던 농지를 몇 년 치 소작료로 소유할 수 있게 만든 획기적 개혁이었다. 군대에서조차 공산주의자들이 반란을 일으키는 극심한 혼란 상황에서 국가의 틀을 세운다는 게 쉬운 일이 아니었다. 당연히 시행착오도 있었고 지금의 관점에서 보면 부족한 점도 많았다. 그러나 그것만 부각해서 그가 이룬 성과를 폄하하는 건 비겁한 일이다. 아무도 그런 상황을 겪어 보지 못했기 때문이다. 북한의 김일성은 1949년 9월 9일 북조선인민공화국을 창건하고 주석이 되었다.

대한민국 정부가 수립되면서 미군이 철수하고 38선을 경계하는 국방군의 상태는 엉망이었다. 1948년 대한민국 정부가 수립되고 그해 10월 1일, 국군 창립 기념행사가 그 지역에서 열렸을 때 시범 군사 훈련이 있었고 지휘관의 담화도 있었다. 그 내용은 이랬다.

"우리 국군은 북이 침공할 경우 아침 조반은 해주에서, 점심은 평양에서 저녁은 신의주에서 먹을 것이며 장병들은 고도의 훈련으로 사기가 충천하여 승전할 것이니 주민들은 안심하시고 생계에만 열중하면 국가의 장래는 번영으로 이어질 것이다."

하고 열변을 토했다. 시범에 등장했던 무기는 철판제장갑차와 105mm 야포가 전부였다. 후에 인민군이 남침했을 때 그들의 장비와는 견줄 수 없는 열악한 것이었다.

대한민국 정부가 수립되었던 해, 열아홉 꽃다운 나이에 엄마는 혼인을 했다. 신랑은 마을의 중매쟁이가 주선한 이웃 마을 총각이었다. 너른 평야가 있고 갯벌이 펼쳐진 바다가 멀지 않았기 때문에 배를 곯지는 않고 어린 시절을 보냈다. 보통학교를 마치고 집안일을 돕다가 마을의 중신아비가 다리를 놓아 이웃 마을 총각과 선을 보았다. 한두 마을 건너 부업처럼 혼사를 거드는 이를 중신아비라 했다. "잘하면 술이 석 잔, 못하면 뺨이 석 대"라는 희화화한 말이 있더라도 중매는 아무나 할 수 있는 게 아니었다.

언젠가부터 마을에 좋아했던 총각이 있었지만 연애결혼은 생각할 수 없던 시절이었다. 혼인 여부는 부모의 의견이 절대적이었다고 해야 하나, 선을 보았던 남자 집안에서 총혼서와 함께 생년월일시를 적은 사주단자가 왔다. 부모님은 마루에 돗자리를 깐 자리 그 위에 소반을 놓고 사주단자를 받았다.

혼인을 승낙한다는 의미였다. 혼례일은 부모님이 정하셨다. 방술가(점쟁이)를 찾아가 둘의 궁합을 보고 택일을 했다. 당시 궁합은 통과의례였다. 혼례일이 정해졌지만 마음은 갈팡질팡하였다. 선을 본 사내에게 마음이 가지 않았다. 하지만 어느 날 함진아비가 마을에 들이닥쳤다. 함을 지고 온 이를 함진아비, 예비 신랑의 초행길에 함께하는 사람이었으니 아무나 함을 질 수 없었고 첫아들을 낳는 등의 조건을 갖춘 이가 함을 질 수 있었다. 함에는 예단과 쌍가락지, 혼서, 오방주머니가 담겨 있었다. 다섯 색깔의 오방주머니에는 대추, 은행, 밤, 목화씨, 팥 등 다섯 가지 열매 및 씨앗이 들어 있었다.

함진아비가 한 발 나설 때마다 돈과 술을 요구했다. 오징어 가면을 쓴 이유였다. 마을 사람들이 "빨리 갖다 줘라."고 야단법석이었다. 그가 손에 들고 있는 목안(木雁), 나무로 만든 기러기와 등에 진 예장함을 기다리는 신부 가족의 조바심을 일으켰다. 예비 신랑이 신부에게 보내는 선물의 형식이었지만 동네가 요란스러운 날이었으니 이제는 사라진 이야기처럼 볼 수 없는 풍경이 되었다.

드디어 혼인날, 신랑은 말을 타고 신붓집으로 왔다. '초행'(初行)이었다. 오랜 옛날에는 모계 사회였다면 데릴사위가 있었고 지금은 이러한 풍습이 없어졌지만 '장가들다'라는 말에는 아직도 그 유습의 흔적이 남아 있다. 당시만 해도 결혼식이 끝나면 신랑이 사흘 동안 신부 집에 묵어야 하는데 이것도 그 정서의 연장이었다. 신혼여행을 갔다가 돌아와서 먼저 신부 집에서 하루 자고 다음 날 시부모 집으로 가는데 이것도 그런 유풍의 하나라고 볼 수 있다. 아주 옛날 모계 사회였을 때에는 남자가 장가를 들었고 부계 사회가 되어서는 여자가 시집을 가는 양상으로 어휘가 나타난 것이다. 그런데 요즘은 결혼하여서 장가도 안 들고 시집에도 안 가고 그냥 신혼집으로 가는 게 당연하다시피 그런 세월이다.

조선 후기로 가면서 여성들을 더 옥죄고 억압하기 시작했다. 신부가 시집을 갔고 '일부종사'가 당연시됐으니 과부는 재가할 수도 없었다. 딸은 혼인하면 친정을 떠난 출가외인이라 하여 당연히 '그 집 귀신'이 돼야 했다.

하늘을 가린 차일(遮日)이 펄럭거리고 마당에는 멍석이 깔리고 초례상이 차려져 있었다. 신랑 신부가 처음으로 맞절을 하며 식을 거행하는 것을 '초례'라고 했으니 예식을 치르는 곳을 '초례청'이라 했다. 추수가 끝나가는 시절이었으니 집안 어른들이며 동네 사람들이 다 모였다. 가마에서 내려 방으로 들어갔다가 마당으로 나와 사모관대를 갖춘 신랑 앞에 섰다. 모인 사람들 시선은 한 군데였으니 신랑의 얼굴조차 올려다볼 수도 없었다. 먼저 신랑에게 세 번을 절하고 신랑은 두 번 절을 했다. 이어 청홍 실을 감은 표주박 잔에 따라 준 술을 세 번 나누어 마셨다. 둘로 쪼개진 표주박을 잔으로 썼던 이유는 합해서 하나가 된다고 여겼기 때문이었다. 닭을 하늘로 날렸다. 장닭은 우렁찬 울음소리 때문에 밝은 출발과 악귀를 쫓는 걸 의미했고 암탉은 다산을 상징하기에 이렇게 날리며 그 뜻을 빌었다.

혼례식이 끝났을 때 눈길을 피할 데도 없이 잔치 음식을 만드느라 데워진 뜨끈뜨끈한 안방에 다소곳이 앉아 있어야 했다. 오가는 사람들이 한 번씩 쳐다보고 수군거리는 소리까지 귀를 막은 듯 들어야 했다. 긴 하루가 저물고 첫날밤도 순탄하지는 않았다. '동상례'라는 절차는 신랑의 다리를 묶어 발바닥을 치는 풍습이 있었으니 신랑을 마루의 대들보에 매달고 애를 먹이는 식후 행사와도 같은 것이었다.

신랑은 밤이 이슥해서야 후에 술에 취한 채 신방에 들었다. 원앙금침이 깔린 방에 다소곳이 앉아 있었고 신랑은 취한 손으로 머리에 족두리를 풀고 저고리를 풀면서 떨고 있었다. 밖에서 아무도 신방을 보지 않으면 귀신이 본다고 전해진 풍습 때문이었을까? 그보다는 신방의 호기심으로 사람들이 창호지 문에 구멍을 내고 안을 들여다보고 있었으니 촛불이 꺼지고서야 문밖이 조용해졌다. 둘 다 긴장되고 피곤한 하루였다. 신랑의 다정한 말 한마디를 듣지 못하고 간밤에 꾼 꿈처럼 첫날밤이 허무하게 지나갔다.

혼례를 마친 신부는 친정을 떠나 시댁으로 가게 되는데 이를 '신행'이라 하고 이때 준비해 온 과일이며 음식 등을 올리고 시댁 어른에게 절을 하는 데 폐백이었다. 신부의 절을 받은 시부모는 자식을 많이 낳고 잘 살라는 의미로 신부에게 대추와 밤을 던져 주었다. 시댁에 가져갈 폐백 음식을 준비하는 일도 보통이 아니었다. 시댁 어른들을 잘 모시겠다는 다짐처럼 비단과 음식을 드리고 절을 올리는 혼례의 마지막 의식이었다. 요즘에는 예식장에서 자리를 준비해 주니 절만 올린다.

남편은 성실한 사람이었으나 무뚝뚝한 사람이었다. 모든 것이 조심스러운 시집살이, 또래의 시누이가 있어 잠시라도 말을 나눌 수 있었으니 다행이었다. 혼인한 지 일 년이 더 지났지만, 임신이 되지 않았으니 마음이 편치 않은 날들이 지나고 있었다.

다음 해 1950년, 수로가 연결된 논에 모내기는 끝냈던 6월이었다. 해방 후 38도선으로 남과 북이 갈리면서 이웃 마을이었지만 쉽게 갈 수 없는 북한 땅이 되었다. 마을에서도 좌익이니 우익이니 알게 모르게 패가 갈려 있었고 시댁은 소작농은 아니었으니 남편은 좌우로 휩쓸리지는 않았었다. 군사분계선이 멀지 않았으니 남과 북의 사소한 충돌이 잦았고 군사적 갈등 상황의 심각성은 알지 못했다. 당시 이승만 정부가 '전쟁이 나면 점심은 평양에서 먹고 저녁은 압록강에서 먹을 것'이라는 큰소리를 믿지 않을 수 없었으니 전쟁에 대한 두려움은 남의 일이었다. 찔레꽃이 피기 시작하면서부터 시작된 봄 가뭄은 모내기가 끝나야 할 초여름까지 이어지고 있었다. 모를 내지 못한 천수답의 거북등처럼 갈라진 논바닥에서는 풀썩거리며 먼지를 날렸고 모를 낸 논의 벼 포기도 하얗게 말라 가고 있었다. 6월 24일 밤 검은 구름이 몰려오더니 대지에 반가운 비를 뿌렸다. 굵은 빗줄기의 기세가 약해졌을 때 남편은 이른 새벽 물꼬를 보러 나갔다.

1950년 6월 25일 새벽, 벼락을 치듯 포성이 가까워지고 있었다. 선전포고도 없었으니 포성으로 전쟁이 개시된 거였다. 옹진반도는 황해도의 일부이지만 38도선 이남에 달려 있는 반도, 북한 땅에 딸린 섬과 같은 곳이었으니 분단 이후 북한군은 옹진반도를 점령하려고 38선 너머로 자주 공격해 왔다. 이날따라 한밤중까지 계속된 조선인민군의 대남 방송에 장시간 경계를 했던 건 백인엽 대령의 국군 17연대였다. 6월 25일 옹진반도 일원에는 이른 아침부터 짙은 안개가 밀려왔고 새벽 4시쯤 돌연 붉은 신호탄이 새벽하늘에 포물선을 그리면서 피어올랐다. 이를 신호로 조선인민군은 38도선 북쪽에서 각종 포의 포문을 열고 국군 방어 지역을 강타하기 시작하였다.

그것은 조선인민군의 공격 준비 사격이었고 30분 후에는 사격을 연신 하면서 약 1개 대대 규모로 추산되는 인민군이 제1대대의 주 저항선으로 밀어닥쳤다. 북한군 6사단 14연대 등 1만 5천의 병력이 38선을 넘었으니 아군의 수적 열세는 피할 수 없었다. 게다가 장비는 말할 것도 없었다. 이때 최전방에 배치된 국군 소속 2개 중대는 백병전을 치르면서 싸웠으나 우세한 조선인민군에게 압도당한 데다가 기선을 장악한 북한군이 후속 부대를 계속 투입하여 철수하게 된다. 조선인민군의 공격 준비 사격으로 모든 유선망이 절단되고 무선마저 두절된 상태에서 철수 병력으로부터 상황을 확인한 제1대대장은 즉시 예비대를 투입하였으나 실패하였고 대대장 김희태 소령은 포탄에 맞아 전사하였다. 국군 제17연대본부와 직할대는 주 저항선이 돌파될 무렵에 이미 강령을 경유 부포항으로 철수하고 있었다.

그 와중에 서울에서는 어이없는 일이 일어났다. 6월 26일 오전 11시 국방부 정훈국 보도과에서 보도 자료를 냈는데 그 내용이 '국군 17연대 해주 점령'이었다. 이 뉴스는 전 세계로 전파됐고 다음 날 한 일간지에도 실렸다. 대문짝만하게 '국군 정예 북상 총반격전 전개'였다. 어이없지만 추측하건대 당시 상황은 그랬을 것이다. 연대장 백인엽이 즉결 처분도 불사하던 불같은 성격이었다면 주재하고 있던 기자를 서울로 복귀하라고 권유하면서 '우리는 해주로 진격한다.'는 말을 했다고 판단할 수도 있는 거였다. 당시 국방부는 국군이 인민군의 기습을 막아 내고 있다는 거짓 전황을 계속 보도하고 있던 연장선상이기도 하였을 것이다. 국군의 사기 진작과 시민의 동요를 막는다는 선한 의도였을지라도 분명 거짓 뉴스였다.

6월 27일 오후 인민군은 서울을 점령하고 있었으나 국방부 보도과에서는 "미군이 참전할 것이고 국군은 현 전선을 고수할 것이다."라는 특별 발표를 했다. 그날 밤 이승만 대통령은 피난 열차를 탔다. 전선의 상황을 알지 못하고 상부의 지시대로만 보도 자료를 냈으니, 한강 인도교가 폭파되고서야 방송국으로 간 보도과장은 사과의 말이든 뭐였든 마지막 보도를 전하지 못하고 인민군 선발대에 맞서 권총 한 자루로 맞서다가 최후의 비극을 맞았다.

그날 아침의 대포 소리는 평상시 소총이나 박격포 소리와는 전혀 달랐다. 38선에 근접한 지역이니 기관이나 가정집에도 방공호가 설치되어 있었다. 마을 곳곳에 포탄이 터졌고 처음 겪는 상황에 다들 어찌할 줄을 모르고 아우성이었다. 시댁 식구들과 함께 방공호로 숨었다. 논에서 달려온 남편은 물론 이미 마을 사람들 여럿이 들어와 있었다. 그렇게 한낮이 지나고 그날 저녁 방공호 안에서 들어야 했던 남하하는 탱크 등이 내는 굉음의 공포는 상상을 초월했다. 대포와 탱크, 트럭과 우마차까지 동원된 무기들이 남하하고 있었다. 남으로 내려가는 탱크 소리는 밤낮을 가리지 않았으니 공포에 떨어야 했고 뜬눈으로 밤을 지새웠다. 이틀이 지나서야 굉음은 잠잠해졌고 야포 소리도 마찬가지였다. 조심스럽게 방공호 밖으로 나왔다.

전쟁의 명칭은 여전히 논란거리였고 입장에 따라 다 달랐다. 북한은 '조국해방전쟁', 중국은 '항미원조전쟁'이니 그랬다. 우리는 반드시 상기해야 하는 전쟁이었으니 6·25 전쟁이었다. 국군 17연대가 북한 인민군의 기습 공격을 방어하지 못하고 하루 만에 인천으로 철수했다. 당시 군 수뇌부는 눈을 뜨고도 북한의 위협을 보지 못했던 청맹과니였다.

인민군 대규모 병력과 장비가 38선에 집결한다는 육본 정보부의 보고가 있었지만 군 수뇌부는 이를 무시했다. 심지어 전쟁 전날인 6월 24일에는 비상 경계령을 해제하면서 농촌의 가뭄 해소와 모내기를 도우라고 병사들에게 2주간의 특별 휴가를 주기도 했다. 주말이라고 절반 이상의 병력이 외출한 상태였다. 용산에 새로 문을 연 장교 클럽 낙성 파티에 전후방의 지휘관들이 참석하였으니 밤늦게까지 술판이 이어졌다. 초기 개전 상황에서 부대 장악이 제대로 이루어질 수 없었다. 그날 아침 대통령은 창경궁 연못 비원에서 낚시를 하고 있었고 오전 10시가 넘어서야 남침 사실을 보고를 받았다. 긴급 비상 국무회의가 소집됐지만 채병덕 육군참모총장은 참담한 전방 상황을 왜곡하고 있었다. 전면 남침이 아니라 서대문 형무소에 갇혀 있는 이주하와 김삼룡 등의 공산주의자를 살려 내기 위한 방편이라느니, 게다가 우리 군으로 침략자들을 일시에 격파하겠다는 엉터리 보고였다.

전쟁 발발 전인 6월 중순, 북한은 갑자기 평화 호소문을 소지한 2명의 특사를 파견하는가 하면 조만식 선생과 김삼룡·이주하를 교환하자고 제의해 왔다. 이에 이승만 대통령은 "조만식 선생을 먼저 보내 주면 두 명을 보내 주겠다."라는 회신을 6월 23일 방송으로 보냈었다. 대부분의 국민들은 전선의 상황을 알 수 없었다. 전쟁이 발발한 것조차 막연했으며 우리 국군이 월등한 전투력으로 북한군을 제압할 거라고 믿어야 했다. 평소 북진 통일을 이야기했고 국군의 전투력을 과잉 포장했기 때문이었다.

당시 남한은 국토방위 전력을 전혀 갖추지 못한 상태였다. 남북한의 전력은 완전 비대칭이었다. 해방 후 미국의 대한(對韓) 군사 원조 정책(1948~1950)에 따라 10만 명이 안 되는 국군의 기능은 '국내 치안 유지' 정도였다. 전차가 단 1대도 없었고, 미국이 원조해 준 M8 장갑차 27대와 M2/M3 병력 수송용 장갑차 24대가 기갑 연대에 배치되어 있었다. 남침 사흘 만에 북한군 주력 105 전차 부대가 서울을 점령하였다. 무기와 병력 면에서 중과부적이었고 불가항력이었다.

탱크를 앞세운 인민군의 공세에 국군의 방어선은 홍수에 둑이 무너지듯 일시에 전선이 후방으로 밀려났다. 인민군의 파죽지세, 서울 진입을 앞두었을 때도 시민들에게 전선 상황을 알리지 않았고 정부는 27일 새벽 수도를 옮기는 걸 확정한다. 이승만 대통령은 경무대를 빠져나와 새벽 3시경 서울역에 대기 중인 특별 열차에 올랐다. 병자호란 당시 도성을 내주고 한강을 건너 남한산성으로 도망친 지존과 같은 비열한 모습의 재현이었다. 6월 27일 오전 국회의원들조차 수도 이전 결정을 모른 채 본회의에서 '서울 사수'를 결의했고 의원 대표들이 경무대를 방문했을 때 대통령의 부재를 확인할 수밖에 없었다. 여전히 '서울 사수'를 호소하는 선무 방송이 이어지고 있었다.

전쟁 발발 사흘째인 6월 28일 새벽 1시경 인민군 탱크가 미아리 방어선을 돌파했다는 보고를 받은 채병덕 육군참모총장은 피난을 가지 못한 국민이나 후퇴 중인 부하의 안위를 염려하는 대신 인민군이 남하를 막기 위해 공병감 최창식 대령에게 한강교 폭파 명령을 하달한다. 한강교 곳곳에 폭약을 설치하고 준비 중이던 공병대는 즉각 폭파 버튼을 눌렀다. 한강대교를 비롯한 3개의 철교는 큰 폭음과 함께 일부 교각이 폭삭 주저앉았다. 한강교 일대는 아수라장, 다리에 들어섰거나 근처에 있던 많은 피난민이 즉사하거나 수장, 또는 부상을 입었다. 퇴각 중이던 아군의 병력과 장비는 물론 대부분의 시민들은 피난을 떠나지 못하고 적의 수중에서 3개월을 견뎌야 했다.

28일 오후 3시, 중앙청을 점령한 인민군은 서대문 형무소와 각 경찰서에 수감된 4천여 명의 정치범을 석방시키고 인민위원회를 설치했다. 어찌 그런 일이 일어날 수 있었던지, 인민군이 서울을 장악하자 김일성 총사령관은 축하연설을 방송한 뒤 서울시인민위원회 위원장에 이승엽을 임명했다. 이로써 대한민국 수도 서울은 인공치하에 든 다른 세상을 맞아야 했다.

조선인민군이 마을에도 쳐들어왔다. 전쟁의 공포가 어떤 것인지, 도대체 세상이 어떻게 돌아가는지 종잡을 수가 없었다. 마을엔 붉은 완장을 찬 사내들이 돌아다녔다. 머슴이었거나 대처에 나갔던 청년들이 주축이 된 후방 선전 공작원들이었다. 마을의 담벼락과 대문에는 "조선민주주의인민공화국 만세!", "영명한 지도자 김일성 장군 만세!" 등의 구호가 적힌 글들이 펄럭이듯 붙어 있었다.

사상과 이념이 뭔지도 몰랐는데 밤마다 마을 사랑방에 모여 사상 교육을 받았다. 철저하게 세뇌된 공작원들은 동조하지 않는 주민들을 협박과 강압으로 모든 수단과 방법을 동원했다. 김일성 수령의 교시를 돌아가면서 읽고 찬양에 동조하도록 겁박했다. 공산주의라는 용어 자체도 생소한 사람들이었다. 마음에 내키지 않는 인물이든 사실이든 억지로 따라 하고 찬양해야 하는 일은 도무지 사람을 지치게 했다. 규탄 대회가 시작되자 완장을 찬 이들이 번갈아 외쳐 대기 시작했다.

"조국과 민족의 자주 독립을 위하여 우리는 악랄한 미 제국주의와 그 주구인 매국역적 리승만 괴뢰도당을 쳐부숩시다.", "영광스러운 인민의용군 대열에 우리도 동참합시다." 등의 구호였다. 하루아침에 대통령은 '매국 역적 괴뢰 이승만'으로 미국은 '침략자 미제'가 되었다. 일제 강점기 미국은 일본의 적국이었으니 '미국(米國)'이었다가 해방이 되었을 때는 해방의 감사함에 미국(美國)으로 바뀌었던 것을 기억하는데 다시 강도나 침략자의 존재로 각인되어야 했다. 어떻게 돌아가는 판국인지 혼란스러웠다. 완장을 두른 한 청년이 앞에 나서더니 마을 사람들에게 큰 소리로 외쳤다.

"조국해방전쟁을 수행하는 용감무쌍한 인민의용군 대열에 지원합시다."

곁에 있던 남편의 표정을 살폈다. 알 듯 모를 듯한 표정이 의아했다. 다음 날 남편은 온다 간다는 말도 없이 사라졌다. 이웃 사람들에게 전해 들은 이야기는 인민군을 따라갔다는 이야기였다.

북한은 남침하면서 서울 등 대도시에 '인민의용군 조직위원회'라는 상설 기구를 설치한 뒤 각 지역별로 할당 인원을 정해서 모집했다. 처음 좌익 계열의 자발적인 지원이라는 형태였던 인민의용군은 궐기 대회를 통한 집단 입대로 변질되어 사실상 강제 징집이었다. 전쟁 초기 남한의 점령지에서 총을 들 수 있는 인원을 전부 잡아다 인민군으로 편입시킨 뒤 제대로 된 훈련이나 장비를 지급하지 않았으니 한갓 소모품처럼 전선의 총알받이였다. 낙동강 방어선에 투입된 북한군 중에서 상당수는 남한에서 강제 징집된 인민의용군인데 북한군의 남침으로 남한의 의용군 입대자는 최소 15만 명에서 최대 40만 명으로 추산했다. 후에 들은 이야기이지만 남편은 해주 근처의 신병 교육대에서 2주 동안 기초 군사 교육을 받고 전선으로 떠났다고 했다.

이제 겨우 남편과 눈을 마주치며 편하게 말을 섞기 시작했는데, 남편이 없는 밤이 점점 무서워졌다. 연로한 시부모와 산 입에 거미줄을 칠 수 없으니 남편 몫의 일까지 해야 했다. 그해 여름은 유난히 뜨겁게 지나갔다. 들판에 벼가 누렇게 익어 가는 9월 중순이 지나 다시 대포 소리가 북상하기 시작했고 인민군들이 패주하는 모습이 보이기 시작했다. 집안 어른들을 통해 남편의 소재를 수소문해 보았지만 알 길이 없었다.

시월 중순경 의용군으로 입대했던 마을 청년이 패주하던 북한군 대열에서 부상을 입고 돌아왔다. 한쪽 다리가 잘려 목발을 짚고 있었다. 행여 남편의 소식을 알 수 있을까? 그는 남편의 소재를 어렴풋이 알고 있었다. 낙동강 전투에서 국군의 포로가 되어 확실하지는 않지만, 부산의 포로수용소에 있을 거라고 했다. 죽지 않고 살아 있다는 소식을 전해 들은 것만도 마음에 큰 위안이 되었다.

북진과 후퇴

서울을 수복한 다음 날인 1950년 9월 29일 일단 38도선에서 북진을 멈추라는 명령이 내려졌다. 작전 지휘권을 갖고 있던 유엔군 총사령부의 명령이었다. 수도 서울을 허망하게 북에 내주고 야반도주했던 대통령은 다시 제자리로 돌아와서는 정일권 육군참모총장을 비롯한 군 수뇌부를 경무대로 불렀다. 유엔군사의 작전 지휘권하에 있기에 북진할 수 없는 사정을 뻔히 알면서 그들을 다그쳤고 책상에서 종이 한 장을 집어 정일권 육군참모총장에게 전했다. 종이에는 이렇게 적혀 있었다.

"대한민국 국군은 38도선을 넘어 즉시 북진하라. 1950년 9월 30일. 대통령 이승만"

10월 1일 국군은 38선을 돌파했다. 국군 제3사단 23연대가 동해안 양양 지역에서 최초였다. 후에 이를 기념하며 국군의 날로 정했다. 인천 상륙 작전 이후 걷잡을 수 없이 패퇴하기 시작한 북한군은 삽시간에 거의 모든 북한 지역을 내주게 되었다. 북한 임시 정부는 압록강변에 있는 임시 수도 강계시에 숨어들었고, 지도부의 자녀들을 중국으로 도피시켰다. 국군은 평양시를 함락하고 압록강에 도달했으며, 미군은 장진호에 집결하여 북한의 임시 수도 강계를 향한 마지막 공세를 준비하고 있었다.

김일성과 박헌영은 단시간에 남한 지역을 공산권의 영향 하에 둘 셈으로 전쟁을 일으켰다가 거꾸로 자신들이 완전히 망할 지경에 이르렀다. 이미 대부분의 병력을 상실하고, 인구 밀집 지역을 모조리 국제 연합군과 국군에 점령당해 병력을 더 모을 영토조차 남지 않은 북한은 자력으로 점령지를 방어할 능력을 상실하였다. 1951년부터 인민군 장교들을 만주 조선족 농촌 지역으로 보내 인민군을 모집할 정도였고 결국 북한 정권이 궤멸당하는 것은 시간문제였다. 이미 임시사령부를 만주에 꾸려놨고 외부의 도움이 없으면 압록강과 두만강을 넘어 도망치는 수밖에 없었다.

북한은 스탈린에게 긴급 지원을 요청하였으나, 무반응이었다. 소련군이 참전한다면 6·25 전쟁이 제3차 세계 대전으로 확전될 것을 우려한 결과였다. 소련은 공군을 압록강, 두만강 국경 지대에서 활동하게 하는 것 외에는 북한에 대해 별다른 조치를 취하지도 않았으며, 사실상 중국 혼자 북한을 지원했다. 또 스탈린은 직접 개입하기 껄끄러웠는지 여러 차례 중국 측에 참전을 종용했고 정작 중국 측은 이런저런 이유로 결정을 미루고 있었다. 당시 마오쩌둥은 중국 최대 권력자였지만 아직 절대 권력을 가지고 있던 때가 아니었다. 한반도 파병 문제는 마오쩌둥 한 사람이 내리기에는 너무나도 중대한 결정이었기 때문에 여러 차례 회의를 거쳐 결국 중공군 파병이 결정됐다.

북한 존속이 중국에 필요했다는 것은, 완충 지대로서의 위치 때문이었다. 일단 북한 정권이 무너지면, 미국의 영향이 미치는 대한민국과 소련이 당장 국경을 맞대게 된다. 소련은 한반도가 남한에 의해 통일된다 해도 국가의 중심인 수도 모스크바와는 거리가 먼 구석 극동 지역이라서 조금 맞대도 별 상관없다고 생각했지만, 중국은 수도 베이징시가 한반도와 비교적 가까운 거리에 있어서 경계심을 가질 수밖에 없었을 것이다. 마오쩌둥은 '입술(북한)이 없으면 이(중국)가 시리다'는 순망치한(脣亡齒寒) 이론을 내세워 한반도 파병을 결정한다.

더글러스 맥아더 유엔군 사령관은 1950년 10월에 웨이크섬에서 열린 해리 S. 트루먼 미국 대통령과의 회담에서 중국의 참전을 우려하는 트루먼의 질문에 중공군 따위 미군만 보면 도망칠 거라고 자신만만하게 대답했다. 당시 미군을 위시한 유엔군은 첨단 장비들을 들여와 북진 통일 직전까지 도달했다. 반면 국공 내전 이전인 중일전쟁 때부터 중국 공산당의 무력은 이미 견적이 나온 상태였고, 기껏 업그레이드해 봤자 일본군이나 국부군에게서 주운 무기들 정도였다. 무기로만 전쟁하는 걸 생각했다면 당연히 중공군은 상대도 되지 않았다. 하지만 웨이크 섬 회담이 열리고 있던 바로 그때 중국은 한반도에 대규모 병력을 파병하고 있었다. 나중에 미군이 중공군에게 큰 피해를 입자 트루먼은 맥아더에게 속았다며 길길이 날뛰었다.

제1차 공세로 전과를 거둔 중공군과 북한군은 제2차 공세를 펼쳐 청천강 전투에서 미군과 한국군을 격파하는 한편 미 해병대 제1사단을 포위하고 장진호 전투를 치렀다. 개마고원의 시작점이라는데 그 지역은 막연하다. 미국과 중국의 군대가 최초로 맞닥뜨린 전투였다. 하지만 미합중국 해병대 창설 이후 유독 치열했고 성공적이라는 게 그렇지만 처절하게 철수해야 했던 전투였다. 그 결과 12월 4일에 국군과 유엔군은 평양을 다시 내주면서 삼팔선까지 대대적인 후퇴를 하게 되었다. 그 뒤 12월 6일에는 북한군과 중공군이 평양을 재점령하였다.

서부 전선에서 이렇게 물러나는 동안 12월 14일부터 24일 사이에 동부 전선에서는 유엔군 12만과 피난민 10만이 흥남

부두에서 배를 타고 해상으로 철수해야만 했다. 장진호 전투에서 중국군의 공격을 피해 간신히 빠져나온 미 해병 1사단 역시 12월 24일에 흥남을 통해 후퇴했다. 결국 1월 4일에는 수도 서울이 다시 공산군에 함락되었고, 국군과 유엔군은 다시 한번 37도선(평택−원주−삼척 방어선)을 향해 대대적인 후퇴를 하게 된다. 대한민국 정부는 다시 부산으로 이동했고, 미8군사령부도 대구로 후퇴하게 된다.

천 리 피난길

전선이 안정되는가 싶었는데 중공군의 개입으로 원점이
었다. 엄동설한이었지만 공산당의 횡포를 보았으니 피난을
떠나지 않을 수가 없었다. 12월 중순이었다. 다음 해 1·4
후퇴는 정부의 서울 철수를 의미했고 서울 사람들의 기준이
었다. 남편이 부산의 포로수용소에 있다니 찾아보아야겠다
고 하는 이유도 있었다. 연로한 시부모님은 모시고 갈 수가
없었고 시누이와 같이 길을 나섰다.

거리에는 끝도 없이 피란민의 행렬이 이어졌고 그 대혼란
속에서 수많은 이산가족이 생겨나게 된 비극이 잉태되고 있
었다. 대부분의 피난민들이 일시적인 후퇴로 여긴 까닭이
었다. 다시 국군과 UN군이 전열을 정비하여 북진할 수 있
을 것이라는 생각에 '며칠 몸만 피하다 온다'는 생각으로 가
장과 몇몇 자식들만 간단하게 피난한 경우가 많았다. 아니
면 피난하기 힘든 어린 자식들을 친가 또는 외가에 맡겨 두

고 피난한 사람들도 많았다. 그런데 이때의 이별이 평생의 이별이 되어 버렸다. 분단으로 인한 이별 외에도, 피난으로 인한 혼란 상황에서 남한 내에서도 평생 만나지 못하고 이산가족으로 살게 된 사례가 의외로 많았다. 특히 1983년 방영된 〈이산가족을 찾습니다〉를 보면 1·4 후퇴에서 가족과 이별하게 된 사례가 제일 많았다.

연백에서 갯벌을 통과하면 남쪽 땅, 강화 볼음도였다. 갯벌 가까운 해송이 울창한 숲에서 경비병의 시야가 흐려지도록 해가 기울 때까지 기다려야 했다. 겨울이어서 이르게 오는 저녁, 칠흑 같은 어두운 밤을 또 기다려야 했다. 물때도 긴 썰물이 가는 사리였다. 가급적 빠른 걸음으로 갯벌을 건너가야 했다. 경비병에게 들키거나 밀물이 들면 물귀신이 될 수도 있었다. 12월이었으니 차가운 바람과 갯벌이 서걱거렸다.

밀물이 몰려오기 시작했다. 보퉁이를 이고 질척거리는 뻘밭을 건너가는 것은 뼛속까지 파고드는 추위를 견뎌야 하는 것이었다. 겨우 둑에 올라서서 바다를 보았더니 갯벌은 바닷물로 넘실거렸다. 옷이라야 무명천에 솜을 대어 누빈 옷, 다행히 누비바지를 챙겨 입었으니 그나마 다행이었다. 볼음도에서 다시 강화도로 나가는 것도 쉬운 일은 아니었다. 남편을 만나겠다는 일념이 없었다면 건너갈 수 없었을 바다였다.

　부르튼 발을 끌고 배를 곯으면서 강화도에서 김포평야를 지나 서울로 들어섰다. 천태만상 피난민들의 행렬, 추운 날씨에 이불에 싸여 버려진 아기는 살았을까 죽었을까? 하루에도 몇 번이나 머리 위에서 전투기들이 폭탄을 투하했고 어디든 숨어야 했다. 허옇게 얼어붙은 논바닥에 시체들이 즐비했다. 부산까지 가야 했기 때문에 열차를 타야 했다. 배고픔과 추위 속에 이고 온 주먹밥을 녹여 먹으며 보니 끝도 없는 길이었다. 부산까지는 가야 했다.

　영등포를 서성거리다가 마침 고향 사람 하나를 만나 영등포역으로 갔다. 기차역에는 몰려든 피난민들로 북새통을 이루고 있었다. 화물칸에는 군수 물자를 싣고 피난민들은 화차 지붕에 올라가 앉아야 했다. 그런데 화물 차량들 사이에 가끔씩 무개화차가 끼어 있었다. 대포나 탱크 등을 실을 수 있도록 화차 두 칸을 연결해 놓기도 했다. 칸막이만 달린 지붕 없는 화차라도 얻어 탄다는 것은 엄청난 특권이었다. 기차 지붕에도 올라갈 곳이 없어서 겨우 사람과 겹쳐서 올라갈 수밖에 없었고 찬바람에 이불을 둘러써야 했다.

　시린 바람에 하루 종일 눈발이 휘날리는데 기차는 떠나지 않고 있다가 한밤중이 다 되어서야 서서히 움직이기 시작했다. 가족 중 누군가 잠시 기차에서 내렸는지 열차가 출발하기 시작하면 지붕 위의 식구들이 그 이름을 애타게 불러 댔다. 간신히 달리는 열차에 올라타는 경우도 있었지만 그대로 이산가족이 되어야 했다. 밤새도록 겨우 수원까지만 가고 또 멈추어 섰다. 영등포에서 수원까지 갔는데도 빈틈이 없던 지붕의 자리가 듬성듬성 비어 있었다. 기차 지붕이 약간 타원형이어서 양쪽에 앉아서 서로 붙들어야 하는데 잠이 들면서 쥐었던 손을 놓치며 두 사람 다 떨어져 죽었던 것이다.

기차는 다시 출발했지만 천안까지 가서는 또 멈추어 섰다. 건너편에 기차가 간다고 해서 가 보니 지붕에도 탈 데가 없어서 기차 물 넣는 화통에 타야 했다. 기차가 움직이려면 화통에 물을 채워야 하는데 내려오라고 해도 한 사람도 내려오지 않자 사람이 들어찬 곳에 물을 부어 사람 옷과 철판이 붙어서 움직이지도 못하고 섰는데 그 상태로 기차는 대전까지 갔다. 삶과 죽음이 너무 가까이 있었다. 사람들은 다 내려도 우리는 몸과 옷이 철판에 얼어붙어서 움직여지질 않아 꼼짝도 못 하고 있는데 화통 양쪽 가장자리에 붙어 있던 남자 한 사람이 움직여 발을 빼서 얼음이 부서지면서 모두 내릴 수 있었다. 먼저 내린 사람들이 불을 피워 놓고 거기 앉아서 옷들을 말리며 기진맥진해서 이리저리 쓰러져 잤다. 대전에서 하루를 머물렀다.

대전에서도 열차를 이용해야 했다. 태어나 집을 떠나 본

적이 없는 아녀자가 추위와 배고픔을 견디며 낯선 환경에 적응한다는 것은 참으로 지난한 일이었다. 대전에서 천행으로 다시 고향 사람을 우연히 만나 부산행 열차를 어렵사리 태워 주었다. 챙겨 온 패물 중에서 가락지 하나가 그렇게 넘겨졌다. 지붕이 없었으니 살을 파고드는 듯 바람은 차가웠다. 고향 사람을 만나지 못했더라면 어딘가에서 고꾸라져 죽었을 것이다. 시누이는 영등포에서 헤어졌다. 대전까지 오는 길도 멀었는데 부산으로 내려가는 길은 더 멀었다.

사흘이 지나고 열차는 부산진역에 도착했다. 1월 초순이었는데 날씨가 포근했다. 그만큼 남쪽으로 내려왔다는 게 새삼스러웠다. 아는 사람도 하나 없고 열차 안에서 만난 아주머니를 따라가야 했다. 아주머니 친척이 식당을 하고 있어 일자리를 알아봐 주겠다고 했다. 누구를 믿고 못 믿고 할 계제가 아니었다. 그렇게 도착한 게 부산의 감천동이었다.

가요 〈굳세어라 금순아〉가 크게 유행하여 국민의 애창곡이 된 것은 흥남 철수 작전과 1·4 후퇴의 뼈아픈 상처가 녹아들었기 때문이었다. 1·4 후퇴로 떠밀려 온 피난민들이 가장 안전한 최후방 임시 수도 부산으로 계속 몰려드는 바람에 1951년 3월 부산의 인구가 120만 명을 넘어서게 된다. 그리고 이들을 수용하기에는 비어 있는 집과 땅이 부족했기 때문에 피난민들은 산자락 아무 데나 판잣집을 지었다. 예를 들면 일본인 공동묘지 위에 생긴 아미동 비석마을이 그랬다. 1945년 광복으로 살아 있는 일본인은 모두 떠나고 남은 일본인의 무덤이 있던 곳이었다. 당연히 부산 토박이들은 그런 데서 살지 않았지만, 피난민들은 몸을 뉘일 자리도 없다 보니 비석을 뽑아다 계단을 만들고 집의 부재로 그대로 사용한 것이다. 당연히 피난민들도 여기가 무덤이라는 걸 모를 리가 없었다. 이들이 훗날 회고하기를 귀신보다 배고픔과 집 없는 게 더 무서웠다고 했다. 이때는 부산부터 동래까지 거리, 골목 구석마다 사람이 빼곡히 차 있어 그야말로 인산인해를 이루었다. 정부는 곳곳에 피난민 수용소를 만들어 피난민들을 수용하려 했으나 이도 역부족이었다. 가장 큰 문제는 식수와 화장실이었다.

부산은 일제 강점기인 1930년대 말경 인구 40만 도시로 계획됐지만, 일제 패망 후 해외 동포들이 부산항으로 귀국하면서 1940년대 이미 포화 상태에 이르렀다. 여기에 6·25전쟁 발발 이후 수십만 피란민의 유입으로 부산은 100만 인구를 단숨에 넘게 됐고 도시 기반 시설은 턱없이 부족하게 됐다. 피란 시절 그나마 최소한의 식수를 보급할 수 있었던 것은 부산이 상수도 시설을 갖춘 덕택이었다.

하지만 당시 인구 대비 하루 필요한 4만 톤에 비해 공급할 수 있는 양은 2만 톤밖에 되지 않아 '제한 급수'가 이뤄졌다.

부산 시내에는 3일에 한 번씩 급수가 이뤄졌고, 섬 지역인 영도에서는 4일에 한 번씩 급수가 이뤄졌다. 급수 시간도 2시간에 불과했다. 이 때문에 급수가 시작되는 날이면 공동수도 앞에는 진풍경이 펼쳐졌다. 양동이가 꼬리를 물고 늘어서 수백 미터가 넘는 행렬을 이뤘다. 먼저 물을 얻고자 새치기하는 사람들 때문에 몸싸움이 벌어지는 일도 있었다. 지금의 행정 구역상 부산진구에 위치한 '성지곡수원지'는 피란민에게 생활용수를 공급하기 위한 필수 시설이었고 이후 1972년 낙동강 상수도 공사가 완공되어 상수원의 기능을 상실하였다. 주인아주머니와 번갈아 가며 물을 길어 날라야 했다. 얼굴이나 찍어 바를 뿐 목욕 같은 건 엄두도 낼 수 없었다.

화장실도 마찬가지였다. 아침이면 차례를 기다리는 사람들이 발을 굴렀다. 위생 상태도 말이 아니어서 오물이 차고 넘쳤고 여름철이면 쉬파리들이 들끓고 밑에서부터 올라오는 악취는 숨조차 제대로 쉴 수 없게 했다. 남과 여를 구분한다는 것도 마찬가지였다. 남녀노소를 구분하지 않고 휴지가 될 만한 것들을 들고 궁색한 자신의 표정을 감추지 못하고 드러내고 서 있었다. 칸막이의 경계도 펄럭거렸으니 민망함은 피할 수 없었다.

연락 수단이 없고 기약도 없이 헤어지는 일이 다반사이다

보니 다시 만날 약속 장소를 정하는 것도 보통 일이 아니었다. 서울로, 서울로 떠나던 시절, 서울역 앞 시계탑이 만남의 상징적인 장소였듯이 피난민들에게는 노래 가사에도 나오는 영도 다리가 만남의 장소였다. 영도 다리는 배가 지날 때는 올렸다가 다시 내려지는 도개교(跳開橋)로 당시 이 땅에 하나밖에 없었던 다리였기에 상징성이 있었다. 영도 다리 아래에는 점집도 많았다. 피난민들이 막상 영도 다리에 왔지만 약속한 사람을 만나지 못하니 헤어진 가족들의 생사를 알기 위해 지푸라기라도 잡고 싶은 심정의 일단이었을 것이다.

그렇게 식당에 거처를 정하고 주방의 허드렛일부터 시작했다. 바쁜 시간은 모든 걸 잊게 했지만 늦은 잠자리에 찾아오는 외로움은 피할 수 없었다. 짬이 날 때마다 멀리 바다를 바라보았다. 연백의 고향에서 보았던 바다와는 다른 바다였다. 뻘밭을 들고 나지 않는 것처럼 늘 푸른 물결이 출렁거렸다. 남편을 찾아 나서야 한다는 게 마음뿐이었지 식당 일에 적응하기도 쉽지 않았다. 고향에서는 쉽게 집 밖을 나서 보지도 않았는데 밥 먹으러 오는 손님들이 추근대는 모습은 감내하기 어려운 일이었다.

그 남자

봄볕이 화사했다. 고향 연백의 봄보다 부산의 봄은 훨씬
빨리 오는 듯했다. 3월이었는데도 벌써 연분홍 진달래꽃이
울긋불긋 피어나고 있었다. 이곳에 온 지 어느새 3개월여가
지나고 있었다. 남편을 만나러 왔는데 아직 찾아 나서지도
못하고 하릴없이 세월만 가고 있었다. 살아 있으면 어느 곳
에 있는지 알 수만 있어도 좋을 것 같았다.

들고나는 많은 손님 중에 계급은 잘 모르지만 살갑게 인
사와 눈빛을 건네는 군인이 하나 있었다. 그를 통하면 남편
의 소재를 알 수 있으려나, 그에게 은근히 관심이 가기 시작
했다. 어느 날인가, 그를 포함한 군인 여럿이 들어와 식사
했다. 식사를 마친 일행들이 다 나가고 조금 있다 다시 그가
돌아왔다. 머리통을 긁적이며 그냥 할 이야기가 있어 들어
왔다고 했다. 그도 여느 사내들처럼 한번 추근대는 것 같기
도 했지만 그가 그렇게 나쁜 사람 같아 보이지는 않았다.

"저, 부탁이 하나 있데시요."

"나한테 무슨 부탁이데요. 자신은 없지만 말이라도 들어
봐야겠네유."

"제 남편이 전쟁이 시작되는 난리 통에 의용군에 끌려갔
디요. 소식도 모르고 애태우고 있다가 마을에 같이 끌려 나
갔던 남편의 친구가 부상을 입고 마을에 돌아왔는디, 부산
어딘가 포로수용소에 있다고 했거든요."

"글쎄유, 나야 보급을 담당하는 일이라 알 수 있을지 모르
겠지만 한 번 알아보기는 할게유. 이름을 알려 주세유."

그러면서 그는 슬며시 내 손을 잡았다. 얼른 뒤로 손을 뺐
지만 싫지만은 않았다. 가랑비에 옷이 젖듯이 그를 기다리
는 날이 많아졌다. 정말 남편은 포로수용소에 있기는 한 걸
까? 그러면 당시의 포로수용소 사정은 어땠을까?

인천 상륙 작전이 성공하고 유엔군과 국군이 북진하면서
패주하던 많은 인민군들이 포로가 되었고 해가 바뀌어 대규
모 병력이 남진했던 중공군들도 마찬가지였다. 전선에서 포
로들이 수집되면 각 지역의 임시 포로 수집소에서 다시 군
부대에 마련된 포로 수집소에 임시로 수용되었다가 헌병들
의 삼엄한 경비 속에 대구로 집결 남행 열차를 탔다. 이튿날
아침 이들은 부산 거제리에 있는 포로수용소에 도착했다.

허허벌판에 철조망 울타리 안으로 천막들이 들어차 있었다.

포로수용소에 도착하면 먼저 포로들이 입고 온 입을 벗기고 낡은 군복을 지급했다. 지급된 군복 상의의 등이나 바짓가랑이에 검은색 또는 흰 페인트로 'PW'(PRISONER OF WAR)라는 영문 글자를 주기했다. 머리터럭은 바리깡으로 박박 밀었다. 수용소에 들어오는 포로는 하루가 다르게 늘어 갔다. 야전 천막에 24명씩 수용하였는데 포로들의 수가 40명 이상으로 늘어나면서 온전히 등을 대기도 힘들었다.

곁에 동료들이 다들 안쓰러운 처지였지만 증오의 대상이 될 수밖에 없었다. 배를 채울 수 없는 것은 물론 쌀도 안남미였으니 돌아서면 배가 고팠다. 갇힌 자들에게 오직 식욕만이 존재성을 드러내는 이유였다. 좌우익의 갈등은 물론 배를 채우기 위해 음해하고 고자질하며 인간의 밑바닥을 서슴없이 드러냈다. 식수도 마찬가지였다. 영양도 부실했고 전장에서의 부상을 제대로 치료하지 못해 많은 포로들이 죽어 나갔다. 처음에는 동료로서 안쓰러워 속울음을 삼키기도 했지만 시간이 지나면서 인간적인 감정은 서서히 무뎌져 갔다. 겨울로 들어서면서 날씨가 추워지자, 밤새 눈을 감은 동료의 군복을 벗겨 입기도 했다. 삶과 죽음이 멀리 있지 않았다.

1950년 11월부터 유엔군은 거제도 고현, 수월 지구 등지에 포로수용소를 짓기 시작했다. 그 일도 포로들의 몫이었다. 9월 인천 상륙 작전이 개시되고 수도 서울을 탈환하면서 많은 인민군들이 포로가 되었으니 그 숫자가 무려 13만 5천여 명에 이르렀다. 거제도는 제주도에 이에 두 번째로 큰 섬이었고 전장에서 가까운 부산에 14만여 명을 수용하고 있어 포로 경비와 관리에 막대한 비용과 병력이 소요된다는 이유였다. 제주도 검토하였지만 이미 피난민으로 초만원이었고 물 부족, 차후 임시 수도로의 가능성 때문에 제외되었다. 뭍에서 멀지 않았다 하더라도 섬이었으니 포로들의 폭동이나 탈출에 대한 우려도 포함되었다.

먼저 도착한 포로들은 수용소 철조망을 설치했고 불도저로 부지 정리를 한 후 감시 망루를 설치했다. 평탄 작업을 한 터에 일정한 간격으로 천막을 쳤다. 초기 막사는 천막뿐이었으나 곧 흙벽돌 막사들도 들어섰다. 1951년 2월에 수용 시설이 설치되고 1953년 7월 휴전협정이 이뤄질 때까지 운영되었다. 수용 인원은 북한군 15만, 중공군 2만, 여자 포로 300여 명이었다. 단순하게 북한군 15만이라고 썼지만 막상 따지고 보면 11만 1천 명의 순수한 북한군 외에도 38,000명의 남한에서 징모된 의용군 출신이 있었으며, 각자 사연이 복잡한 남한 출신 민간인도 2만 2천 명에 달했다.

거제도로 옮기면서 친공 포로들이 주도권을 장악했다. 부산 수용소와는 다른 분위기였다. 미군의 수용소 통제 병력이 장악하지 못하는 무법천지와도 같았다. 친공 포로들은 사상이 의심되는 포로들을 잡아다 인민재판을 거행했다. 고문으로 심문하고 전장에서 이탈했던 자에게는 살인도 서슴지 않았다. 그리하여 밤마다 주도권을 잡기 위한 항쟁을 벌였고, 이로 인해 수많은 포로들이 죽어 나갔다. 일단 경비병이 말도 안 되게 적었고, 그것도 각 부대들이 도무지 감당 못 하는 문제 병사들을 좌천시켜 경비대로 보내는 판국이었다. 수용소장들의 권위도 떨어지고 그마저도 한 달마다 교체되었다. 수용소 자체도 지휘 라인이 불안정하여 군수 사령부에서 담당했다가, 보급창에서 담당했다 하던 판국이었다. 수용소장들도 당시의 상황에 안이하게 대처했는데 수용소마다 인공기가 휘날리며 포로들이 무장하여 군가를 부르며 군사 훈련을 하는 것을 보고만 있었다.

유엔군은 이러한 사태를 진정 또는 반전시키고자 반공 청년단을 투입했다. 그러나 수용소 내는 두 개 세력으로 양분됐다. 해방동맹의 친공 포로와 반공청년단의 반공 포로들이었다. 이들 두 세력이 팽팽히 맞서면서 인공기와 태극기가 밤낮으로 바뀌어 걸리는 일도 생겼다. 연일 수용소 내에서 두 세력 간 전선을 방불케 하는 살육전이 벌어졌다. 친공 포로들은 드럼통을 잘라 만든 칼로 반공 포로를 살해한 뒤 각을 뜨고 맨홀이나 화장실에 집어넣는 야만적 행동도 서슴지 않았다. 이런 무법천지 속에 휴전 협상을 유리하게 만들기 위한 지령을 받고 1952년 5월 7일, 수용소장인 미합중국 육군 준장 프랜시스 도드 장군을 납치하는 초유의 사태까지 터졌다. 17만 명으로 미어터졌던 거제도의 포로들을 전국의 11개 수용소로 흩어 버리는 작전에 돌입하였고, 이에 적극적으로 반대하던 76 포로수용소는 탱크로 밀어 버렸다.

이후 포로 이동을 대충 설명하자면 의용군과 반공 포로들은 본토로 이송시키고, 중공군 포로는 제주도로 보냈고 거제도는 3만 5천 명의 친공 포로만 남았다. 휴전 협정 기간에 이승만 대통령의 반공 포로 석방이 이루어졌지만, 거제 포로수용소는 반공 포로 석방이 없던 게 이런 이유 때문이었다. 반공 포로를 분리시키면서 친공 포로들은 구역만 바꿔 거제도 포로수용소에 여전히 남아 있었고 새로 생겨나기도 했지만 다른 지역의 수용소에 비해 유엔군의 경계가 삼엄하고 섬이라 탈출이 제한적이었기 때문이기도 했다. 이후 휴전이 이루어지면서 이곳에 있던 친공 포로들은 북한으로 송환되었고 남아 있던 반공 포로들은 한국인으로 귀순했다.

그는 일부러 찾아온 듯 늦은 시간 혼자였다. 식사를 마치고 술도 권하며 그의 입만 바라보고 있었다.

"남편분의 근황을 알아보았는데 도무지 찾을 수가 없었어요. 워낙 많은 포로들이 몰려들기도 했고 수용소 안의 사정도 굉장히 복잡한가 봐요. 마침 수용소에 근무하는 친구가 있어 좀 더 알아보라고는 했는데 솔직히 자신은 없어요."

"감사해요. 소식만이라도 알 수 있으면 좋을 낀데, 앞으로 어찌 살아가야 하나 막막하기도 하고요."

그는 일어서면서 주머니에서 무언가를 꺼내 내밀었다. 미제 사탕이었다. 뿌리쳤지만 그는 뒤도 돌아보지 않고 문을 열고 닫았다. 그가 돌아가고 난 뒤 갑자기 살아가야 할 날들이 아득하게만 느껴졌다. 엄동에 먼 피난길에서도 살아남았는데 어찌해야 하나, 일가친척 하나 없는 타향에서 여자 혼자 산다는 것은 불가능한 일이었다. 그래도 다행이라고 해야 하나, 채 일 년도 되지 않은 짧은 시간의 신혼 생활, 살가움이 없고 잔정은 없었지만 견딜 정도는 의지가 되었다. 기댈 수 있는 언덕 같은 존재라고 해야 하나. 남편을 찾는 일에 더 이상 어쩔 수 없는 벽을 느끼면서도 고향과 시댁에 돌아간다는 것은 생각할 수 없는 일이었다.

부산이라는 도시, 많은 인구를 품을 만한 도시가 될 수 없는 산지가 대부분이고 시가지를 조성할 만한 넓은 벌판이 없었다. 과거에는 왜구의 침략에 대비한 군사적 시설이 해안을 따라 늘어선 국경 지대였다. 하지만 전쟁 중 1,023일 동안 임시 수도로 대통령이 통치 행위를 했던 부산은 숱한 피난민들을 품어 준 도시였다. 갑자기 대규모로 불어난 인구를 감당할 수 없어 가파른 산비탈에 계단을 이어 가며 판자를 얽은 집들이 이어졌고 심지어 마구간이나 소 외양간까지 피난민의 거처가 되어야 했다. 정부는 항만과 철도시설 주변 창고, 소 외양간, 공장을 임시 수용소로 활용했지만, 충분하지 않았다. 뒤늦게 도착한 피란민은 가마니, 판자, 종이 박스, 깡통, 양철 등 구할 수 있는 재료를 모두 이용해 도시 내 빈 공간에 판잣집을 지었다. 건물 담벼락, 하천 부지, 바닷가 바위 가리지 않고 판잣집이 빼곡히 들어섰다.

부산에는 푸른 파도가 넘실거리는 바다가 있었다. 어김없이 밀물과 썰물이 갯벌을 하루에 두 번씩 오고 가는 고향의 바다와는 다른 바다였다. 뱃길로 간다면 쉽게 고향에 갈 것 같은데 그건 불가능한 현실이더라도 바닷가에는 한 번 가 보고 싶었다.

그다음 주말이었다. 식당에서 일하면서 정기 휴일 제도가 없었으니 개인적인 시간을 낸다는 것은 쉬운 일이 아니었다. 토요일 오후 바쁜 점심시간이 지나고 그가 식당에 들어섰다. 그는 눈만 마주치고 주인아주머니에게로 가 무슨 말인가를 하는 듯했다. 잠시 후 주인아주머니가 부르더니

"정신없이 세월만 가네. 바람이나 한번 쐬고 와요."

하며 등을 떠밀었다. 영문을 모르니 둘을 번갈아 보는데

그가 한마디 했다.

"부산에 와서 밖에 한 번도 나가 보지 못했잖아요. 바닷바람이나 쐬러 가요."

기다렸듯 반가운 말이었지만 그렇다고 바로 반응을 보이는 것도 어색했다. 어찌할 줄을 모르고 서 있는데 주인아주머니가 다시 등을 떠밀었다. 방에 들어갔을 때 동동구리모와 주인아주머니가 외출복으로 입던 옷도 건네주었다. 식당 밖을 나가 본 적이 없는 부엌데기에게 입을 만한 옷이 어디 있었겠는가. 여자 마음이었다. 겉으로는 표현할 수 없는 달뜨는 마음을 어이하랴. 거울을 보니 모습이 어색한 게 속으로는 나들이에 대한 반가운 마음이었지만 타인에게는 부끄러움으로 드러내야 했다.

해운대에 너른 백사장이 있고 동백섬도 있다는 데 한 번가 볼 수가 없었는데 그가 같이 가고 싶다고 했다. 전선에서는 여전히 밀고 밀리는 전쟁 중이었지만 부산은 그런 분위기를 체감할 수가 없었다. 거리에는 전선의 보충병을 모집하느라 젊은이들을 마주치기만 하면 검문하고 모병 심사가 이루어졌다. 몰려든 피난민들까지 생존의 가파른 모습들만 보일 뿐이었다. 그를 따라나섰다. 나무에 연둣빛 푸른 잎들이 나풀거리고 벚꽃이 피기 시작했으니 화창한 봄이었다.

동백섬은 건너다만 보고 해운대 백사장으로 건너갔다. 망망한 바다와 비릿한 해풍이 한 겹 한 겹의 파도를 실어 나르는 백사장, 가슴이 파도처럼 출렁거렸다. 개펄이 있는 황량하고 썰물이 되면 짐승의 아가리처럼 검고 어두운 보잘것없는 고향에서 보았던 바다와는 비교할 수 없었다. 바다와 하늘이 맞닿은 수평선 너머에 또 다른 세상은 어디일까, 궁금해지는 것도 마찬가지였다.

"어때요?"

그가 물었을 때 뭐라 할 말이 없었다. 백사장을 걸으면서 그가 손을 잡으려고 했지만 뿌리치듯 손을 뺐다. 잠시 남편 생각에 그 자리를 벗어나고픈 생각이 달려들었지만 그것도 잠시 봄바람처럼 마음이 팔랑거렸다. 해운대를 돌고 동백섬으로 들어갔다. 절정을 지난 동백꽃이 숭어리째 툭툭 떨어져 있었다.

"봄바람이 불면 더 고향 생각이 많이 나디요. 들판을 오가며 봄나물을 뜯고 어딘가로 떠나고 싶어 설레던 마음은 그대로 여기까지 따라왔거든요."

소리 없이 동백꽃이 떨어지듯 독백처럼 말을 꺼냈을 때 그가 한마디 했다.

"막다른 골목에 이르듯 삶과 죽음이 엉켜 있는 삭막한 세상에서 고향의 봄을 생각할 수 있는 것만도 천만다행이라고 생각하자고요. 이왕 나왔으니 국제시장도 가 볼까요."

그는 성큼성큼 앞서갔다. 해운대에서 차를 타고도 한참을 가야 하는 거리였다. 그저 따라갈 수밖에 없었다. 부산에 온 지 4개월째, 처음의 외출이었으니 어디가 어딘지 알 수 없었다. 해운대의 바닷가를 거니는 것도 좋았지만 시장 구경을 하는 것도 재미있었다. 사람 구경도 마찬가지였다. 행여 고향 사람을 만날 수 있으려나, 기대도 있었지만 낯선 사내와 같이 다니니 은근 신경이 쓰이는 것도 사실이었다. 그 남자는 화장품과 여름옷 하나를 강권하다시피 사 주었다. 은근히 두렵고 설렜던 하루가 저물어 가고 있었다. 마음은 일하는 식당에 가 있었으니 조바심이 났다.

"빨리 식당에 가 봐야겠어요."

하지만 남자는 초조한 마음과는 상관없이 시장의 식당으로 들어갔다.

"빨리 가 봐야 한다니까요. 이제 그만 가시더요."

"주인아주머니께 말씀드렸으니 너무 걱정하지 마세요. 저녁 먹고 들어간다고 했으니."

남자는 아는 식당인지 앞서 들어갔다. 국밥집이었다. 밥을 주문하며 남자는 술도 주문했다.

"바깥 분은 찾기 어려울 것 같아요. 다시 그쪽에 근무하는 친구에게 말은 해 두었는데, 확인할 수가 없었대요. 여기까지 와 포기한다는 게 쉽지 않으시겠지만 어쩔 수 없네요."

"그래도 어떻게 포기한대요. 다시 한 번 더 부탁해 줘 보시라요. 시작했으면 끝을 봐야지 않갔시오."

국밥이 나오고 술도 따라 나왔다. 특별히 주문한 듯 맥주였다. 미군 부대에서 흘러나온 듯 맥주였다. 자꾸만 권하는데 마지못해 한 잔을 마셨다. 답답했던 속이 울렁거리듯 따가웠다. 그는 자꾸만 술을 권했다. 그 자리에 있는 이상 피하기가 어려웠다. 술은 흔들리는 속마음을 마구 흔들었다. 국밥은 먹는 둥 마는 둥 어지러웠다. 자리에서 일어났을 때 그도 일어났다. 그가 내 손을 잡는데 뿌리칠 힘이 없었다. 봄바람이 시원했다. 흔들리는 허리까지 감싼 그는 흐린 불빛이 새어 나오는 여인숙으로 가려 했다. 그 자리를 피해야 한다고 생각했지만 몸이 말을 듣지 않았다.

"저를 어쩌시려고요."

"처음 당신을 보았을 때 내 마음은 그 자리에 있었으니까. 서로 외로운 사람들이니 이 험난한 시국에 기대고 사는 게 어떻겠소?"

"나는 아니잖아요. 설령 남편이 이 세상 사람이 아니더라도 지금은 아니어요. 나를 보내 주세요."

그 말은 공허하게 사라져 가고 그는 몸을 더듬었다. 생사를 넘나들며 한 달이 넘는 시간, 낯선 곳에서 몸 하나 건사하기 위하여 이를 악물었던 시간들이 하릴없이 무너져 가고 있었다. 수치심과 죄책감에 몸을 비틀었을 때 그는 출렁거리듯 몸을 떨고 있었다.

잠에서 깨어났을 때 창문으로 여명의 빛이 스미고 있었다. 그는 아직 잠들어 있었다. 살며시 빠져나와 부리나케 옷을 걸치고 밖으로 나왔다. 늘 잠잠했던 건너편 바다가 파도에 출렁이듯 포말이 일었다. 식당으로 가는 길을 찾는 것도 쉽지 않았다. 그를 따라 나가는 게 아니었는데, 밀물처럼 후회가 밀려오고 또 밀려들었다. 가까스로 일하는 식당에 도착했을 때 주인아줌마는 청소 중이었다.

"어휴, 죄송해요."

부끄러움에 얼굴을 들 수 없었다.

"무슨 소리, 좋은 밤 보냈어? 어차피 혼자인데 잘해 봐."

가만히 생각하니 그와 주인아줌마와 뭔가 있는 것 같았다. 그날 하루는 어떻게 지났는지, 금세 지나갔다. 은근히 그를 기다리는 시간이 많아졌다. 사람의 일이란 알 수 없는 것이었다. 생사를 알 수 없는 남편에 대한 죄책감은 그렇게 무뎌져 갔다. 그렇게 몇 번인가를 더 만났을 때 그는 자기와 살림을 합치자고 했다. 그건 있을 수 없는 일이라고 생각했지만 그의 의도대로 흘러갔다. 그가 세 든 집은 식당 한쪽을 막은 방보다는 나은 곳이었다. 어둡고 질척거리는 가파른 언덕에 촘촘히 들어선 판잣집들, 깡통을 펴 덧대거나 루 핑이 덮인 지붕들은 겹쳐져 물결치듯 흘러가고 지붕 아래에 길 쪽으로 들어서 있는 추녀들이 겨우 구부려야 지나갈 수 있는 틈을 만들고 있었다.

질척거리는 골목마다 타다 남은 코크스 덩어리와 검은 탄 가루가 굴러다녔다. 누렇게 흘러내린 콧물을 달고 얼굴도 손도 맨발도 검게 드러낸 아이들, 아이들의 사투리는 제각 각이었다. 그 골목을 벗어나 그가 세 들어 사는 집으로 갔고 출산을 앞두기까지 식당 일을 계속했다.

전선은 고착되었고 지루한 고지전이 이어지고 있었다. 휴 전을 위한 회담은 계속되었지만 미국을 중심에 둔 스탈린과 이승만 대통령의 의도가 함축돼 있었다. 미국은 한반도에 서 하루빨리 철수를 원하고 있었지만 포로 송환 문제와 미군 을 한반도에 더 묶어 두려는 스탈린의 의지가 맞물린 결과였 다. 이러한 가운데 1953년 5월에 접어들면서, 미군은 반공 포로 송환을 중립국 관리하에 두자고 제안하면서 휴전 협정 을 조기에 종식시키기 위해 한국 정부를 배제하려고 했다. 더구나 미군은 전쟁 과정에서 막대한 피해를 입었기 때문 에, 전후 한국의 방위 책임에 대해 소극적인 입장이었다.

이러한 상황에서 이승만 대통령은 휴전 협정 39일 전인 6

월 18일 전국 9개 전쟁 포로수용소에 억류돼 있던 2만 5,000
여 명의 반공 포로를 석방하는 벼랑 끝 조치를 감행했다. 그
소식이 전 세계로 타전되자 미국 아이젠하워 대통령이 격노
했고, 처칠 수상은 면도 중 놀라서 얼굴을 베었다고 전해진
다. 그런 서방 세계의 반응을 충분히 예상했을 것이다. 그
후 며칠에 걸쳐 그는 2천여 명의 반공 포로를 더 석방하는 초
강수를 이어 갔다. 6월 19일 새벽 도쿄 주재 미국 언론사 특
파원들에 의해 포로 탈출 현장의 긴박한 상황이 전해졌다.

"저항하는 남한이 어제 임박한 협정에 닥칠 위협 따윈 생
각지도 않는 이승만 대통령의 명령에 따라 2만 5,000명 반
공 포로를 석방했다. 오늘 이른 새벽 서울 부근 항구 도시
인천의 수용소에서 1,500명 반공 포로 대규모 탈출을 시도
했고, 미국 병사들 및 해병대 병력과 충돌했다. 최초의 비
공식 보고에 따르면, 포로 100명의 사상자가 발생했다(10명
사망, 93명 중경상). 이 수용소는 포로 탈출이 일어난 다섯
째 캠프였다."

이승만은 휴전을 반대하는 한국 정부의 의사를 무시하고
일방적으로 휴전을 밀고 나가는 미국 정부에 제동을 걸었
다. 특히 한국에 대한 미국의 안보 방위를 확실하게 보장받
기 위해, 휴전 협정에 반대하며 한미 상호 방위 조약을 강
력하게 요청하였다. 이승만의 휴전 협정 반대가 단순히 구

호에 그치지 않고 반공 포로 석방이라는 행동으로 이어지자 미국 아이젠하워 대통령은 결국 한미 상호 방위 조약을 약속하고서야 휴전 협정에 서명할 수 있었다. 한국 측 대표는 그 자리에 없었다. 항간에는 유엔군에 작전 지휘권을 넘겼기에 그 자리에 없었다는 말도 있지만 그건 아니었다.

당시 이승만의 입장은 줄기차게 "통일 없인 휴전 없다", "중공군 철수 이전에는 휴전 없다."였다. 이승만은 휴전 회담 한국 측 대표를 소환하고 "단독 북진"의 주장을 이어 갔다. 완강하게 정전에 반대하며 중국군의 전면 철수와 북진 통일을 부르짖었던 이승만은 당연히 자의에 따라 휴전 회담에 불참할 뜻을 분명히 밝혔다. 밀고 밀리는 전선 상황과 무관하게 서로의 이해관계가 맞물려 지루하게 이어지던 정전 협정이 남한은 빠진 채 1953년 7월 27일 조인되었다.

드디어 3년여의 전쟁이 끝났다. 수백만의 희생자와 천만에 이르는 이산가족을 남긴 채로 어정쩡한 휴전이었다. 많은 피난민들이 고향으로 돌아가고 부산은 평온을 찾아갔다. 피란을 떠나면서 부산에서 만날 약속을 하고 헤어졌던 이산가족들은 혹시라도 가족의 소식을 아는 동향 사람을 만날 수 있을까 싶어 퇴근 무렵이면 피난민촌 입구를 서성거렸다. 남편을 군대에 보내고 피난 온 여인들은 행여 남편이 찾아올까 싶어 아이를 업고 밖에 나와 기다렸다.

피난민촌에 살면서 북한에서 내려올 가족을 기다리다 지친 사람들은, 전쟁이 끝나고 얼마 후 서울의 남산 아래 용산 2가동에 형성된 피난민촌인 해방촌으로 하나둘 떠났다. 그곳에 가면 헤어진 가족을 만나거나 아니면 새로운 소식이라도 들을 수 있을 것이라는 희망을 품고 서울행 기차를 탔다. 그러나 해방촌에 가서도 가족을 만나지 못한 사람이 많았고, 그들 중 아직 생존해 있는 사람들은 오늘도 북쪽의 가족을 그리워하며 상봉의 그날을 손꼽아 기다리고 있다. 단순히 이산가족이 아닌 전쟁으로 남편을 잃은 여성들의 수도 부지기수였다. 남한에만 10만여 명이었다. 친정이나 시댁에서 도움을 받을 수 있는 이들은 극소수였고 대부분이 바느질이나 재봉, 행상, 식모살이 등 힘겨운 노동으로 생계를 유지해야 했다. 일부는 거리에서 웃음을 팔기도 했다.

전쟁고아도 마찬가지였다. 전쟁 중에 부모가 사망하거나 피난을 내려올 때 부모와 헤어진 전쟁고아가 많았다. 그들 중 일부는 떼를 지어 다니며 밥을 구걸하는 거지가 되었고, 또 다른 일부는 스스로 돈을 벌겠다고 구두 통을 둘러메고 미군들에게 "슈샤인!"을 외쳤다. 불행한 시대를 탓하기보다는 스스로 삶을 개척하겠다는 '꿈'을 품은 고아들이었다.

전쟁 중에도 학교를 열고 아이들을 불러 모았다. 대부분의 학교 건물은 미군 등의 군부대가 주둔하고 있었고 천막

등의 임시 시설이었다. 책상과 걸상도 없었고 바닥은 마루나 콘크리트도 있었지만 대부분 맨땅이었다. 바닥에는 가마니가 깔려 있었고 비가 오면 지붕에서 빗물이 흘러내리기도 했다. 학생들은 등교할 때 화판과 신발주머니와 방석이 필수품이었다. 화판은 끈을 매어 어깨에 걸고 다녔으며 수업 시간에는 무릎에 펼쳐 놓고 필기를 했다.

전쟁 전의 미국이야 어찌 되었든 전쟁의 시작과 끝난 후에 미국의 영향력은 엄청났다. 미국 원조품이었던 분유와 밀가루의 배급은 "미제라면 양잿물도 마신다"는 유행어를 만들어 냈다. 부산 국제시장에는 미군 부대에서 불법으로 유출된 미제 물건 시장이 형성되었고, 전쟁이 끝난 후에는 서울의 남대문과 동대문 시장에도 미제 물건을 취급하는 곳이 생겼다. 단속반이 나타나면 물건들이 순식간에 자취를 감췄다가도 손님이 찾으면 어디선가 꺼내 와서 '도깨비시장'이라는 별명이 붙기도 했다. 미군 부대에서 남은 음식으로 만든 '꿀꿀이죽'이 인기를 끌었고, 이는 훗날 부대찌개로 발전했다. 아스피린과 테라마이신 같은 약품도 미군 부대를 통해 흘러나왔다. 원조 물자 중에는 이, 벼룩, 빈대를 잡는 DDT도 있었다.

그가 태어나다

고향으로 돌아가고 싶은 마음은 굴뚝같았지만 이제 고향 연백은 북으로 확연히 돌아갈 수 없는 금단의 땅이었다. 그보다는 남편을 버린 죄인 아닌 죄인이었다. 고향으로 갈 수는 없었다. 사람의 마음이라는 게 간사하다고 해야 하나, 혼인이라는 절차는 없었지만 가정을 이루었으니 점차 마음의 안정도 찾아갔다.

휴전이 되고 해가 바뀌었을 때 아이가 들어섰다. 이제는 어디든 떠날 수도 없었다. 이듬해 아이가 태어났다. 사내아이였다. 산파의 도움으로 아이를 낳으면서 친정어머니 생각이 간절했다. 살아 계시기는 한 것일까?

아이는 탈 없이 자랐다. 이듬해에는 둘째가 태어났다. 아이들의 아빠는 주말이면 청주 고향에 간다고 나서는 길이 잦아지더니 대전의 군수 부대로 전출 명령을 받았다고 했다. 자리를 잡으면 데리러 온다고 하며 떠났는데 한동안 연락이 되지 않았다.

전출 간 부대의 전화도 알 수 없다가 전출 간 부대를 어렵게 수소문하여 대전으로 찾아갔다. 퇴근 시간이 다 되어서야 한참 만에 나타난 그는 대뜸 화부터 냈다.

"여기가 어딘 줄 알고 이렇게 찾아왔는가!"

등에 업고 손을 잡고 온 두 아이는 볼 생각도 하지 않았다.

"어찌 그럴 수가 있대요. 아이들 얼굴 볼 생각도 안 하고."

그는 눈도 마주치지 않고 씩씩거리며 앞장섰고 위병소 옆의 면회실로 들어갔다. 그때서야 그는 포대기를 들추고 아이 얼굴을 봤다.

"고생했소."

짧은 한마디였다.

"식당 일은 아직도 하고 있는겨?"

"아이들 둘 키우느라 식당 일이나 제대로 할 수 있갔시요. 눈칫밥이나 먹고 있갔디요. 정말 당신은 어찌 된 거여요."

잠시 침묵이 흘렀고 등에 업힌 아이가 칭얼대기 시작했다.

"집으로 갑시다."

그가 앞장섰다. 관사는 아니었고 변두리에 세 들어 사는 듯 허름한 집이었다. 집에 들어가기 전 밥을 먹고 들어가자며 식당으로 들어갔다. 아이 둘을 데리고 완행열차에 시달린 먼 길이었다. 주문한 밥이 나왔지만 시장기에도 통 입맛이 없었다. 술도 시킨 그는 남 이야기를 하듯 한마디 했다.

"정말 면목이 없소. 피난길에 나섰다던 아내가 한동안 연락이 없어 잘못된 줄 알고 당신을 만났는데 몇 달 전에 청주 고향집에 돌아왔소. 미안하오. 일부러 속이려고 한 건 아닌데."

그가 지금 무슨 말을 했는지 정신이 하나도 없었다.

"지금 무어라 했습네까? 그러니까 원래 혼인한 부인이 있었는데 나를 만났다 이 말입네까?"

"그러니까 변명이더라도 미안하다는 말을 하지 않소. 당신 마음은 알겠으나 나도 어찌해야 할지 잘 모르겠소. 정말 미안하오."

아이는 품 안에서 울고 있었다. 당장 눈앞의 컵을 들어 그의 얼굴에 끼얹고 싶은 마음뿐이었다. 포대기에 안고 있던 아이를 그에게 옮겨 주며 화장실에 가는 척 그 자리를 나왔다. 남편을 찾아 그 먼 길을 내려왔다가 이게 무슨 꼴이란 말인가. 그저 죽고 싶은 심정이었다. 한참이나 길거리를 헤매었지만 결국 다시 그 식당으로 돌아왔다. 그와 아이는 그 자리에 없었다.

식당 주인에게 물었더니 쪽지를 건네주었다. 당장 가야 할 곳도 없었고 아이 걱정도 피할 수 없었다. 식당 주인이 가리키는 방향으로 그의 집을 찾아갔다. 그는 영외에 방을 얻어 생활하고 있었다. 정식으로 혼인은 하지 않았대도 이제 아이까지 생겼으니 남편이라고 생각할 수밖에 없었다. 눈칫밥을 먹고 두 아이까지 키우며 얼마나 기다렸던 날들이던가. 눈에서 멀어지면 마음도 멀어진다고 생사도 모르는 남편 생각은 애써 지우려 하지 않았어도 잊혀 가고 있었다.

그는 아이를 안고 밖에 나와 기다리고 있었다.

"길도 방향도 모르면서 어디 돌아다니고 그래."

핀잔 투의 말이었다. 올라오는 길부터 너무 지쳐 있었기에 뭐라 대꾸할 말도 힘도 없었다. 그를 따라 들어가야 하는 발길이 너무 무력했다.

아이에게 젖을 물렸는가 싶었는데 잠에 빠졌다. 선뜻 잠에서 깬 것은 몸을 더듬는 그의 손길 때문이었다. 벌레가 기어다니듯 벌떡 그 자리에서 일어났다. 손에 잡히는 뭐가 있다면 그의 몸을 분질러 버리고 싶었다. 처음에는 어이없어 하다가 그는 돌아누웠다.

조국 근대화의 시대

  그의 어린 시절은 4·19와 5·16의 변혁과 혼돈의 시기를 지나 반공과 조국 근대화의 시절이었다. 전쟁은 오랫동안 영위해 온 농경 공동체를 흩트리며 삶의 터전과 가족이라는 울타리가 주는 평화를 깨트렸다. 태어나면서부터 삶을 옥죄던 신분제는 왕정이 무너지면서 같이 무너지는 형식이었지만 흐트러진 공동체로 잠재되었던 것마저 와해되는 순기능도 있었는데 사상적인 모호함도 마찬가지였다.

  농경지는 황폐화되었고 그나마 산업 시설도 파괴되어 세계에서 가장 가난한 나라 중 하나로 전락했다. 권력의 집요함이라고 해야 하나. 당시 대통령의 임기는 중임까지였으나 1969년 3선 개헌으로 세 번까지 가능할 수 있도록 한 것까지는 그렇다 치고 결국 유신 헌법으로 종신 집권을 꿈꾸게 된다. 그 선택 또한 우리가 감당해야 할 몫이었지만 종말은 비극이었다.

그의 어머니도 마찬가지였다. 전쟁 통의 혼란스러운 세상이었더라도 동생이 태어났을 때에야 아버지에게 본처가 있다는 것을 알았으니 어머니의 심정은 어떠하였을까. 후에 큰엄마라 불렀던 본처에게 어린 두 아이를 버리듯 떠넘길 수밖에 없었던 심경을 어찌 헤아릴 수 있으려나. 하지만 돌처럼 차갑고 단단했던 마음은 일주일을 넘기지 못했다.

일주일 만에 아이들을 안고 걸리며 낯선 서울로 올라오셨다. 그쯤의 기억은 흐릿했다. 여섯 살이 되었던 해였을 것이다. 기억이 시작되는 시절이었을까, 또렷이 기억나는 것은 5·16이었다. 그보다 한 해 전 봄 4·19에, 몰려가는 많은 사람들의 행렬과 총소리를 듣기도 했지만 그날 아침의 기억은 또렷했다. 아침잠이 없던 아버지는 라디오를 크게 틀어 놓았는데 아나운서가 혁명 공약이라는 것을 발표했다. 후에 알게 된 것이지만 그 아나운서는 박종세였다.

"친애하는 애국 동포 여러분, 은인자중하던 군부는 드디어 오늘 아침 미명을 기해서 일제히 행동을 개시해 국가의 행정-입법-사법 3권을 완전히 장악하고 이어 군사 혁명 위원회를 조직했습니다."

12년간 이어져 온 이승만 정권 시절 쌓였던 사회 모순이나 불만, 부정부패 등으로 촉발된 4·19 혁명 이후 수립된 장면 정권하에도 여전히 지지부진한 상황이었다. 심지어 반공법이니 데모 규제법이니 하는 악법을 제정하려고 하는 등 대중들을 억압하려는 움직임이 보이자 더욱 큰 반발의 기운이 생성되기도 했다. 정권 내부의 분열도 마찬가지였다. 신파이던 장면과 구파의 윤보선이 사사건건 대립하다 보니 정면 정권은 수시로 개각을 해야 하는 정치 불안에도 시달리던 상황이었다.

군에서 전역하신 아버지는 처음에는 청주 본가에 가 계셨지만 얼마 후 서울 우리 집에서 생활하셨다. 작금의 정서로 말도 안 되는 설정이었지만 그때는 가능했다. 왕조 시대의 공식적인 축첩(畜妾)까지 거슬러 올라갈 필요도 없이 근래에 들어서는 권력을 가졌거나 밥술이나 먹을 만한 사내들은 이런저런 이유를 들어 음으로 양으로 그런 이중적인 생활을 했다. '남자가 그럴 수도 있지.' 하는 이중적인 성 윤리 또한 일부다처제의 변형이라고 할 수 있다. 스스로 권위를 갖기보다는 유교의 이데올로기에 기대듯 권위적이었던 사내들의 의식은 여전히 그 자리에 머물려는 퇴행의 정서였다.

엄마는 벽돌 공장에서 일했고 아버지는 군에서 나와 일자리를 쉽게 구할 수 없었다. 당시 대학을 나오는 것도 쉽지 않았지만 직장을 구하는 것도 어려운 시절이었다. 오늘날 동남아시아 대부분의 나라들은 우리보다 못사는 나라지만 그 당시는 아니었다. 필리핀은 물론 버마(미얀마)나 태국

등도 우리보다 잘사는 나라였다. 좀 더 뒤에 서독에 파견 광부 인력을 모집했을 때 많은 대졸자들이 지원한 것만 보아도 알 수 있는 일이었다.

5·16 직후인 1961년 6월, 국민들의 재건 의식을 높이겠다는 명분으로 '재건국민운동본부'가 발족했다. 재건 국민운동은 훗날 새마을 운동의 시초였다고 해야 하나, 주거환경 개선과 의식 개혁 운동을 병행했다. 전후 국토는 황폐했고 대부분의 산지는 붉은 흙이 드러난 민둥산이었다. 연탄도 귀하던 시절이었으니 도시건 농촌이건 대부분의 가정에서 화목으로 취사와 난방을 해결했기에 더욱 그러했다.

재건 국민운동본부에서 추진했던 것 중의 하나가 산림녹화 사업의 사방 공사였다. 나무가 없었으니 산림이 황폐한 것은 물론 장마철에 산사태로 토사가 농경지로 밀려오곤 했다. 산사태로 인한 붕괴 지역과 우려 지역에 토목 공사를 하고 식생을 조성하여 상류 산지 사면과 계류의 황폐화를 막기 위한 사업이었다. 훗날 사방 사업소로 바뀌었지만 처음에는 '사방 관리소'에서 주관한 사업이었다.

일자리를 쉽게 구하지 못하셨던 아버지는 지방의 사방 공사장에 나가셨다. 그 일도 아무나 할 수 있는 일이 아니었으니 시골에 사는 집안 친척의 주선이었다. 남자들이 나무 한 그루 없는 경사지에 삽과 곡괭이로 계단을 만들고 구덩이를 파면 여자들은 엄지손가락 굵기의 아까시 등의 나무를 심고 물을 길어 올려 주고 밟는 일을 했다. 당시 구호가 "청산(靑山) 밑에 쌀이 나고 적산(赤山) 밑에 홍수 난다."였다. 해가 바뀌어 나무를 심은 곳에 비료까지 한 주먹씩 주기도 했는데 비료를 주는 일은 '사방수'라는 감독을 하던 이들의 몫이었다. 워낙 비료가 귀한 것이니 그랬다. 이때 심은 아까시 나무는 번식력이 좋아 훗날 골칫거리가 되기도 했지만 꿀벌들의 훌륭한 밀원이 되기도 했고 가시는 많지만 땔감으로도 좋았다. 집집마다 명단을 받아 한 집에 한 명 정도만 할 수 있었다.

하루 일이 끝나면 배급표 용지에 도장을 찍어 줬다. 한 달 동안 30개가 찍힌 배급표를 들고 현장 사무소로 가면 40kg짜리 밀가루 한 포씩을 주었다. 미국에서 보낸 원조 밀가루였다. 이전에는 단순히 구호품이랄 수도 있었지만 이때부터는 노동의 대가로 주어졌다. 지금이야 밀가루 한 포의 가치가 아무것도 아니지만 그때는 아니었다. 쌀은 물론 보리쌀도 귀하던 시절이었으니 밀가루는 칼국수, 수제비 등 허기진 배를 채워 주었던 귀한 먹거리였다. 그때 흘린 땀방울이 오늘날 울창한 푸른 산이 되었다.

사방 공사장의 일은 한시적이었고 직업이 될 수 없었다. 집 근처 공장에서 시멘트 흙관을 만드는 일도 하셨지만 아

버지는 오랜 군 생활로 사회생활에 잘 적응하지 못하는 듯
했다. 술을 드시는 날이 많았고 폭력을 행사하기도 했다.
판잣집에 루핑 지붕이었으니 여름이야 그럭저럭 지냈지만
겨울은 엄청 추웠다. 오물투성이 개천은 생활 오수에 찌든
검은 물줄기가 이어졌다. 가끔 동네 아저씨들이 큰 나무 중
간에 삐삐선이라 불렀던 군용 야전선으로 개를 묶어 매달고
매질을 했다. 버둥거리며 울부짖는 소리가 한동안 가난한
마을을 떠다녔다.

전쟁 등으로 판잣집을 짓고 모여든 사람들로 청계천(淸溪
川)변은 그 이름과 달리 불결과 빈곤의 상징이었다. 모든 게
가난했던 그 시절 미군 부대 등에서 흘러나온 군복은 염색
의 대상이었으니 개울가 모래밭에 가마솥을 걸고 나무로 불
을 지펴 군복을 검은색으로 염색하던 것도 그 시절 풍경이
었다. 방색 과정 중의 폐수는 그대로 흘러들었고 청계천 하
류의 물빛은 언제나 짙은 회색빛이었다. 장마철이면 골목길
은 진창길로 변했고 도랑물이 하수구로 역류하는 바람에 하
수구를 막고 물을 퍼내야 했다. 빗줄기가 가늘어지면 청계
천으로 물 구경을 갔다. 시뻘건 흙탕물에 떠내려오는 돼지
나 온갖 살림살이들을 건지려 장대를 휘두르는 사람들을 구
경하는데 한나절을 보내기도 했다.

물가에 판잣집들은 대부분 불어난 물에 떠내려가고 비가

그치면 거짓말처럼 집들이 다시 들어섰다. 수표교 부근은 서울의 중심부였기 때문에 날품팔이 지게꾼들이 모여들었고 아낙네는 행상으로 나서는 게 도시로 흘러든 빈민들의 일상이었다. 아이들은 물이 빠지면 고기 잡는 재미도 그랬다.

늦가을 김장배추를 거둔 밭은 아이들의 놀이터가 되기도 했다. 배추 뿌리를 뽑아 껍질을 벗겨 먹으면 약간 매운맛에 고소했다. 자치기를 하다 심심하면 쥐불놀이도 하다 어른들한테 혼쭐이 나기도 했다. 버려진 고무신 등을 태우다가 머리 터럭을 그을리기도 했고 불똥이 튀어 나일론 옷에 구멍이 생기기도 했다. 겨울이 지나가면서 귀와 발가락에 동상은 연례행사였다. 별다른 약은 없었고 민간요법으로 마늘대나 가지대의 줄기를 삶아 요강에 앉아 그 물에 동상 부위를 담그는 게 다였다.

평화시장은 청계천이 오간수문(五間水門)까지 복개되면서 문을 열었다. 월남한 피난민들의 염원을 담아 평화시장이었다. 구로 공단이 생기기 전 수출 산업의 전진기지였으니 많은 노동자들의 애환이 서려 있던 곳이기도 했다.

집안 살림은 어머니 몫이었다. 60년대 대부분이 궁핍했지만 끼니를 거르는 날도 많았다. 농촌에서 도시로 몰려든 사람들로 거리는 사람들로 넘쳤고 시장은 점점 번성했다. 오가는 길에 약장수들은 또 얼마나 많았던지, 사람들이 모여 있는 곳이면 약장수들이 진을 치고 있었다. 주먹으로 돌을 쪼개는 차력을 뽐내기도 했고 원숭이는 그네들의 필수 소품처럼 등장하곤 했다. 등에 짊어진 북의 북채에 줄을 매어 발에 매달아 박자를 맞추며 치고 입으로는 하모니카를 부는 1인 악대며 허리춤에서 혁대를 뽑아 들고 뱀을 팔 듯 약을 팔곤 했다. 노점들은 하루가 다르게 빈 공간을 메워 갔고 먹거리가 넘쳤지만 배고픔은 피할 수 없었다.

초등학교에 들어가기 전 다섯 살쯤이었나, 석유 배급을 받으러 병을 들고 20분 이상을 오갔던 적도 있었다. 한번은 어머니가 털실로 짠 스웨터를 입고 나갔는데 덩치가 큰 아이가 사탕을 사 줄 테니 한번 입어 보고 싶다고 해 벗어 준 적이 있었다. 하지만 아무리 기다려도 옷을 입고 사탕을 사러 간 아이는 돌아오지 않았다. 어머니가 어렵게 구해 온 강아지도 마찬가지였다. 집에 들어가면 혼날까 봐 길거리를 돌아다니다가 센베이 과자 가게 앞에서 허기를 감추며 서 있던 날도 있었다. 배고프면 둑의 풀숲에 나가 회초리 같은 나뭇가지로 개구리를 잡아 뒷다리를 구워 먹었고 여름이 끝나 갈 철에는 몰래 고구마 줄기를 들추고 밭고랑을 파 보기도 했고 콩대를 꺾어 불에 그슬려 먹는 콩서리를 하기도 했다.

단순히 역사의 과정이었다고 하기에는 숱한 상처와 지울

수 없는 아픔도 있었지만 5 · 16 군사 정변은 지독한 가난에서 벗어날 수 있었던 탈출구였다. 경제개발 5개년 계획은 이정표와 같은 것이었고 노동력과 자본은 실행 수단이었다. 소위 베이비붐 세대라 일컬어지는 전후 인구의 증가로 노동력 확보는 걸림돌이 되지 않았으나 자본은 또 다른 문제였다. 궁여지책으로 일본과 한일 협정을 맺고 국교를 회복했고 강점기 식민 지배에 대한 보상의 차원으로 유무상의 자금을 확보했다. 다만 충분한 사전 검토 및 준비가 부실했던 듯 제대로 된 사과의 형식을 갖추지 못했던 것은 오늘날까지 문제를 이어 놓았다. 미국의 요청으로 우리의 젊은 군인들이 베트남 열대의 정글에서 전쟁에 빠져들어야 했고 독일에서는 광부와 간호사들이 지하 막장과 병실의 궂은일들을 감내해야 했다.

일제의 강점, 해방과 함께 남북 분단의 연속선상에서 촉발된 전쟁의 참화, 다시 혁명과 정변을 거쳐 군부 정권이 추진한 경제개발 5개년 계획의 실행은 자본이 없는 우리로서는 난감한 일이었다. 군사 정부는 의욕이 충만했지만 '경제'는 의욕만 갖고 되는 일이 아니었다. 다시 군인으로 돌아가겠다던 약속을 깨고 정권을 잡은 박정희, 그는 집권하며 내걸었던 공약대로 절망과 기아 선상에서 허덕이는 민생고를 해결하고자 하는 열망은 강했지만 안타깝게도 '종잣돈'이 없었다. 당시 초등학교에 다니던 시절이었지만 당시의 상황을 눈물겹게 기억했다. 어제가 있었기에 오늘이 흘러가듯이.

　전후 황폐한 대지에서 궁핍과 배고픔은 피할 수 없었다. 정치 상황도 혼란스러웠다. 4·19 혁명을 계기로 이승만(李承晚) 정권이 붕괴되고 대체 지배 세력 내의 온건파인 민주당이 집권하며 민주주의를 표방했다. 당시 민주당은 신·구 양파로 분열되어 원색적인 권력 투쟁을 벌이고 있었고 민생도 갈피를 잡기가 어려운 시기였다.

　그만한 이유는 있었어도 5·16 군사혁명의 간판은 정변으로 버려졌다. 정변 직후인 1961년 11월, 국가재건회의 의장으로 미국의 원조를 기대하고 존. F. 케네디 대통령을 찾아갔다. 둘은 비슷한 연배였지만 출신 배경은 너무나 다른 두 사람이었다. 낯선 미국에서 그는 환대를 받지는 못했지만 당당한 모습을 보였다. 당시 회담 장면을 사진으로 보면 검은 안경을 쓴 땅딸한 박 장군이 다리를 꼬고 앉아 담배까지 손가락 사이에 낀 모습이 이색적이었다.

　절대적으로 미국의 지원이 필요했기에 나름 준비해 들고 간 사업 계획서들이 미국 당국자의 입장에서는 황당하기도 했지만 당시 케네디 정부는 5·16 군사 정변 자체를 곱지 않은 눈길로 보고 있었다. 거기다 한국에 돈을 빌려주면 쿠데타를 인정하는 꼴이 되고 이로 인해 아시아 전체로 쿠데타가 파급될지 모른다고 생각했다. 그 무렵 베트남, 말레이시아, 필리핀에서 연이어 쿠데타 조짐이 일고 있었다.

미국 금융 기관들도 야박하게 퇴짜를 놓기는 마찬가지였다. 겉으로는 무상 원조를 주고 있는 나라에 차관까지 주는 것이 말이 안 된다고 했지만 속으로는 한국의 미래를 불신하고 있음이 역력했다. 미국 다음으로 기댈 수 있는 나라는 일본밖에 없었지만 "국교도 없는 나라에 어떻게 돈을 빌려주느냐?"고 하니 할 말이 없었다.

박정희는 새로운 나라를 주목하고 있었으니 바로 '라인강의 기적'으로 불리며 신흥 강대국으로 부상하고 있던 서독이었다. 서독 경제는 1950년부터 매년 연평균 8%대의 실질 성장률을 기록하고 있었다. 우리처럼 분단국가의 아픔, 패전의 상처를 딛고 당당하게 일어서는 서독의 모습을 보며 박정희는 '우리도 전쟁의 잿더미에서 한강의 기적을 이뤄 보자.'라는 각오를 다지게 되었을 것이다.

박정희 군사 정부는 1961년 11월 말 정래혁 상공부 장관을 주축으로 '차관 교섭 사절단'을 구성해 서독으로 보내기로 했다. 그런데 주독(駐獨) 대사관에도, 사절단에도 독일어를 할 줄 아는 사람이 없었다. 수소문 끝에 알아보니 이승만 대통령 시절 국비 유학생으로 서독(뉘른베르크 에를랑겐대)에서 경제학 박사 학위를 받고 귀국한 독일 경제학 박사 1호 백영훈을 찾아낼 수 있었다. 그는 중앙대 교수로 재직하고 있었다. 그는 사절단의 공식 통역관으로 합류한다.

사절단은 서독에 도착하긴 했지만 관료들 중 누구도 한국 사람들을 만나 주지 않았다. 당시 독일은 낯선 나라였다. 독일어로 「압록강은 흐른다」라는 작품을 쓴 이미륵은 경성 의대 재학 중 중국을 통해 독일에 갔던 이였고, 그 후에 독일에서 공부했던 전혜린이 번역해 우리에게도 알려졌다. 구한말의 격변기를 겪고 일제의 탄압을 피하여 압록강을 건너 독일에 도착한 과정을 민족적 정서를 바탕으로 그린 매우 서정적이고 아름다운 소설이었으니 '압록강이 흐르는' 한국 이라는 나라를 알렸던 것뿐이었다.

당시 우리 처지는 지금으로 치면 아프리카 최빈국 같은 나라였다. 듣도 보도 못한 가난한 나라에서 차관 교섭 사절단 이라고 갑자기 찾아와 돈을 빌려 달라고 하면 누가 만나 주겠는가.

서독의 경제 장관은 2년 뒤 총리가 되는 루트비히 에르하르트였다. 백 원장은 궁리 끝에 에르하르트 장관과 같은 대학을 나온 자신의 대학 은사를 찾아갔다.

한국의 딱한 사정을 이야기하면서 장관을 만나게 도와 달라고 사정했지만 은사 역시 도와줄 수 없다는 이야기만 되풀이했다. 나중엔 집에 오는 것조차 반기지 않았다. 결국 매일 아침 6시 교수 댁 앞으로 가서 사모님이 밖으로 나올 때까지 기다리다 마주치면 눈물로 호소했다.

"사모님, 저를 살려 주세요. 장관님 좀 만나게 해 주세요."

그렇게 일주일이 지나자 은사에게서 연락이 왔다. "차관과의 약속을 잡았다."는 것이다.

1961년 12월 11일 한국 사절단은 마침내 루트거 베스트리크 차관과 만난다. 그리고 이튿날에는 장관까지 만날 수 있었다. 한국은 마침내 1억 5,000만 마르크(당시 3,000만 달러)의 상업 차관을 빌리는 데 성공한다. 사절단은 얼싸안고 눈물을 흘렸다. 대한민국 정부 수립 이후 최초의 상업 차관이었다. 사절단은 귀국하고 그는 뒷마무리를 위해 독일에 남기로 한다. 그런데 문제가 생겼다. 은행의 지급 보증이 있어야 했다. 한국의 재무부를 중심으로 해외 은행들을 수소문했지만 국가 신인도가 없었던 한국에 지급 보증을 해 주겠다는 나라는 없었다. 기적적으로 성공한 차관 협상이 물거품이 되어 버릴지 모르는 상황이었다. 그가 당시 상황을 회상하듯 했던 말은 이랬다.

"못사는 나라 국민의 심정이 얼마나 가슴 찢어지는 일인지 당해 보지 않은 사람은 모른다. 나는 매일 울면서 독일 친구들을 만나러 다녔다. '돈 꾸러 왔는데 지급 보증을 서

주는 데가 없어 돈을 가져가지 못하고 있다. 이번 일을 성공시키지 못하면 나는 독일에서 그냥 죽어 버릴 것'이라고 했다. 어느 날 소식을 들었는지 대학에서 같이 공부했던 친구 슈미트가 찾아왔다. 그는 당시 서독 정부에서 노동부 과장으로 일하고 있었다."

슈미트 과장은 대뜸 그에게 "너희 나라 길거리에 실업자가 많지 않으냐?"고 물었다. "그런데?"라고 그가 되물었다. 슈미트 과장은 다음 날 두꺼운 서류 뭉치를 들고 다시 나타났다.

"지금 서독은 탄광에서 일할 광부가 모자란다. 웬만한 데는 다 파내 지하 1,000m를 파고 내려가야 하는데 너무 뜨거워 다들 나자빠져 있다. 파키스탄, 터키 노동자들도 다 도망갔다. 혹시 한국에서 한 5,000명 정도를 보내 줄 수 있겠느냐. 간호조무사도 2,000명가량 필요하다. 시체 닦는 험한일도 해야 하는데 독일인은 서로 안 하려고 한다. 만약 광부와 간호사를 보내 줄 수만 있다면 이 사람들 급여를 담보로 돈을 빌릴 수 있다."

그는 신응균 주독 대사를 찾았다. 신 대사는 그의 말을 듣더니 "5,000명이 아니라 5만 명도 가능한 것 아니냐?"고 했다. 달러와 일자리가 부족한 한국으로서는 마다할 일이 아니었다. 신 대사는 본국에 긴급 전문을 넣었고 한국에서는 바로 모집 공고가 난다.

당시 서독 광부의 한 달 임금은 국내 임금의 7~8배에 달했다. 비행기 자체를 타기도 어려운 시절이다 보니 고임금을 받고 서독 같은 선진국에서 일할 수 있다는 생각에 수많은 사람이 몰렸다. 한국의 실업률은 40%에 육박했으며 1인당 국민 소득은 79달러로 필리핀(190달러), 태국(260달러)에도 크게 못 미쳤다. 한국은행 잔액이 2,000만 달러도 되지 못했던 시절이다. 당시 독일 광부 월급은 160달러 정도, 당시 우리 돈으로 5만 원에서 6만 원 수준이었다. 당시 9급 공무원 월급이 4천 원이었다면 열 배도 더 되는 봉급이었다.

1963년 8월, 1차 모집 인원은 190여 명, 지원자는 2,895명이 몰렸다. 15대1의 경쟁률이었다. 선발 요건으로 나이는 20~35살까지만 가능했고 2년 이상 경력을 가진 사람으로 내걸었는데도 도시에 사는 경험 없는 대학 졸업자들도 무조건 신청했다. 60kg 모래 가마니 들기, 달리기, 역기 들기 등의 체력 시험까지 통과해야 했다. 탄광 갱도조차 구경 못 한 '가짜 광부'들이 서류를 가짜로 만들어 응모했다. 1963년 9월 13일 자 경향신문은 이렇게 보도하고 있다.

"신체검사에서 실격된 1,600명을 제외한 1,300여 명 중 절반이 광부 경력이 없는 고등실업자임이 밝혀졌다. 노동청 관계자에 의하면 이들 광부 모집에 응모한 가짜 광부들이

300원에서 500원으로 가짜 광산 취업 증명서를 사서 제출했으며 이 증명서 중에서 유령 광산 20여 개소가 발견되었다. 노동청은 전국 광산 지역에 감독관을 파견해 유령 광산에 대해 조사할 계획이다."

실제로 1963년부터 1966년까지 독일에 입국한 광부의 30%가 대학 졸업자였다. 서독 루르 지방으로 파견된 광부들은 거의 대학 졸업자였다. 다들 관심이 높았던 사안이었던지라 노동부는 1차 모집에 합격한 응시자들을 마치 고시 합격자 발표하듯 각 신문에 명단을 실을 정도였다.

드디어 1963년 12월 22일 오전 5시 독일 뒤셀도르프 공항에 광부 1진 123명이 도착했다. 이들은 북부 함보른 탄광과 뒤셀도르프 서쪽 아헨 지역에 있는 에슈바일러 탄광에 배정됐다. 파독 광부들은 지하 갱도 곳곳에서 땀과 눈물을 흘렸다. 심지어 목숨까지 잃는 경우도 있었다. 이들은 연금 저축 생활비를 제외한 월급을 고스란히 조국에 있는 가족에게 송금했다. 1977년까지 독일로 건너간 광부는 7,932명, 간호사는 1만 226명이다.

이들의 수입은 한국 경제 성장의 종잣돈 역할을 했다. 이들이 한국으로 송금한 돈은 연간 5,000만 달러로 한때 한국 국민총생산(GNP)의 2%에 달했다. 광부와 간호사들의 파독 계약 조건은 '3년간 한국에 돌아갈 수 없고 적금과 함께

한 달 봉급의 일정액은 반드시 송금해야 한다.'는 것이었다. 이들의 급여는 모두 독일 코메르츠방크를 통해 한국에 송금됐다.

그 후에 독일인들은 한국에서 온 간호사들의 헌신적인 간호에 감동하게 되고 대통령을 초대하게 된다. 역시 당시의 상황을 정리한 글이다.

"한국 간호사들이 환자가 사망하면 그 시신을 붙들고 울면서 염을 하는 것을 보고 독일 사람들이 깊은 감명을 받았다. 우연한 기회에 담당 간호사가 자리를 비우든지 아니면 갑자기 간호사가 없을 경우면 주사도 놓고 환자를 다루는 것을 보고 깜짝 놀라서 한국 간호사에 대한 인식이 달라지기 시작하면서 의료 분야를 맡기기 시작하였다. 당시 파견 간호사들이 하던 일은 환자를 옮기고 씻기는 일, 배변 처리 등 요즘으로 치면 요양 보호사들이 하는 일이었다.

더욱이 위급한 사고 환자가 피를 흘리면서 병원에 오면 한국 간호사들은 몸을 사리지 않고 그 피를 온몸에 흠뻑 적시면서도 응급 환자를 치료하는가 하면, 만약 피가 모자라 환자가 위급한 지경에 빠지면 한국 간호사들은 직접 수혈을 하여 환자를 살리는 등 이런 헌신적 봉사를 하는 것을 보고 '이 사람들은 간호사가 아니라 천사다.' 하면서 그때부터 태도가 달라지기 시작하였고, 이런 사실이 서독의 신문과 텔레비전에 연일 보도되면서 서독은 물론 유럽 전체가 '동양에서 천사들이 왔다.'고 대대적으로 보도하였다.

우리 간호사들의 헌신적 노력이 뉴스화되자, 서독 국민들은 이런 나라가 아직 지구상에 있다는 것이 신기한 일이라며, 이런 국민들이 사는 나라의 대통령을 한번 초청하여 감사를 표하자는 여론이 확산되었다. 특히 도시에 진출한 간호사들의 실력이 독일 간호사들 못지않다는 인정을 받고 있던 시기였는데, 한독협회 '바그너 의장'은 병원에 오면 꼭 한국 간호사만 찾는데 왜 그러느냐고 기자가 물으니 '주사를 아프지 않게 놓는 특별한 기술자'라 하여 주변을 놀라게 하였다는 것이다.

서독 정부도 '그냥 있을 수 없다.'며 박정희 대통령을 초청하였다. 이것이 단군 이래 처음으로 우리나라 국가 원수가 국빈으로 외국에 초청되는 첫 번째 사례였다. 우리로서는 안 갈 이유가 없었다. 오지 말라고 해도 가야 할 다급한 실정이었다. 그래서 모든 준비를 하였으나 제일 큰 난제는 일행이 타고 갈 항공기였다. 한국이 가진 항공기는 일본만을 왕복하는 소형 여객기로 이 비행기로는 독일까지 갈 수 없어, 아메리칸 에어라인을 전세 내기로 하였는데, 미국 정부가 군사 쿠데타를 한 나라의 대통령을 태워 갈 수 없다 하여 압력을 가해 무산되면서 곤경에 처했다. 어차피 창피함은 당연한 과정이었다. 그래서 한번 부딪쳐 보자며 당시 동아일보 사장이었던 최두선 씨가 특사로 서독을 방문하여 읍소하였다. 대통령을 예방한 자리에서 솔직히 말했다.

"각하! 우리나라에서는 서독까지 올 비행기가 없습니다. 독일에서 비행기를 한 대 보내 주실 수 없습니까?"

당시를 회고하는 박사에 의하면 그들이 깜짝 놀라 말을 못하더란 것이다. 결국 합의된 것이 홍콩까지 오는 여객기가 서울에 먼저 와서 우리 대통령 일행을 1 · 2등석에 태우고 홍콩으로 가서 이코노미석에 일반 승객들을 탑승케 한 후 홍콩, 방콕, 뉴델리, 카라치, 로마를 거쳐 프랑크푸르트로 간 것이다.

1964년 12월 6일, 루프트한자 649호기를 타고 간 대통령 일행은 쾰른 공항에서 뤼브케 대통령과 에르하르트 총리의 영접을 받고 회담을 한 후, 다음 날 대통령과 함께 우리 광부들이 일하는 탄광 지대 '루르' 지방으로 갔다. 그곳에는 서독 각지에서 모인 간호사들과 대통령이 도착하기 직전까지 탄광에서 일하던 광부들이 탄가루에 범벅이 된 작업복을 그대로 입고 강당에서 기다리고 있었다. 새까만 얼굴을 본 박정희 대통령은 목이 메기 시작하더니 애국가도 제대로 부르지 못하였고, 연설 중 울어 버렸다.

광부들과 대통령과 육영수 여사가 한 덩어리가 되어 부둥켜안고 통곡의 바다를 이루었으니 얼마나 감동적이었을까! 독일 대통령도 울었고 현장을 취재하던 기자들마저 울었다. 떠나려는 대통령을 붙들고 놓아주지를 않았던 광부들과 간호사들은 "대한민국 만세", "대통령 각하 만세"로 이별을 고하였다. 돌아오는 고속도로에서 계속 우는 우리 대통령에게 뤼브케 대통령이 자신의 손수건으로 눈물을 닦아 주기도 하였는데 대통령을 붙들고 우는 나라가 있다는 이 사실에 유럽의 여론이 완전히 한국으로 돌아선 것이다.

박 대통령 방문 후 서독은 제3국의 보증 없이도 한국에 차관을 공여하겠다는 내부 결정을 하였지만 국제관례를 도외시할 수 없는 상황이기에 한국 광부와 간호사들이 받는 월급을 일 개월간 은행에 예치하는 조건으로 당초 한국이 요구하였던 차관 액보다 더 많은 3억 마르크를 공여하였다. 서독에 취업한 우리 광부와 간호사들이 본국에 송금한 총액은 연간 5,000만 달러, 이 금액은 당시 한국의 국민소득의 2%를 차지하는 엄청난 금액이었으며, 이 달러가 고속도로와 중화학 공업에 투자되었다. 이후 한국과 서독 간에는 금융 문제는 물론 정치적으로도 진정한 우방이 되었다.

서독에서 피땀 흘린 광부와 간호사들이야말로 진정한 의미에서 조국 근대화에 결정적으로 기여한 위대한 '국가유공

자'들임에도 우리들은 그들을 잊어버린 것은 아닌지? 제2차 세계대전 후 신생국 가운데 우리같이 성공한 나라는 거의 없기에 기적 같은 '한강의 기적'을 이룩했던 것이다."

당시 정치 상황은 잘 모르는 현실이었고 단순히 의식주에 집착하던 시절이었다. 그때의 절실했던 가난으로 개인의 삶은 국가라는 틀 안에서 규정되는 것처럼 절실하게 다가왔던 이야기들이었다. 어렵게 집어 들었던 과자 하나의 맛까지도 기억하는 것은 그런 과정이었을 것이다.

집안 형편은 쉽게 나아지지 않았다. 기성회비가 밀렸다고 담임 선생님께 손바닥을 맞고 집으로 갔던 적도 있었다. 당연히 엄마는 집에 없었고 어린 동생은 기둥에 끈으로 묶여 마당에서 놀고 있었다. 엄마가 일하는 벽돌 공장에 갔을 때 엄마는 유월의 뙤약볕 아래 땀을 흘리며 펌프로 물을 뿜어 올려 양생 중인 벽돌에 뿌리고 있었다. 그날 아침에도 말씀드렸지만 이웃집에서도 빌리지 못하셨다. 일하고 있는 엄마한테 다시 말할 수는 없었으니 한참을 망설이다가 돌아섰다.

경춘선의 종점은 청량리역이지만 당시에는 신설동과 제기동 사이에 성동역이 있었다. 혼란스럽던 시절, 경춘선은 젊은 군상들의 낭만이 강물처럼 흐르던 노선이었다. 경춘선은 1929년 경춘철도주식회사에서 부설한 요샛말로 민자 철도였다. 일제 강점기 도청 소재지 중 유일하게 철도가 없던 춘천에서 철원으로 강원도청을 옮기려 하자 춘천 지역 유지들이 철도 회사를 설립하여 철도를 건설하면서 도청 이전을 막았다고 했다. 일제 강점기 대부분의 철도가 일제의 침탈용으로 부설된 반면 경춘선은 우리 손으로 민족의 산업을 육성하기 위해 건설한 특별한 노선이었다.

경춘선의 출발역인 성동역이 생기면서 경성역과 성동역 사이에 '연락 버스'를 운행하고자 했으며 1939년 12월에는 교통난으로 동대문에서 성동역 간 지하철 부설을 검토했다고 했다. 1946년 경춘 철도가 국유화되면서 국철에 편입되었고 1971년 서울지하철 1호선 노선이 확정되면서 경춘선의 출발역은 청량리역으로 변경되고 성동역은 폐쇄되었다. 성동역사 부지는 서울시 지하철 본부 사무실로 사용되다가 1976년 가고파 백화점(이후 미도파 백화점 청량리점)이 들어서면서 역사 건물은 완전히 모습이 바뀌었다.

동네 옆에는 넓은 채소밭이 있었고 비료나 별다른 거름이 없었으니 대부분 인분을 퍼다 주었다. 가을에 김장 배추를 거두고 나면 배추밭에 가 배추 뿌리를 뽑아내어 깎아 먹으면 고소했다. 산비탈 판잣집이었다. 원조 밀가루에 기대어야 했던 궁핍한 생활에서도 아이들은 여전히 태어났지만 삶은 신산스러웠다. 안암천이라고도 했던 정릉천이 청계천으로 흘러들었다. 길이 이어지듯 강물이 흐르는 모습을 보며 언젠가 그 강물처럼 넓은 세상으로 흐를 것이라고 주문을 걸곤 했다.

부산의 바다는 기억할 수 없었고 초등학교를 마칠 때까지 바다를 직접 보지는 못했으니 강과 바다를 구분할 수가 없었다. 가끔 청계천을 따라 한강까지 내려갔을 때 한강은 너무 넓었다. 그래서 그냥 바다라고 생각했다. 이어지는 강줄기가 어디에서 시작되었고 어디에서 끝나는지도 알 수 없었다. 강 건너로 지금의 잠실을 포함한 강남은 모래벌판과 논밭이었다. 여름에는 바닷가의 해수욕장처럼 뚝섬유원지 등이 있었고 겨울에는 스케이트를 타고 얼음낚시를 하던 강태공도 얼음을 잘라 보관용으로 옮기는 얼음 장수들도 있었다. 한강을 건너는 다리도 아파트도 차가 다니는 길도 없었으니 그 너머도 아득했다. 길은 인간이 필요해서 만든 것이었지만 강은 자연이 만든 길이었다.

지금의 한남대교가 1969년에 완공되었고 한강에서 네 번째 다리였지만 제3한강교였다. 1985년 한강종합개발사업으로 한강 위에 놓인 다리 이름을 정리하면서 한남대교로 바꾸었다. 그렇듯 강은 인간의 것이 아니었는데 인위를 가하여 강둑을 쌓고 길을 만들었으니 자연에 횡포를 부리듯 구불거리며 흐르는 물줄기를 흔들었다. 강은 죽은 듯 아래로만 흘렀고 삶은 죽음으로 이어지듯 흐름도 멈추지 않았다.

엄마는 벽돌 공장 일이 없는 날이면 강 건너 멀리 뚝섬 채소밭으로 날품을 팔러 가셨다. 왕조 시대에는 훈련장과 사냥터였으며 너른 벌판은 말을 키우던 곳이었고 강원도 등에서 뗏목으로 실려 흘러온 목재들이 뭍으로 올라오는 나루터이기도 했다. 일제 강점기에는 최초의 정수장이 세워졌다. 전후에 경마장이 들어서기도 했지만 강 건너는 물론 대개 채소밭이 산재했던 곳이었다. 강물이 불어나면 지금의 건국대가 있는 곳까지 차올랐을 테니 벼를 심을 수 있는 논은 없었다. 건국대 안의 호수 일감호는 그 시절 한강과 연한 습지였고 질 좋은 황토를 파내 학교를 짓는 벽돌을 만들면서 호수가 조성되었다. 봄이면 채소밭에 인분을 뿌려 구린 냄새가 응봉산 산등성이까지 올라오곤 했다.

요즘에는 이름도 고상하게 화장실이라 하지만 당시에는 뒷간이었다. 그 시절 인분은 비료처럼 팔고 사는 것이었다. 헌혈이 아닌 피도 파는 것이었고 머리카락도 마찬가지였다. 노새나 말 등이 끄는 마차에 커다란 통이 실렸고 뒷간에서 퍼 담는 똥통의 숫자를 세어 돈을 받았다. 숫자를 세는 것은 할머니 등 노인들이 주로 했다. 세월이 흘러 기생충 등의 문제로 인분 사용을 제한하였고 그때부터는 거꾸로 돈을 주어야 했다. 인분을 퍼 담는 통은 점점 작아졌고 청소비도 부담스러운 것이 되어 갔다. 그래서였을까, 시청의 청소 담당 부서는 가장 선망하는 인기 부서였다. 엄마는 가끔 채소를 팔러 나가기도 했던지 집을 며칠씩 집을 비우기도 했다. 걸음마를 시작하기 전 포대기에 업고 장사를 하다가 경찰에게 붙들려 가 사흘을 구치소에서 보내기도 했다. 그렇게 안갯속처럼 뿌연 거친 삶 속으로 빠져들어 가고 있었다.

온종일 뙤약볕에 쪼그리고 김을 매고 채소를 솎다가 지친 몸을 펄럭이며 돌아오면 아버지의 폭력이 기다리고 있었다. 진급 등 군 생활의 좌절 때문이었을까? 사는 게 지옥이었다. 일을 마치고 강을 건너오면서 엄마는 날마다 죽음을 생각했을 것이다. 나는 그 강을 건너지 못했고 애타게 엄마를 부르는 소리도 강을 건너지 못했다. 가끔 엄마는 날이 밝으면 흘러드는 샛강을 건넜고 날이 저물어서야 다시 샛강을 건너왔다. 날품을 팔러 강을 건너면서야 엄마는 살아나기 시작했고 고된 들일을 마치고 다시 돌아오면서 엄마는 죽기 시작했다.

나는 살기 위해서 죽어 가듯 돌아오는 엄마를 기다렸다. 강물이 쉼 없이 구불거리며 흘러갔듯 엄마와 나도 세상으로 구불거리고 취한 듯 비틀거리며 흘렀다. 삶에 이런저런 사연도 흐를 것이지만 어린 시절과 그 이후도 나는 엄마의 불행을 내 삶에서 비켜나거나 걷어 내지 못하듯 내내 비틀거렸다.

정릉천을 따라 청계천으로 가면 그 물은 자꾸만 회색빛으로 오염된 물이 흘렀다. 상류 쪽 평화시장과 방산시장 등 많은 봉제 공장 등에서 정화되지 않은 오염수들이 흘러내렸으니 개천은 겨울에도 얼지 않았다. 벽돌 공장에서 일하던 엄마는 겨울에는 연탄 장사를 했다. 한꺼번에 많은 연탄을 들여놓지 못한 가난한 가장들은 짚으로 꼰 새끼에 한두 장 연탄을 사 들고 가기도 했다. 연탄을 사 들고 가는 가장의 표정이 엄동에도 온기가 피어나곤 했다.

그 겨울에 한번은 그런 일도 있었다. 연탄을 아끼기 위해 한방에서 네 식구가 잠을 자다 죽음의 문턱을 넘었던 일도 있었다. 어린 동생이 너무 심하게 울어 어머니가 잠에서 깼을 때 식구들이 거품을 물고 있었다. 정신없이 아이들을 들어 차가운 마당에 가마니를 깔고 눕혔다. 부산스러움에 깨어난 집주인 할머니가 맨발로 뛰어나와 동치미 국물을 퍼다 먹였다. 추위와 함께 머리가 깨질 듯한 고통이 엄습했던 기억이 생생했다.

한국전쟁 이후에야 연탄은 가정용 난방 연료로 판매되기 시작한다. 1955년 생산된 '19공탄'이 주를 이루었지만, 연탄

구멍의 숫자는 다양했다. 구멍탄으로 불리던 연탄은 구멍의 개수에 따라 9공탄, 19공탄 등으로 불리기도 했다. 연탄의 전성기가 시작된 1960년대 이후에도 농촌 지역의 대부분은 산에서 나무 등을 채취해 연료로 사용했으니 대부분 나무 한 그루 없는 민둥산이었다.

연탄은 나무 등을 연료로 쓰는 것보다 훨씬 편리했지만, 일산화탄소라는 치명적인 독을 피워 냈다. 최근에는 밀폐된 자동차나 방안에서 번개탄 등을 극단적인 선택의 수단으로 활용하듯이 말이다. '그림자 없는 살인 흉기', '겨울철의 살인 복병', '추위 속의 액운', '백색 죽음의 그림자', '우리네 방안에 살그머니 찾아들곤 하는 그림자도 없는 죽음의 사자'······. 1960~70년대 겨울이면 사람들을 두려움에 떨게 했던 연탄가스 중독 사고를 표현하는 말들이다. 연탄가스 중독은 겨울이면 찾아오는 두려운 '사신'(死神)이었다. 연탄가스 중독 사고는 빈번히 신문 사회면에 등장했다. 해방 이후 연탄가스를 다룬 기사는 수천 건에 이른다.

1950년대 처음 연탄이 보급되기 시작할 무렵 연탄은 비싸지 않고 보관이나 사용이 편리한 효율적인 연료였다. 가스의 살인적인 위험이 알려졌지만, 연탄은 도시 사람들에게 겨울을 나는 데 없어서는 안 되는 필수품이었다. 연탄 사용 가구는 해마다 늘어났고 연탄가스 중독 사고도 급증했다.

1960년대 초만 해도 연탄가스 중독은 개인의 부주의로 일어난 사고라는 시각이 지배적이었다. 독이 든 복어를 먹듯이 주의력이 부족하거나 무지에서 비롯된 것으로 여겨지기도 했다. 그러니 1960년대 중반까지는 연탄가스 중독 사고의 책임이 개인에게 있으므로, 돈이 다소 들어도 온돌을 정비하라는 식의 지침이 훈계처럼 내려지기도 했다. 산업화와 도시화가 동시에 급격히 진행되면서 부실하게 대량으로 지어진 주택이 연탄가스 중독의 근본 원인이었을 것이다.

연탄가스 중독으로 많은 사람들이 다시 일어나지 못하는 사고가 비일비재했다. 자고 나면 '불귀객'이 되고 가족 단위로 비명횡사하는 실정이다 보니 오죽하면, 1968년 말 서울시가 일산화 중독이 되지 않는 연탄 연구에 1,000만 원의 현상금을 내걸기도 했다. 이 기획은 실패로 끝나 연탄은 '살인 탄'으로, 연탄가스는 '살인 가스'로 불리는 오명을 쓴 채 1970~80년대에도 여전히 연탄가스 중독 사망자들을 낳게 된다. 그렇게 절체절명의 사선을 넘었다.

소년공

세상에 태어난 것이 얼마나 축복이고 위대한 것인가, 천상천하유아독존(天上天下唯我獨尊), 부처님이 말씀하시지 않았더라도 분명한 것은 내가 태어나지 않았다면 세상은 절대 존재하지 않았을 것이라는 점이다. 내가 존재함으로 세상은 비로소 존재할 수 있는 유기체였지만 또 다른 의미처럼 늘 타인과 갈등을 야기할 수밖에 없다는 것이기도 했다. 근본이 불명확한 듯 태어났지만 엄마로 인해 존재감을 가질 수 있었다. 아버지는 나에게 존재성을 부여해 준 명분상으로는 위대한 남자였다.

가정 폭력이란 말조차 없던 시절이었다. 지금과 비교하면 궁핍한 삶의 구별은 큰 의미가 없었다. 다들 어렵게 살았으니까. 안정되지 않은 일상도 마찬가지였다. 다만 조국 근대화라는 기치를 내걸고 압축 성장을 추구하면서 대부분의 가장들은 물질만능의 자본주의에 스스로 비교당하며 좌절하기 시작했다. 완전하게 분해되지 못한 신분제의 폐해는 남아 있었지만, 가난을 팔자소관처럼 비교적 무난하게 받아들였던 대부분 삶의 모습이었다.

고도성장으로 드러나는 빈부격차로 무허가 판잣집으로 대변되듯 빈곤층으로 내몰리면서 대부분의 가장들은 좌절의 늪에 빠지기 시작했다. 일제 강점기와 분단, 전쟁 속에서 가정에서 삶의 기본적인 틀을 학습할 기회는 전무했다. 여자들도 집 밖을 나가 활동해야 하는 상황이 되면서 사내들은 좁은 속내를 폭력으로 감추려고 했다. 그렇듯 일반적인 이유와 아버지만의 이유도 있었을 것이다. 쿠데타에 권력을 잡은 독재자처럼 아버지는 평생을 자신의 과오를 회피하려고 안간힘을 썼다.

초등학교를 졸업했지만 공부를 제대로 하지도 못했고 근처에 사시던 할머니는 서자임을 은연중 표출하시곤 했다. 중학교 진학은 꿈도 꾸지 못했다. 1967년 육영재단에서 어린이 잡지 '어깨동무' 발간을 시작했고 애니메이션 '홍길동'이 대한극장에서 개봉되었다. 정치적으로는 신한당과 민중당이 합당하여 신민당이 되었고 구로공단의 시작이라고 해야 하나, 구로 수출산업단지가 준공되었다.

엄마는 어떻게 해서라도 중학교에 보내겠다 하셨지만, 할머니는 "서자가 무슨 진학이냐."며 단칼에 잘라 버리고 형광등 부품을 만드는 회사에 취직시켰다. 소년공이었다. 그 시절 비하된 표현처럼 다들 '공돌이'라고 했다. 소년공이라는 말은 잘 쓰지 않던 말이었는데 20대 대통령 선거 시 야당 후보였던 이가 소년공이었다며 회자된 적이 있었다. 그는 열여섯 대입 검정고시를 준비했던 때부터 25살까지 10년간의 일기를 7권에 남겼다. 그 당시의 기록 중에서 기억에 남는 일기를 옮겨 본다.

"한번은 육 학년 때 사은회 비슷한 게 있어서 전부 돈 몇 푼씩 내서 복숭아 사고 자두 사고 해서 모두들 멋있게 먹는데 나하고 몇 명 친구들은 돈이 없어서 못 샀기 때문에 자존심 때문에 먹지 않았다. 선생님이 권하는데도. 하지만 먹고 싶은 것은 참을 수가 없었다. 그래서 다 끝나고 선생님 몫으로 남겨 놓은 것을 전부 먹어 버리고 말았다. 선생님이 와서 화를 매우 내셨다. 먹으라고 할 때는 안 먹고 왜 훔쳐 먹느냐고 물론 엎드려 뻗쳐서 몇 대 맞았다. 나중에 선생님이 500원어치 사 와서 먹으라고 했으나 어찌 그것을 먹을 수 있을까. 결국 못 먹고 집에 간 일이 있었다."

공장에서 단순한 선별 작업이나 하는 처지였는데 한번은

그런 일이 있었다. 점심시간이 지난 오후 작업반장이 걸어 두었던 웃옷 주머니에 넣었던 돈이 없어졌다고 했다. 예전에 도난 사고가 생기면 교실에서도 모두의 주머니와 소지품을 검사했다. 마침 점심을 먹고 난 빈 도시락에 여동생에게 주겠다고 챙겨 두었던 알록달록한 부품이 들어 있었다. 옆에 일하는 아저씨가 챙겨 준 거였지만 내 도시락에 들어 있었으니 내가 훔친 것이었다. 그곳에서 일한 지 한 달이 다 되었지만 한 푼도 받지 못하고 도둑의 누명을 쓰고 쫓겨나야 했다. 그렇게 쫓겨 나와 다시 들어간 곳이 청량리에 있던 삼양 양복점이었다. 이번에는 아버지의 소개였다.

〈야인시대〉 등 근래에 방영된 일제 강점기 배경의 영화나 드라마를 보면 출연자들 대부분은 양복 차림으로 등장한다. 하지만 이는 과장된 것으로 실제로 양복이 대중화가 된 건 해방 후의 일이었다. 당연히 일제 강점기에는 기성복이 없었고 맞춤복이었다. 당시 일본에서도 원단을 생산하지 못했고 양복의 원단은 호주나 미국, 영국 등에서 수입했는데 일본에서도 양복 원단을 대량으로 생산하기 시작한 것은 1948년 이후였다. 원단 자체가 비싸고 수공임이 들어가니 당연히 비싼 가격이었으니 아무나 입을 수 없는 처지였다.

그가 후에 양복점을 하면서 직접 경험한 일이지만 박정희 대통령은 양복을 맞출 때 제일모직 등에서 생산된 국산 원단으로 고집했던 것을 기억했다. 당시 야당 지도자들도 수입 원단으로 양복을 맞추었다고 했다. 한번은 대통령의 가운형 잠옷의 소매 끝이 해져 소맷단을 줄여 달라는 주문이 있었다고도 했다. 그때 그는 눈물을 흘렸던 기억도 있다고 했다. 단편적으로 판단한다는 것이 그랬지만 그는 대만을 여러 번 가게 되면서 이승만 대통령도 마찬가지로 박정희 전 대통령도 너무 국민들의 인식과 평가가 그릇된 점이 있다는 게 그의 생각이었다. 70년대 경부고속도로 건설 계획이 그랬다는 것, 야당 대표들이 계획의 어이없는 타당성을 내세우며 과격하게 반대했던 것도, 당시 대만을 예로 들며 중화학 분야의 대기업 지원을 비판했던 것도 마찬가지였다. 당시 대만은 우리보다 우위였지만 현재 대만은 완성차나 방산 분야, 대형 선박의 건조 능력이 우리를 따라오지 못하는 상황이었다.

대만의 총통이었던 장개석은 오래전에 고인이 되었지만, 여전히 사람들 입에 오르내리곤 했다. 기강이 해이하다거나 나사 빠진 듯 무질서한 집단이나 개인을 보면 "장개석 군대냐." 하는 빈정거림으로 말이다. '장개석 군대'라는 말은 규율이 없는 집단, 백전백패하는 무능한 집단, 적에게 무기를 밀매하는 등의 썩어 빠진 군대의 대명사였다. 그가 부정부패로 본토를 모택동에게 빼앗기고 대만으로 도망친 무능한 지도자로 인식된다는 것도 그랬다. 우리의 초대 대통령 이승만도 마찬가지였다. 하지만 사후 평가는 엇갈렸다.

중국의 역사에서 신해혁명으로 청나라가 무너지고 대륙은 각지에서 일어난 군벌들의 각축장이 됐다. 『삼국지』 이야기 속의 등장인물처럼 조각난 땅에서 힘을 겨루었고 민초들은 전란에 휩쓸려야 했다. 국가라는 틀을 갖지 못했을 때 그는 그 기초를 닦아 나갔지만, 안팎의 적이 그를 괴롭혔다. 모택동의 공산당과 중국의 영토를 넘보는 일본이었다. 그는 집안을 평정하고 외적에게 저항하자고 했지만, 상황은 그렇지 못했고 시안 사변을 거치면서 국공 합작이라는 늪과 중일 전쟁이라는 치욕 속으로 빠져들어야 했다. 당시 중국은 전쟁을 치를 만큼의 조직을 이루지 못했으니 지휘 통솔의 문제보다는 구조적인 문제였다는 것이다.

이승만과 박정희 전 대통령의 통치에 대한 평가도 국가라는 틀이 정비되지 못한 상황의 이해보다 부정적인 인식에 치우친 면이 많았다. 이제는 진부한 이야기처럼 경부고속도로 건설도 마찬가지였다. '근대화'라는 말이 이제는 낡고 오래된 말인 듯싶지만, 그 당시에는 전혀 다른 말이었다. 근대화가 국민의 마음을 일으키는 일이라면 정권을 뒤엎기보다 더 어렵다는 게 그의 생각이었다. 박 대통령은 빈곤과 체념 속에 혼미를 거듭하는 겨레에 '하면 된다.', '할 수 있다.'는 의지를 불붙였다.

박 대통령에게 근대화는 신앙이었다. 그 토양을 조성하기 위해 절대빈곤을 추방하는 일을 먼저 했다. 5천 년 민족 역사를 지배했던 계속된 굶주림, 이것을 해결해야 전근대적인 의식 구조를 넘어설 수 있었기 때문이었다. 어찌 보면 역사에서 좋은 사람이란 도덕적인 잣대가 아니라 시대의 과제를 잘 해결했다는 결과물이 기준이기도 할 것이다. 역사가 결국 승자의 기록일 뿐이라는 말은 흘러간 시간처럼 공유하지 못한 이들의 딴지일 수도 있다. 역사를 제대로 평가하기 위해서라도 바른 오늘이 바탕이 되어야 한다는 것, 그러므로 역사란 현재와 과거의 끊임없는 교류의 대상인 셈이다.

60년대 이후 대부분의 공무원들은 넥타이까지 정장 복장을 착용하였으니 양복 수요가 늘어나기 시작했다. 아직 기성복은 맞춤 양복을 대체할 수 없는 수준이었으니 거리마다 양복점이 요즘의 편의점만큼이었다고 해야 하나. 산업화 시대가 되면서 양복점이 번성하던 시기였다. 그렇다고 맞춤 양복은 아무 때나 입는 옷이 아니었다. 고등학교나 대학 졸업 후 취직을 앞둔 시점에서는 필수로 맞춰야 하는 옷이었으며 결혼 예복을 마련하기 위해 빠트리지 않고 방문해야 할 곳이 양복점이었다.

처음 양복점에 들어갔을 때 그를 부르는 호칭은 '꼬마'였다. 기술자들의 심부름이나 하는 처지였다. 취업할 때 계약은 당연히 없었고 명분은 숙식 제공에 기술을 배운다는 거였다. '먹여 주고 재워 준다'는 말, 지금 생각하면 참 가슴 아픈 말이었다. 초등학교를 마친 어린 나이부터 직업 전선에 나서야 했다는, 그만큼 먹고사는 일이, 괜찮은 일자리를 얻는 게 힘들었다는 방증이기도 했다.

물론 그 상황을 악용하여 기업주들이 가혹한 노동 환경에 부당하게 노동력을 착취했다는 것도 회피할 수 없는 현실이었다. 도제식 교육의 한 형태라고도 할 수 있겠지만 그 본뜻과는 어긋난 것이었다. 어린 나이부터 배워야 했던 제자의 모습이라면 좋은 스승이라고는 할 수 없었기 때문이었다. 눈치껏 알음알음 배워야 하는 과정이었다. 그렇다고 아무나 써 주지도 않았다. 눈치 빠르게 청소를 하고 심부름을 해야 했다.

잠은 '바이다'라는 재단대에서 새우잠을 잤다. 자다가 떨어지기도 부지기수였다. 한번은 머리부터 떨어져 한동안 고생한 적도 있었다. 겨울에도 난로는 물론 불기 하나 없었다. 5촉짜리 백열전구를 철사로 감아 가랑이에 끼고 자야 했다. 먹여 주고 재워 준다고 했지만 먹는 것도 기술자들이 다 먹고 난 다음 찬밥을 먹어야 했다. 호칭이 '꼬마'였으니 인격적인 대접은 언감생심이었다. 기술자들의 주먹질은 물론 쌍말이 일상이었다. 고급 원단을 훔치려고 도둑들이 들기도 했으니 불편한 잠자리에 편하게 잠도 잘 수 없었다.

사장이 주는 월급은 없었고 기술자들이 월급날이면 갹출하여 용돈처럼 쥐여 주기도 했다. 6개월이 지나서야 바늘을 잡을 수 있었다. 당시에는 양복 원단이라고 해야 하나, 귀하고 비쌌다. 몇 년을 입어 엉덩이 부분이 떨어진 양복바지 수선에서 속을 밖으로 뒤집어 아래위가 거꾸로 되게 바꾸는 작업을 했다. 양복 수선의 첫 번째 일은 오래 묵은 양복 박음질 사이 먹지를 코나 입으로 마시며 한 땀 한 땀 칼로 끊어 내는 작업이었다. 양복점에서 처음으로 잡는 일이었다. 손을 베기도 했고 일요일도 없었다. 피기도 전에 구겨진 청춘에 다림질이 일상이었다. 재단하고 가위질 된 종이에 그림을 그려 보고 연애편지처럼 끄적거려 보기도 했다.

열사의 땅, 중동

미래를 꿈꾼다는 것은 생각할 수도 없었다. 1년에, 여섯 식구가 먹고살 수 있을 쌀 15가마와 연탄 300장을 살 수 있는 돈만 벌었으면 싶은 게 절실한 희망 사항이었다. 바지 하나를 배우는 데 2년쯤 걸렸으려나. 바지가 끝나면 조끼를 배우고 재킷을 배웠다. 3년이 지나서 기술자로 대접을 받을 수 있었다. 저축은 하지 못하고 동생들 학비와 생활비를 댔다. 그때까지 아버지는 술에 취하는 날이 많았고 주머니에 돈이 생기면 노름으로 날렸다. 언제나 집안은 온기가 없었다.

70년대 중반 하던 일을 때려치우고 중동 건설 현장에 가고 싶었다. 가까운 친구 하나는 열사의 땅으로 갔고 다른 한 친구는 실기 면접에 실패해 가지 못했다. 당시 실기 면접은 삽질이었다. 실기 면접에 실패한 친구는 어려서부터 삽질에 익숙했다. 그는 익숙했던 삽질을 그대로 했을 뿐인데 실격이었다. 도무지 이해할 수 없는 상황이어서 면접관에게 항의했을 때 면접관의 답변이 이랬다.

"당신처럼 삽질을 잘하는 사람은 한 달도 견디지 못한다. 혹독한 날씨에 끈기가 필요할 뿐이지 능숙하다는 것은 아무런 의미가 없기 때문이다."

구한말 하와이 사탕수수밭에 이어 산업화 시대를 열어 가면서 독일의 탄광이나 병원에서 어렵고 힘든 노동을 감수하며 자신은 물론 가정과 국가에 이르기까지 이들이 기여한 것은 엄청났다. 하지만 노동 현장의 노동자들이 당면했던 불합리한 노동 현실은 크게 부각되지 않았던 점도 간과할 수 없다. 중동 건설 현장도 마찬가지였다.

독일에 파견된 광부와 간호사들의 송금과 월남전 특수, 일본과의 국교 정상화로 경제개발 5개년 계획은 나름 순항하는 중이었으나 당시 수출 산업 중심으로 성장해 오던 우리 경제를 뿌리째 흔드는 일이 생겨났으니 이른바 '1차 오일 쇼크'였다.

1973년 10월 6일 제4차 중동 전쟁이 발발, 이집트와 시리아가 주축이 된 아랍 연합군과 이스라엘 사이에 벌어진 이 전쟁에서 이스라엘이 승리했다. 종전(終戰) 선언 닷새 전인 10월 17일, 아랍 산유국들이 일제히 석유 금수(禁輸) 조치를 선언했다. 두 달이 지난 12월 12일 이란 왕 팔레비가 뉴욕타

임스 기자에게 말했다.

"유가 상승? 당연하지! 당신네는 밀가루 가격을 세 배 올리지 않았나. 우리 원유를 사서는 정제해서 수백 배 값을 올려 팔아먹고. 이제 기름을 사려면 당신들은 돈을 더 내야 한다. 그래야 공평하다. 한 열 배쯤?"

그해 1월 배럴당 3달러 선이던 원유 가격은 크리스마스 무렵 12달러로 300% 상승했다. 2차 세계대전 이후 성장을 구가하던 서방 세계는 혼란에 빠졌다. 중화학 공업을 육성 중이던 대한민국은 그보다 더 큰 혼란에 빠졌다.

1973년 3억 519만 달러였던 석유 수입 비용이 1년 만에 11억 78만 달러로 폭증했다. 외환 보유액은 3,000만 달러가 줄었고 소비자 물가는 24.3%, 생산자 물가는 무려 42.1%나 폭등했다. 경상 수지 적자는 3억 1,000만 달러에서 20억 2,000만 달러로 천정부지로 치솟았다. 오일 쇼크라는 엄청난 한 방에 대한민국은 참담한 그로기에 빠졌다. 고도성장에 의존하고 있던 박정희 정부도 위기였다. 발상의 전환이 필요했다. 세계는 위기지만 중동은 돈벼락을 맞지 않았는가.

1960년 결성된 석유수출국기구(OPEC)가 1973년 10월부터 1974년 1월까지 석유 가격을 갑작스럽게 약 3배 이상 인상함으로써 발생했던 엄청난 파동이었다. '오일 쇼크'라 부르던 기간 동안 물가의 급등, 수출 신장의 둔화, 무역수지 악화, 경기의 후퇴 및 실업 증대 등의 현상이 나타났다. 1973년에 정부에서 지불한 원유값은 3억 516만 달러였는데 1974년에는 8억 달러가 늘어난 11억 78만 달러를 지불해야만 했다. 경상수지 적자는 일 년 사이에 3억 880만 달러에서 20억 2,270만 달러로 늘었고 자본 대출량도 2억 9,000만 달러에서 19억 9,840만 달러로 크게 증가했다. 정말 막다른 길목이었다. 그렇듯 오늘날 우리가 누리는 경제적인 풍요 속에는 계속되는 위기가 있었고, 예상치 못한 행운 때문에 그 위기가 극복되었다고 볼 수 있었다.

석유 파동으로 세계 유가는 1배럴당 3달러에서 12달러로 상승했다. 휘발유 가격 변화가 중요하지 않은 건 아니지만, 세계 에너지 시장에서 더 중요한 것은 석유의 소유 구조 변화였다. 이전에 유전을 소유한 곳은 기본적으로 세계 유수의 에너지 기업, 엑슨이나 쉘 등 서방 선진국의 에너지 기업이 유전을 소유하고 있었고, 이들이 이익금 중 일부를 산유국에 주는 방식이었다. 에너지 기업이 주이고, 산유국이 보조였던 것이 석유 파동을 계기로 그 위치가 바뀌게 되는 사달이 생겼다. 이전에는 에너지 기업이 더 많은 이익을 가져갔지만, 석유 파동 이후에는 산유국이 이익의 대부분을 가져가고, 그 일부를 에너지 기업이 가져가는 형태로 바꿔었다.

그때부터 사우디 등 중동의 산유국들은 이른바 '오일달러'로 주머니가 두둑해졌다. 도박으로 돈을 한꺼번에 챙긴 사람들이 쉽게 돈을 쓰기도 하듯이 중동의 산유국들도 마찬가지였다. 석유 시설을 직접 지배하면서 엄청난 돈이 들어왔고, 그 돈을 아낌없이 사용하게 된다. 사막의 뜨겁고 건조한 환경에서 의식주를 위한 인위적인 문명에 눈을 돌리지 않았지만 주로 건설 사업, 도로나 항만 시설에 과감한 투자에 눈을 돌리게 되었다. 그런데 자국에서는 이러한 건설을 숙련된 인력과 경험이 없었고 그래서 다른 나라 기업에 돈을 주고 발주를 했던, 이것이 소위 중동 특수의 시작이었다.

중동 건설 특수가 열렸다고 하지만, 모든 국가가 적극적으로 참여한 것은 아니었다. 그럴 수 없는 사정도 있었으니 중동 건설 사업에 적극적으로 참여할 수 있는 국가는 몇 되지 않았다. 우리보다 당연히 건설 기술이 훨씬 더 좋은 선진 외국 건설 기업도 많았지만 중동 특수에 적극적으로 참여하는 것은 한계가 있었다는 것이다.

기본적으로 기술도 기술이지만 인부를 동원할 수 있어야 했다. 중동 국가의 현지인들은 이런 경험이 없었고, 이전부터도 힘든 일을 하지 않고도 적당히 지낼 수 있었던 환경이었다. 그 때문에 건설 참여 기업이 직접 인부를 데리고 가야 했다. 그런데 기술력 높은 유럽이나 미국 기업은 기술, 기계는 몰라도 인부까지 자국에서 동원하기는 힘들었다. 서양에서는 중동에 가서 건설 인부로 일하는 고생을 하려 드는 사람이 드물었다. 제3국에서 인부를 모집해 중동에 가야 해서 많은 건설에 참여하기엔 한계가 있었다는 것도.

반면 개도국은 인부는 동원할 수 있어도, 해외에서 건설 사업을 진행할 기술은 없었던 약점이 있었다. 우리는 건설 기술이 있으면서, 돈을 벌기 위해 중동에 가려고 하는 사람이 많았던 몇 안 되는 국가 중 하나였다. 문제는 사람이었다. 당시의 일화다.

당시 경제수석이었던 오원철은 중동진출에 대한 아이디어를 냈고 박 대통령이 이를 받아들여 중동 진출을 적극적으로 기획하게 된다. 호랑이를 잡으려면 호랑이 굴로 들어가야 하듯, 오일 쇼크로 인한 외환 위기는 오일 쇼크로 부자가 된 중동에서 처방책을 찾아야 한다는 생각에서 진행된 해결책이었다. 1974년 4월 25일 장예준 건설부 장관을 비롯하여 부처의 각료급 인사들과 7개 민간업체로 구성된 사절단이 중동에 파견되었다. 직접 중동에 가서 현지를 보고 오라는 대통령의 지시가 있었기 때문이다.

중동 시찰 성과물로 사우디아라비아와 쿠웨이트로부터 긍

정적인 경제 협력을 이끌어 내기에 이르렀다. 대한민국에서 소요되는 원유를 사우디아라비아와 쿠웨이트가 장기적으로 공급해 주겠다는 보장을 해 주었고 사우디 정부와는 경제와 기술 협력에 관한 기본 협정을 체결하기로 합의까지 하였다. 이때, 한국은 해외건설촉진법을 제정했고, 이로써 중동 진출에 대한 국가적 뒷받침이 활발해졌음은 물론 정부의 지원에 힘입어 중동건설 수주는 활발해졌다. 수주액 또한 1974년 8,900만 달러에서, 1975년 7억 5,100만 달러로, 무려 9배나 급격히 늘어났다.

  하지만 현대건설의 국제담당 부사장 정인영이 중동 진출에 적극 반대했다는 일화처럼 관료들의 사전 조사 결과도 마찬가지였다. 종교적인 이유 및 사막의 열악한 환경으로 근로자들이 여가를 즐길 수 없는 환경인 데다 식수는 물론 공사용 물도 확보하기 어렵다는 현지 조사 결과였다. 하지만 정주영 회장은 저돌적인 특유의 뚝심을 드러낸다. 술집 등 여가 시설이 없다면 노동자들이 번 돈을 쓰지 않고 모두 집으로 보내면 되고 사방에 널린 모래는 건설 자재로 사막에서 귀한 물은 길어 나르거나 바닷물을 정수해서 활용하면 된다는 의견을 제시한 것이다. 정주영도 이때 "큰물에 나가야 큰 고기를 잡는다."고 생각하게 된다. 특히 엄청난 투자를 해 울산에 조선소를 지은 탓에 현대건설은 극도로 자

금 사정이 악화됐다. 그래서 활로를 찾기 위해서 중동 진출
은 필수라고 생각한 것이다.

"돌파구는 중동이다. 오일 달러를 벌기 위해서는 호랑이
굴 중동에 가야 한다." 정주영은 중역 회의에서 이렇게 강
조했다. 그러나 당시 현대건설 국제담당 부사장이었던 동생
정인영은 극력 반대했다. "중동은 위험합니다. 지금 중동에
는 세계 선진 건설회사들이 진을 치고 있는데 우리 같은 경
험 없는 회사가 가서 뭘 하겠습니까?" 한 치의 양보도 없는
치열한 의견 다툼 속에 중역들은 전전긍긍했다. 한쪽에서는
"빨리 중동으로 나가라니까 내 말을 왜 안 들어?"라고 호통
쳤고, 한쪽에서는 "내 허락이 떨어지기 전에는 절대 중동에
갈 수 없다."고 윽박지르니 우왕좌왕할 수밖에 없었다. 어
느 날 정주영에게서 드디어 불같은 호령이 떨어졌다.

"정말 중동에 안 나갈 거야? 당장 나가!"

어쩔 수 없이 권기태 상무는 정인영에게는 보고도 안 한
채 무작정 비행기를 타고 도쿄로 날아갔다. 중동을 가기 위
해서였다. 뒤늦게 권기태의 출국을 안 정인영은 급히 도쿄
로 전화를 걸었다.

"절대로 성급하게 공사를 맡지 말아야 해. 잘못하면 우리
모두 말아먹는 일이 생길 수 있어. 알았지? 그리고 중동에
나가서 일어나는 모든 일은 회장님한테 직접 보고하지 말고

내게 하라고. 회장님께는 내가 판단해서 보고 여부를 결정할 테니까."

이런 우여곡절 끝에 현대건설은 중동에 첫 진출하고 이란의 반다르아바스 동원 훈련 조선소를 8천만 달러에 수의계약 했다. 이 공사는 그렇게 중동 진출을 반대했던 동생 정인영이 직접 가서 계약서에 서명했으니 두고두고 현대가의 일화로 남아 있을 법하다. 그 무렵 동생 정인영은 국제 담당 사장으로 막 승진한 상태였다. 계약을 마치고 온 정인영은 "그래도 선수금으로 8백만 달러를 받으니 호주머니 속이 뜨끈뜨끈하군." 하고 웃음을 지었다는 뒷얘기가 있다.

열사의 나라로만 알려진 중동 진출은 이렇게 초기부터 쉽지 않은 일이었다. 이후로도 현대건설의 주베일 건설 공사 일화는 한국의 중동 진출에서 빼놓을 수 없는 전설적인 이야기로 남아 있다. '걸프만에 빠져 죽을 각오'로 입찰에 응한 결과로 20세기 최대의 대역사로 불렸던 주베일 산업항 공사를 현대는 수주할 수 있었다. 공사 금액은 무려 9억 2천만 달러였고 이것은 한국 정부 한 해 예산의 반에 해당하는 액수였다. 이 공사의 낙찰은 당시 최악의 외환 사정으로 고통을 겪고 있던 대한민국 정부에도 낭보 중의 낭보였다.

정주영은 중동 진출을 시작하면서 페르시아만 한복판의 바레인섬에 반영구적인 접안 시설을 만들어 중동 진출의 교두보로 삼을 작정이었다. 이 구상과 딱 맞아떨어진 것은 바레인의 아랍 수리조선소 건설 공사였다. 1975년 10월에 착공한 이 공사는 아랍 석유 수출국에서 발주한 1억 3,000만 달러의 큰 공사였다. 한 나라가 아닌 중동 산유국 10개 나라 가운데 7개 나라가 공동출자한 조선소를 건설한다는 것은 한 번의 고무줄총으로 7마리의 새를 한꺼번에 잡는 것과 마찬가지이다.

정주영은 1975년 9월 하순 현대 군단을 이끌고 바레인 땅에 입성했다. 그러나 첫날 현장으로 들어가는 길부터 만만치 않았다. 업자들이 바닷속의 모래를 파내 바다를 메워 놓은 데다 엎친 데 덮친 격으로 큰비까지 내려 길은 푹푹 발목이 빠질 정도였다. 그래서 인부들을 시켜 마른 흙을 실어다 깔아 진입로를 만들면서 현장에 들어갈 수밖에 없었다. 사방을 둘러봐도 끝없는 바다뿐 어디서부터 손을 대야 할지 막막한 데 당장 숙소를 마련할 자리부터 마땅치 않았다.

"이봐 김 소장!" 정주영이 현장소장을 불렀다. 현장소장 김주신이 급히 달려왔다.

"숙소가 마땅치 않지? 우선 이쪽에 천막을 치고 모랫바닥에 합판을 깔아서 잠자리를 마련하자."

그렇게 숙소를 임시방편으로 만든 다음 식수는 시내에서 급수차로 날마다 실어 날라 마셔야 했다. 이렇게 중동에 교

두보를 만들고 정주영은 군대나 다름없는 야영 생활에 동참
했다. 마치 사단장이 사병들과 함께 먹고 자는 것과 다를 바
없는 생활이었다. 그러나 그런 것은 아무것도 아니었다. 중
동 진출에 성공하느냐 그대로 무릎을 꿇어야 하는 마당에
정주영이라고 뒷짐을 질 수는 없는 노릇이었기 때문이다.
이러한 어려움 속에서 마침내 교두보를 완성한 현대건설은
중동에서 그 이름을 드날리게 되었고, 이를 바탕으로 주베
일 산업항 공사를 수주하기에 이른 것이다. 당시 대통령에
게 전했다는 말이다.

"중동은 1년 내내 비가 오지 않으므로 부지런히 일해 공사
기간을 단축할 수 있다는, 낮에는 더우니까 잠을 자고, 공
사는 야간에 진행하면 된다는, 공사할 때는 모래로 콘크리
트 시멘트를 만드는데, 사막이 근처에 있으니 흔한 것이 모
래이고 물은 유조선을 건조해 비어 있는 탱크에 가득 실어
보내고 복귀할 때 석유를 채워 오면 된다."

그렇게 365일 공사를 할 수 있으며, 모래와 자갈이 널린
건설 공사에 천혜의 땅이라고 했던 정주영. 50도나 치솟는
낮에는 잠자고 밤에 일하면 된다는 정주영의 '긍정의 힘' 덕
분에 중동 건설은 이루어졌는지 모른다. 아니, 이루어진 것
이다. 달러가 귀할 정도로 부족했던 힘든 시절. 30만 명의
일꾼들이 중동으로 나갔고, 보잉 747 특별기편으로 달러를

신고 돌아왔다.

1973년 12월 삼환기업이 사우디의 알울라~카이바르 164km 고속도로 공사를 따냈다. 1974년 2억 6,000만 달러를 수주한 한국 기업은 75년 226.3% 늘어난 8억 5,000만 달러어치를 수주했다. 1976년 현대건설이 수주한 사우디아라비아 주베일 항만 공사는 9억 5,800만 달러로 대한민국 예산의 25%였다. 그해 6월 계약 선수금 2억 달러가 입금되자 외환은행장이 현대건설 회장 정주영에게 전화를 걸었다. "덕분에 오늘 대한민국 건국 이후 최고의 외환 보유액을 기록했다." 1983년 동아건설이 수주한 리비아 대수로 공사는 39억 달러짜리였다. 6년 뒤 2차 공사는 55억 5,000만 달러였다. 중동 진출은 신화(神話)였다. 그 신화 속에서 노동자들은 사막으로 강림(降臨)한 신(神)들이었다.

1976년 광복절, 가즐란 사막 위에 발전소 공사가 시작됐다. 사우디 최초이자 중동 지역 최대 규모의 화력발전소였다. 70명으로 출발한 현장 인력은 1,000명으로 늘었다. 식당도 짓고, 숙소도 짓고, 새마을 회관도 만들었다. 마을 하나가 사막 한가운데 생겨났다. 함께 일했던 미국 벡텔사 현장 사람들은 이해하지 못했다. 이미 선진국 고학력자들은 사막을 기피했다. 기능공도 한국인들은 급이 달랐다. 연장 가방에는 망치와 수평계가, 가방에는 펜치와 니퍼가 들어 있었다. 월남 때부터 닳고 닳은 자기 연장들이었다. 영어 한 줄 읽지 못했지만 도면을 보면 그대로 작업을 했다. 일하다 보면 당연히 땀이 나고 얼굴도 타야 하는데 한참을 일하다 보면 땀이 증발하고 소금만 남아 얼굴이 새하얬다. 아무리 더워도 화상이 무서워 작업복은 벗지 못했다. 그래도 안경잡이들은 화상을 피하지 못했다. 금속 안경테는 벗어 던질 수가 없었으니까. 그러다 모래 폭풍이 닥쳐오면 공사가 멈추곤 했다. 작업은커녕 질식할 것 같은 바람에 사람들은 천으로 얼굴을 가리고 숨도 참았다. 요동을 치는 크레인도 폭풍 너머 시야에서 사라지곤 했다. 숙소로 돌아와 샤워기를 틀면 서울 목욕탕 열탕보다 뜨거운 물이 쏟아졌다.

하지만 잘살아 보겠다고 작심하고 떠난 사람들이었다. 1980년 돼지를 치다가 빚더미에 오른 젊은이는 사우디 공사판을 택했다. 설날 하루만 딱 놀고 일했다. 사람들이 "5,000명 중에서 당신이 제일 근무 일수가 많을 것"이라고 해서 그런 줄 알았는데 2등이었다. 알고 보니 설날에도 일한 사람이 있었다. 강림한 신(神)들은 그렇게 '일하다가 죽을까 봐 걱정될 정도로' 일했다.

독기(毒氣) 가득한 우수 인력들이 뭉쳐 살던 새 마을 주변에 발전소가 피어나고 있었다. 200톤짜리 발전 터빈 두 개를 14m 높이 기반에 설치하는 날. 크레인이 도착했다. 기반에 박힌 앵커볼트 250개가 터빈에 뚫린 구멍 250개에 끼워져야 고정이 된다. 달팽이 기어가는 속도로 하강하는 터빈 구멍에 정확하게 앵커볼트들이 솟아올랐다. 1mm 오차도 없었다. 지켜보던 벡텔사 사람들에게서 먼저 박수가 터졌다. 1981년 2월 1일 발전소가 완공됐다. 4년 5개월 만이었다.

노동자들도 미친 듯이 일했고 기업도 같았다. 주베일 공사 때 현대건설은 울산에서 만든 해양 구조물을 바지선 열두 척에 강철선으로 고정하고서 인도양을 건넜다. 사막을 가로질러 1,000km가 넘는 수로(水路)를 만들겠다는 리비아 수로 공사는 애당초 말이 되지 않는 공사였다. 그런데 해냈다. 시공 직전 서방에서는 '미친개의 꿈'이라고 했고, 완공 직후 리비아인들은 '세계 8대 불가사의'라고 불렀다. 리비아는 공사 완공 기념우표까지 발행했다.

친구는 역사의 현장 속에 있었고 아직도 노동을 즐기듯 일하고 있다. 그가 중동에 간 그해, 1978년 쌀 한 가마(80kg)의 값은 2만 7천 원 정도였다. 지금은 한 가마라는 개념이 없고 20kg 등의 소포장으로 되어 있으니 가격을 비교하는 것이 어렵다. 1달러는 원화로 484원, 강남 대치동 31평짜리 은마 아파트의 분양 가격은 1,847만 원이었다. 그때 우리 건설 회사에 근무한 근로자의 시급(時給)은 1.30달러에서 1.80달러였다. 그 시급은 직종마다 달랐다. 그 근로자들은 대략 300달러에서 많게는 550달러를 받았다. 평균 400달러 정도 받았다. 당시 그 돈으로 쌀을 사면 7가마를 살 수 있었다. 한 가마는 80kg이다. 쌀밥을 먹기 힘들었던 시절 한 달 월급으로 쌀 7가마를 살 수 있는 돈이라고 하면 비교가 쉬울 것이다. 물론 지금은 다르다. 그는 사막에서 일하는 동안 대부분의 돈을 송금했고 집에서는 집을 사고 땅을 조금 장만하기도 했다. 한 달에 두 번 일요일이 쉬는 날이었다. 낮에는 워낙 더웠기 때문에 점심 식사하고 한 시간씩 오침을 했다. 이제 이곳에서도 37도를 웃돌기도 하지만 그 당시는 아니었기 때문이다. 그 살인적인 더위를 경험하지 못한 사람은 그 불지옥을 모른다.

공사 현장에서 노사 분규는 없었다. 본인이 원해서 멀리에서 온 직원들도 회사를 원망하거나 불평하는 이는 없었다. 위에서 말했듯이 근로자의 임금은 직종마다 다르고 그가 속한 부서에 따라 많은 차이가 났다. 일거리가 많은 부서는 잔업을 많이 해서 급여가 후했으나 그렇지 않은 부서는 급여가 적었다. 급여 지급일 다음 날에는 공사 현장에 나오지 않는 근로자가 있었는데, 그들은 그들이 받은 급여가 다른 이들보다 적어서 화병(火病)이 난 것이다. 이 말은 지어서 하는 말이 아니다. 이런 일은 인간들에 내재(內在)한 시기(猜忌), 질투, 경쟁심을 여실히 나타내 준다. 남이 잘되면

배가 아프다. 그래서 병이 난다.

사우디아라비아 사람들은 소의 뼈를 먹지 않고 버렸다. 주방에서는 그것을 돈 안 주고 얻어다가 밤새 가마솥에 푹 푹 삶아서 아침 식사에 그들이 싫다고 할 때까지 제공했으니 6개월간 먹으면 그다음에는 쳐다보지도 않았다. 쌀은 캘리포니아 산으로 제공했다. 흔히 안남미라고 하듯 찰기 없는 쌀이 아닌 우리가 먹는 찰기 있는 쌀로 맛이 좋았는데 가격도 저렴했다. 80kg 한 가마니에 우리 돈으로 5,000원이었다. 사우디 정부가 가난한 사람을 배려하여 비싸게 사다 이렇게 헐값으로 제공했다.

동아건설이 리비아에서 벌인 대수로 공사 현장. 모래바람을 뚫고서 사람들은 사하라 사막에 초대형 장비로 초대형 수로를 만들었다. 전쟁 같은 공사였다.

친구는 의기양양 검게 그을린 모습으로 돌아와 강남에 아파트를 마련했다. 같이 열사의 땅에서 일하던 동료 중에 가정이 깨진 경우도 여럿 있었다. 외로움과 돈이 함께 했을 때 자칫 일탈의 길을 가게 되어 고생한 보람도 없이 허망해야 했던 사람들이었다.

그는 양복을 배운 지 8년, 드디어 독립할 수 있었다. 양복점 이름은 AQ양복점이었다.

길 위에서 만난 인연

지구의 저 반대편 부에노스아이레스의 거리가 낯선 듯 화려했던 건 언제나 지난 시절이었으니 나른하면서 동화 속 같은 이야기들이 봄꽃이 피는 거리에 펄럭거렸다. 마라도나에서 메시로 축구의 나라, 거대한 초원 지대 팜파스, 가난한 여행자의 배를 채워 주었던 두툼한 스테이크(아사도)와 와인, 〈돈 크라이 포 미 아르헨티나〉 애절한 노래는 극과 극의 대척에도 에비타를 향한 그리움은 여전했다. 격정과 열정의 감정을 그대로 드러내는 마성의 탱고까지, 이구아수 악마의 목구멍으로 빨려드는 물길에 흘려 그 거리를 떠나야 했던 건 지구별 여행자의 미련한 미련이었다.

단지 거대한 물줄기가 떨어지는 폭포를 보러 간다는 게 멀리 돌아온 여행자에게 탐탁지 않은 일이었지만 떠밀려가듯 다시 공항으로 갔다. 하늘길로 가면서 거대한 초원 지대 팜파스를 지나는 듯 너른 초원이 저 아래로 빠르게 지나갔다.

가는 비가 내리는 서늘한 날씨에 폭포까지 가는 길은 서울
대공원의 코끼리 열차를 타고 가는 듯했다. 물길을 가는 가
도를 건너 드디어 악마의 목구멍으로 흘러내리는 물길은 상
상을 초월했다. 나이아가라의 물줄기가 보랏빛이었다면 이
구아수 악마의 목구멍으로 흘러내리는 물은 누런 황토 빛
이었다. 오랫동안 가슴속에 숨어 있던 멜로디였을까? 영화
〈미션〉에서 가브리엘 신부의 오보에 소리가 흘러나오는 듯,
폭포의 굉음을 지워 버렸다. 총을 든 점령군의 야만에 맞서
는 원주민과 신부, 그 처절함과 애잔함을 멀찍이서 바라보
는 듯 가슴을 흔들던 멜로디, 본디 이 땅의 주인이었던 파라
과이는 영토를 잃었으나 과라니족은 어디에 남아 있기는 한
것일까? 폭포야 여러 갈래이라지만 땅 주인도 아르헨티나와
브라질로 갈렸으니. 다리를 건너면 브라질이다. 한반도와
는 비교할 수 없는 광활한 땅, 버스로 가는 길에서는 확인할
수 없었다.

저녁을 먹고 호텔에 들어가면서 그를 다시 만났다.

"예정에 없는데 다시 만나네요. 반갑습니다."

그가 손을 내밀었고 가볍게 어깨를 감싸 안았다.

"아직도 하실 이야기가 남아 있는가 보네요? 식사하셨으
면 산책이나 할까요?"

"방에 짐 좀 내려놓고 올게요."

그는 여행 내내 혼자였다. 60대 후반의 나이에 혼자 여행을 다닌다는 것은 쉽지 않은 모습이었다. 로비에서 기다리는데 그가 내려왔다.

"근데 혼자 오신 거 맞지요?"

"벌써 몇 번째 만나는데 새삼스럽게 그런 것을 묻고 그런대요."

"앞에서는 그런 걸 묻기가 그랬는데 이제 좀 익숙해진 듯해요. 그 나이에 혼자 다니시면 뭔가 특별해 보이거나 사연이 있어 보이시거든요. 부인은 함께 못 오셨어요?"

그는 한동안 말이 없었다. 돌아갈 거처를 정하지 못한 새들이 지저귀는 소리들이 무안함을 잠시 가려 주었다.

그가 아내와 만난 것은 영화 속의 한 장면이었다고 해야 하나. 그해 여름 대천해수욕장으로 가던 열차 안에서 우연히 만났다. 그의 나의 스물한 살 때였다. 8월의 폭염에 피서 겸 대천에서 친구들을 만나기로 하고 장항선 열차를 타고 광천역을 지나면서였다. 구부러진 철길을 돌면서 선반에서 가방 하나가 떨어졌고 통로에서 서서 가던 그는 얼른 그 가방을 주어 다시 선반에 얹어 주었다. 그때 통로 옆자리에 앉아 있던 처자가 자기 가방이었던 듯 고맙다며 인사를 했다. 인사를 나누며 자연스럽게 이야기가 이어졌다. 처자는 옆자리에 친구와 함께였으니 연락처를 주고받은 것도 아니었다. 대천역에서 내리면서는 모르는 척 헤어졌다.

　뜨거운 칠월의 바다 너머로 붉은 노을이 번지고 있었다. 여름 바다와는 처음 만남이었을까? 멀게도 가깝게도 하늘과 바다가 맞닿은 곳에 뭉게구름이 피어오르고 바다빛으로 물들었는지 하늘빛으로 물들었는지, 엄마를 기다리며 멀리 바라보았던 어린 시절 한강과는 전혀 다른 모습이었다. 가슴이 짙푸른 물결처럼 출렁거렸고 수평선 너머의 세상도 건너다보았을까. 반갑게 친구들을 만났고 저녁을 먹었다. 바다는 다시 먼 여행을 떠나는지 파도 소리는 멀어져 갔다.

　어둠 속에 불빛들이 피어나고 바닷가에 모여 앉았다. 술 마시고 노래하고 춤을 추며 고래를 잡으러 가야 한다는 건 까맣게 잊었을 것이다. 모닥불가에 기타를 치며 노래했다. 마침 그 곁을 지나가던 처자들이 있었으니 열차 안에서 만났던 그 처자도 함께였다. 반가운 마음으로 일어나 인사를 하고 함께 하자고 자연스럽게 이끌었다. 친구와 둘이었으니 열차 안에서 본 얼굴이었다. 처음에는 못 이기는 척 돌아서려다 한참 만에 그 자리에 합석했다. 젊은 청춘들이었고 기타 치는 친구도 있었으니 모닥불도 있던 해변에서 금세 노래로 친구가 되었다. 마치 〈조개껍질 묶어〉란 제목으로 더 알려진 〈라라라〉가 만들어진 일화처럼.

바닷가에서 만남을 기념하기 위해, 그보다는 만남의 자리를 떠나겠다는 처자들을 그 자리에 머물게 하겠다는 열망이었을까? 소란스러움을 피해 그길로 방에 들어가 노래를 만들었다는 일화에서는 뜨거운 여름날의 해변에서 꿈꾸었던 젊음의 모습들을 찾아내어 가사를 썼을 것이다. 밤은 깊어가나 잠이 오지 않는 여름밤, 밤새 모기가 물어도 그저 즐거운 모임, 김치만 있어도 맛있는 아침 식사.

　현실과 상상의 나래를 펼치며 가사는 썼는데 오선지가 없어 곁에 있던 이들이 부랴부랴 빈 종이에 오선지를 그리고 30분 만에 작곡과 작사를 끝냈다는, 이제는 〈조개껍질 묶어〉란 제목으로 더 잘 알려진 곡, 〈라라라〉의 탄생 스토리다. 모두가 모인 자리에서 통기타를 치며 노래를 불렀다. 후에 앨범까지 나왔을 때 반응은 폭발적이었다. 이후 해수욕장에서 가장 많이 불리는 여름 노래로 남았고 2005년에는 대천해수욕장에 '라라라' 노래비가 세워졌다.

　　조개껍질 묶어 그녀의 목에 걸고
　　물가에 마주 앉아 밤새 속삭이네
　　저 멀리 달그림자 시원한 파도 소리
　　여름밤은 깊어만 가고 잠은 오질 않네
　　랄랄랄랄라라 ～～～ 랄랄랄랄랄랄～～～

그 노랫말처럼 여름밤은 깊어 가고 파도는 철썩이는데 잠도 오지 않고 노래도 끝났을 때 아흐레 상현달도 지워지고 없었다. 열차 안에서 처음 만난 사이였지만 노래 부르며 술을 마시고 이야기도 나누며 조금 편한 사이가 되었다. 곁에 있던 친구들은 모두 잘 자리로 돌아가고 우연히 둘만 남았다. 일부러 자리를 피해 준 것은 아니었을 것이다.

백사장의 끝으로 가면 야트막한 산에 미군들의 휴양 시설이 있었고 아름드리 곰솔이 숲을 이루고 있었다. 자연스럽게 손을 잡았고 둥근 바위들이 둘러선 곳으로 갔다. 밤하늘에는 별들이 반짝이며 시냇물처럼 흐르고 있었다. 말이 필요치 않은 듯 몸을 기대었을 때 몸이 뜨거워졌다. 하나가 된다는 것은 순간 부끄러움을 가리는 것이었지만 욕망은 타인을 향하기보다는 자신만을 향하는 것이었다. 순간 서로의 마음이 그랬다면 결국 자신에게서 타인에게 갈 수 있는 여지를 남겨 둔 셈이었다.

인연과 별리

    기차 안에서의 우연한 인연은 연인으로 가는 길에서 동반자가 되었다. 퇴근 시간이 정해져 있는 것은 아니었기에 잠시라도 짬을 내어 만나곤 했다. 막연한 사랑을 꿈꾸어 왔듯 사랑하는 연인을 가졌다는 것이 이렇게 달큰한 것인지, 봄날의 아침처럼 하루하루가 감동스럽게 다가왔다. 어둠 속을 떨며 살아왔을 젊은 날이었다면, 아침에 눈을 뜨면 햇살에 눈부신 세상이 있고 또 하루가 주어졌다는 게 얼마나 큰 경이인지, 그가 사랑 속으로 빠져들었다기보다는 사랑이 자신에게로 숨어들어 왔다는 생각이 새삼스러웠다. 자신의 의지와는 무관한 듯, 자신의 몸속으로 숨어들어 온 사랑이 시키는 대로 한다고 해야 하나.

    아침이 기다려지고 매사에 너그러워짐도 그랬다. 전화 통화하면서, 헤어지면서 말이 어긋나면 예민해지며 민감해지듯 우울해지기도 했다. 너무나 비교되는 현실이었기에 그의 자격지심은 피할 수 없었지만 치고 나갈 수 있는 용기를 낼 수도 있었으니 종내에는 배우자가 되는 길을 만들었다.

물론 그 길은 순탄한 길은 아니었다. 그녀는 부유한 집안의 명문대 재학 중인 대학생이었고 그는 초등학교 학력으로 양복점을 하고 있었으니 그랬다. 둘이 장래를 약속했지만, 그녀의 집에 인사차 날을 잡았을 때 그의 마음은 좌불안석이었다. 세상 모든 부모 마음은 그렇지 않겠는가? 집안은 물론 학력이든 뭐 하나 내세울 게 없었으니, 둘의 마음이 아무리 단단하더라도 단순한 반대가 아닌 마음의 상처까지 예상해야 하는 처지였다. 기대보다는 두려움으로도 그녀의 부모님에게 큰절을 올렸을 때 두 분의 표정은 그리 나쁘지 않았다. 그의 신상에 관해 꼬치꼬치 따지고 묻지는 않았다. 지금도 기억하는 게 예비 장인께서 하셨던 말씀이었다.

"선도 안 보고 데려간다는 셋째 딸이고 부모 말 잘 듣고 공부도 잘한 누구보다도 내가 아끼는 딸이 선택했다니 자네를 믿기로 하겠네."

따뜻하게 손을 잡아 주셨던 특별한 분들이었다. 그 고마움은 평생 돌려 드려야 할 몫으로 챙겨 두어야 했다.

자격지심처럼 걱정했던 부분이 가벼워지고 결혼을 약속했지만, 아무것도 가진 것이 없으니 또 다른 걱정이었다. '겉보리 세 말만 있어도 처가살이는 안 한다'는 옛 속담도 있지만 그 겉보리 세 말이 문제였다. 결혼반지 하나, 예물을 준비할 돈도 없었으니 그랬다. 주변에 비비고 기댈 만한 언덕 하나가 없었다.

부끄러워진 염치는 뒤로 감추고 은근히 사정을 내비치기도 했지만 혼인하기 전 그녀는 당시 250만 원이라는 당시로서는 많은 돈을 그에게 전해 주었다. 순전히 가난한 집안의 궁핍함을 숨기고 가라는 크나큰 배려였다. 아버지는 병원에 누워 계셨고 동생들도 도와주어야 할 형편이었다. 조촐하지만 격식 있게 결혼식을 마쳤는데 빈 주머니의 문제가 또 기다리고 있었다. 손님 접대를 하고 나니 신혼여행 갈 여윳돈이 없었다. 많은 사람들이 이해하지 못했지만, 사실이었다. 결국 아내가 손위처남에게 손을 내밀어야 했다.

그의 이야기를 들으며 문득 선녀와 나무꾼의 이야기를 생각했다. 그가 마치 하늘에서 내려온 선녀의 옷을 감추었던 나무꾼이 아니었을까 하는. 세상의 누구보다도 서로의 선택이 중요했고 당연하듯 서로를 아끼고 사랑했다.

혼인 후에 그의 아내는 친척이 하던 전자 회사를 우연히 맡게 된다. 지식으로는 경영을 알았더라도 경험이 수반되어야 하는데, 일단 출발은 순조로웠다. 팔불출이라고도 하지만 제3자의 눈으로 보았다면 아내에게는 누구를 만나도 자연스럽게 대화를 이끌어 가는 능력이 있었다. 그만큼 책을 많이 읽었고 세상사에 관심이 있었다. 당시 대부분의 전자 제품은 일본이 앞서고 있었으니 흔히 팩스라 하는 팩시밀리 기계도 마찬가지였다. 팩스를 보내면 수신처에서는 수신 내용이 노출되는 단점이 있었다.

수신처에서 송신된 내용을 가릴 수 있는 팩시밀리를 생산한 일본 회사는 아내의 전자 회사를 선택했다. 한때 순항했던 성민전자, 일간지에 여성 기업인으로 박상미 대표가 소개되기도 했다. 고객들에게 좀 더 나은 제품을 만들려는 성실한 노력과 신뢰로 성공의 기회가 찾아오는 듯했다. 신도리코 같은 큰 회사는 기술을 빼내 갈 수 있다는 우려가 준 기회였다. 하지만 세상일은 알 수 없었다. 쉽게 불량률을 줄일 수 없었고 결국 상용화 단계를 넘어서지 못했다. 미국 등에서 빌린 차관은 환율이 상승하면서 자꾸만 부채가 늘어갔다.

아내가 시작한 사업이 문제였지만 부부 사이에는 아무런 문제가 없었다. 임신 3개월만 넘어서면 자연 유산을 반복했던 게 별다른 문제였다고 해야 하나. 한두 번도 아니고 그렇게 일곱 번의 악몽 같은 순간들의 반복이었다. 횟수가 거듭될수록 두려움과 기대가 더 커져 가는 게 문제였다. 일곱 번의 고통의 시간이 지나서야 병원에서는 나이가 많아 자궁

유착 등으로 임신이 불가하다는 판정을 내렸고 시험관 아기나 대리모 출산을 권유했다.

답답한 상황에서 지푸라기라도 잡고 싶은 심정으로 그는 친구가 소개해 준 점집에 간 적이 있었다. 점을 보는 이는 그에게 분명히 두 명의 자식이 있다고 했다. 한 명은 확실하고 한 명은 희미하지만 분명 둘이라고 했다. 역술가의 말은 복음과도 같은 말이었지만 쉽게 믿을 수 없는 말이었다. 현실은 도무지 불가능한 상황이었기 때문이었다. 아내 앞에서 한 번도 아이에 대한 욕심을 내비친 적은 없지만 아내도 힘겨워하고 있었다.

세월 따라 정서가 변해 가는 건 인지상정이지만 아이를 갖지 못한다는 건 쉽게 포기할 수 있는 일이 아니었다. 그의 아내는 단호함을 내비치듯 설악산 봉정암에 가서 부처님께 소원을 기도하고 싶다고 했다. 단순한 기도가 아니라 3천 배, 몸과 마음으로 너무나 고생스러운 상황을 직간접 목도했기 때문에 말리고 싶었지만 동행할 수밖에 없는 상황이었다. 마장동 터미널에서 인제 원통행 버스를 타고 5시간을 가서 용대리로 가는 버스를 옮겨 탔으니 서울에서 용대리 입구까지 가는 시간만 7시간이 소요됐다. 용대리에 도착한 시간은 뉘엿뉘엿 땅거미가 지는 시간이었다. 숙소는 백담사가 가까운 곳이었으니 백담사까지는 가야 했다.

백담사는 만해 한용운으로 알려지기도 했지만 전두환 전 대통령이 은둔했던 유배처로 세상에 더 알려진 절이었다. 만해는 을사늑약의 치욕적인 시기, 27세 늦은 나이에 수계를 받고 승려가 된다. 여러 해가 지나 오세암에서 좌선하던 중 바람에 물건이 떨어지는 소리를 듣고 회의하던 관념들이 풀리면서 진리를 깨치고 역사의식과 시대정신을 깨달은 오도송을 남긴 곳이 백담사였다. 이 깨달음으로 청소년 계몽을 위한『유심』지를 창간하고 일본의 신문과 잡지 등을 통해 세계 정서와 시대 변화를 읽을 수 있게 된 안목을 갖게 된 그는 3·1 운동의 선봉에 선다.

옥고를 치르고 다시 백담사를 찾아 오세암에서 「님의 침묵」 초안을 완성하고 백담사로 내려와 이를 완성한다. 만해는 전통적인 승려이기를 거부하고 그 틀을 뛰어넘으려는 행동하는 실천가였다. 문학적 추구도 기존의 문단지를 통하지 않고 자신 영혼의 숨결을 담은 시집을 직접 출판하는 방법을 택함으로써 새로운 지평을 연 셈이었다. 그렇게 백담사는 만해의 숨결을 간직한 곳이었지만 찾는 것도 쉽지 않았으니 세상 사람들에게 널리 알려진 곳은 아니었다.

근래에 들어 백담사를 널리 알린 이는 전두환 전 대통령이었다. 그가 그곳을 찾기 전에는 아주 쇠락한 절이었다. 훗날 법정에서도 손을 맞잡았듯 함께 대권을 도모했고 대권을 인계하듯 넘겨주었다고 해야 하나, 친구이며 동지였지만 청산의 대상이 되면서 백담사로 2년간 숨어들어야 했다. 차가운 겨울 산중에서 오랜 전우이며 친구의 배신을 당연히 통탄했을 것이다. 그는 측근을 통해 6·29 선언이 자기 작품이었다는 내용을 언론에 흘리는 방식으로 후임자에게 '복수'의 형식을 취하기도 한다. 그가 백담사에 숨어들었을 때 10·27 법난에 관해 물었었다고 했다. 10년이 채 지나지도 않은, 불교계에서는 엄청난 사건이었는데 그는 잘 모른다고 했다.

'10·27 법란'으로 통칭되는 난리는 1980년 제5공화국 출범을 앞둔 시점에 일어난 일이었다. 정권을 장악해 나가던 신군부 세력이 그해 10월 27일 수배자 및 불순분자를 검거한다는 명목으로 군인을 동원하여 전국의 사찰 및 암자 등 5,731곳을 일제히 수색하고 조계종의 스님 및 불교 관련자 153명을 강제 연행했던 난리였다. 당시 무차별 폭력과 고문이 자행되었으며 일부는 삼청교육대로 끌려가기도 했다. 사회 각계의 반대 세력을 탄압해서 자신들의 권력 기반을 다지던 때에 종교계에서는 불교계가 독박을 쓴 셈이었고 자신이 불교 신자였음에도 권력을 움켜쥐기 위해 무자비함을 드러냈다고 봐야 하나. 하여튼 백담사는 그가 머물렀으므로 관심의 대상이 되었고 오늘날의 모습을 갖추게 되었으니 묘한 시절인연이라면 맞는 말일까?

　용대리에서 백담사까지는 7km, 걸어서는 2시간 정도 소
요되며 바위 계곡으로 청류(淸流)를 거슬러 오르는 길이다.
가파른 계곡을 따라 오르는 길이기에 왕복 차로가 아니고
중간중간 교행할 수 있는 공간만이 있는 그 길도 거기 머물
렀던 이의 흔적이었다. 용대리에 도착했을 때 깊은 산중에
내린 어둠으로도 버스가 끊긴 시간이었다.

　버스가 끊겼으니 걷는 수밖에 없었다. 물소리와 수려한
풍경이 눈에 들어왔지만 날은 어두워지고 하루 종일 버스에
시달린 그의 아내는 걷는 것도 힘에 부친 듯했다. 빛이 있었
더라면 수려한 산세와 계곡을 흐르는 물소리가 더없이 정겨
웠을 텐데 짙은 어둠뿐이었으니 부엉이며 산짐승 우는 소리가
가깝기만 했다.

　반쯤은 왔으려나, 그의 아내는 무섭기도 하고 다리가 아
파 더 이상 걸을 수가 없다고 했다. 오도 가도 못할 난감한
상황이었다. 때마침 뒤에서 백담사로 가는 듯 일행들이 다
가오고 그들과 자연스럽게 합류하며 그의 아내도 힘을 얻어
남아 있는 길을 걸었다. 일행 중 암자에서 고시 공부를 한
다는 젊은이는 산을 넘어간다고 했는데 산장에 도착해 보니
먼저 와 있었다.

백담사 근처의 산장에서 하룻밤을 자고 이른 아침 봉정암으로 오르는 길, 물소리와 울긋불긋 단풍으로 물들어 가는 풍경이 이어지는 길이었다. 그의 아내에게는 초행길이었으니 쉬운 길은 아니었다. 하지만 분명한 목표가 있었기에 긴 숨으로 점심나절 봉정암에 도착할 수 있었다. 남해 금산의 보리암과 강화 보문사와 함께 봉정암은 기도처로 잘 알려진 곳이다. 태백산의 망경사(1,470m)와 그다음 지리산 법계사(1,450m)가 가장 높은 곳에 있는 사찰이지만 설악산 마등령에 자리한 봉정암(1,244m)은 깊은 산중이므로 해발 고도와는 관계없이 속세를 가장 멀리 벗어난 암자였다. 서기 644년 부처님의 진신사리와 금란가사를 모셔온 자장율사는 적멸보궁을 지을 곳을 찾아 전국을 순례하다가 봉황이 날아와 알려 준 천하의 길지에 세웠다는 이야기가 전설처럼 전해진다.

7시간 가까운 산행 끝에 봉정암에 도착하니 몸은 지치고 힘든데 마음은 하늘을 날아갈 것 같았다. 그의 아내도 지친 기색이었지만 새로운 의욕을 가지려는 듯 안도하는 표정이 역력했다. 늦은 점심 공양으로 미역국은 별미였다.

그의 아내가 어렵사리 봉정암까지 오른 것은 부처님께 3천 번의 절을 올리기 위한 것이었다. 횟수가 중요한 게 아니겠지만 그만큼의 간절함이었다. 하더라도 3천 배는 쉬운 일이 아니었다. 성철스님이 대면할 수 있는 조건으로 회자되던 그만큼의 숫자는 일견 권위를 가지겠다는, 비틀린 생각을 가질 수도 있지만 간절함을 떠보려는 이유이기도 했을 것이다. 어떤 이유였든 3천 배를 마친 사람은 이미 마음의 간절함을 이루었을 것처럼 말이다.

점심 공양을 마치고 그의 아내는 법당에 들어 3천 배를 향한 긴 발걸음을 딛고 그는 대청봉에 올라갔다. 그도 아내와 같은 마음이었지만 여자로서 엄마가 되고자 하는 마음과 단순히 대를 이어야 한다는 남자의 마음에 차이가 있는 것일까? 누군가가 그런 말을 했다던가, '남자는 생물학적 씨를 주기나 하는 존재'라고. 산에서 내려와 저녁 공양을 하고 잠자리에 들었지만 마음은 편치 않았다. 몸은 피곤했지만 잠을 설쳤고 그는 이른 새벽 법당에 들었다.

법당 안에 그때까지 기도를 올리는 이들이 여럿이었다. 그의 아내는 지친 표정이 역력했으니 몸이 휘청거리듯 흔들렸다. 그만 포기하라고 말리고 싶었지만 그때까지 2,700번의 숫자가 지나갔다고 했다. 더 이상은 무리일 것 같았다. 그는 법당에서 몸을 던지듯 부처님께 절을 한 적은 없지만 남아 있는 삼백 번은 같이해야겠다고 생각하고 행동으로 옮겼다. 순간 마라토너 황영조가 했던 말도 떠올렸을까. 포기하고 싶은 순간에도 누군가 경쟁자가 있어 포기할 수 없었다는. 도저히 불가능할 것 같은 남아 있는 길을 경쟁이나 동행의 힘으로 목적지에 도달했다고 했다.

삼천을 채운 아내의 얼굴에 환희의 빛이 고통의 힘겨움을 지워냈다. 날마다 오는 아침이지만 그날 아침 동해를 건너 대청봉을 넘은 여명의 빛은 새로웠고 절망에서 희망을 품는 빛이었다. 법당 마루에서 그는 아내의 손을 잡고 여명의 아침을 맞았다.

지친 몸을 추슬러 아침 공양을 하고 내려갈 준비를 했다. 하루쯤 그 산중에서 지냈으면 하는 마음이 간절했지만 미뤄놓은 일들이 마음을 급하게 했다. 내려가는 길은 왜 그리도 멀던지, 온몸이 욱신거리는 듯 아내는 더듬거렸고 한동안 업고 내려오다가 물가에서 주먹밥을 먹었다. 올라오는 이들에게 수없이 남아 있는 길을 물었을 것이다. "거의 다 왔어요." 라는 거듭되는 답변이 거짓말처럼 야속했지만 어느 한편 그 말에 속아 가며 백담사 입구까지 올 수 있었을 것이다.

내려가는 길이니 잠시 여유를 갖고 백담사에도 들렀다. 너른 개울과 깊은 산중에 긴 다리를 건너가는 길, 만해의 흔적은 풍경처럼 소리를 냈다. 만해의 흉상 아래 '님만 님이 아니라 기룬 것은 다 님이다'라고 새겨져 있는 '기룬'은 그리움이다. 그는 문득 어머니를 생각했을 것이다. 돌아오는 길은 새로운 기대를 가슴에 품어 오는 길이었다.

봉정암에서의 3천 배 기도에 대한 가피였을까? 대리모 선택하고 계약금을 지불한 상태에서 시험관 시행 중에 기적적으로 임신이 되었지만 마찬가지 유산이었다. 임신한 지 3개월이 지난 상태에서는 정신적으로나 육체적으로나 힘들다는 걸 곁에서 체감할 수 있었다. 정말 이제는 포기해야 하는가 회의에 빠졌지만 그의 아내는 업무차 일본을 방문하여 사람들을 만나고 바쁜 시간을 보내는가 싶었다. 임신 중이었다는 걸 알았다면 그렇게 할 수 없었을 것이다.

한달에 한 번씩 치르던 일도 건너뛰며 몸의 이상을 느꼈던지 병원에 갔을 때 다시 임신이었다. 하던 일도 줄이고 다시 유산되는 슬픔과 고통을 반복하지 않기 위해 조심하고 또 조심했다. 6개월을 넘어가는가 했는데 어느 날 퇴근하고 돌아오니 아내는 배가 아프다며 주저앉아 있었다. 방바닥에 피가 흥건했다. 급한 마음에 서울대학병원 응급실로 달려갔다. 의사는 회피하듯 다른 병원으로 가라고 했다. 어이가 없었으니 물러설 수 없는 상황이었다.

"아니, 우리나라 최고의 대학 병원에서 쫓아내면 대체 어디로 간단 말이요?"

억지를 부리듯 화를 내다 담당 의사를 붙잡고 읍소를 했다. 행여 윗선으로 연결이라도 해 보려 밤새 수소문해야 했다. 일단 다른 병원으로의 이송은 보류되고 다음 날 병원장은 회의를 소집했다고 했다. 양수에 균이 들어가면 위험한 상황이었고 생사를 오가며 입원한 지 21일 만에 아기를 출산했다. 6개월 만에 미숙아 상태로 출산했다. 아기의 몸무게는 860그램이었다. 이틀 후에는 수분이 빠져 670그램으로 처음 체중마저 줄어들었다. 당시 의학적으로는 생존이 불가한 상태였지만 의사들의 헌신적인 노력으로 인큐베이터에서 가냘픈 생명을 이어 가고 있었다. 조산이었으니 아기도 산모도 안심할 수 없었다. 출산하면서 산부인과에서 소아과로 소속이 달라졌다.

아이가 생명을 이어 가는 과정에서 긴급한 수혈이 필요한 과정도 있었다. 술과 담배를 금기시한 B형의 혈액형을 가진 20대 남성 5명분의 피가 필요한 상황이었다. 가까운 수방사 예하 부대에 어렵게 부탁했다. 당시 부대에 근무했던 아이 이모부의 도움도 있었다. 신체 건강한 군인들은 아이의 생명을 살리는 것에 보람을 가진다며 기꺼이 동참해 주었으니 또 한 번의 위기를 넘길 수 있었다. 그중 한 병사는 한의대에 재학 중 입대했는데 후에 아이가 자랐을 때 보약을 지어 주겠다고 약속까지 했다.

병원에서 백일잔치를 해 주었다. 당시에는 기적 같은 일이었다. 기적 같은 일이 이어져 어렵게 병원 생활을 마치고 퇴원했던 아기는 지난 2022년 미국에서 결혼해 잘 살고 있

다. 아내는 아이를 갖기까지 엄청난 마음고생을 했지만 사
업에도 적극적이었다. 하지만 IMF는 아내의 모든 노력을
허물었다. 현금 대신 어음이 돌아오는 과정에서 공장에 불
까지 나고 진화 작업으로 물을 뿌리면서 정밀 기기들이 전
부 망가졌으니 재기를 꿈꿀 수 없었고 그가 미국으로 떠나
게 되면서 합의 이혼에 이르게 되었다.

길은 어두워졌고 숙소에서 멀리 벗어나 있었다. 우연한
만남과 일반적인 기준에 미달하는 여러 조건을 뛰어넘는 통
큰 배려, 그의 이야기를 들으며 다시 선녀와 나무꾼의 비극
적 결말을 생각했다. 그보다는 하늘에 있는 선녀들의 시샘
이었을까? 어렵게 태어나야 했던 아들은 엄마를 떠나야 했
고 그는 아내를 떠나 미국행 비행기에 올라야 했다.

공순이라 불렸던 친구

　내가 만난 그의 이야기를 들으니 누군가의 이야기가 떠올랐다. 그 당시 청계천의 평화시장 봉제 공장에서 일하던 처자가 있었다. 가끔씩 만나며 전해 들은 그 시절의 이야기였다.

　고향은 장항선이 멀리 지나는 시골이었다. 중학교는 광천 읍내로 가야 했지만 그저 희망 사항일 뿐이었다. 또래의 아이들은 눈부시게 흰 윙 칼라의 교복을 입고 학교로 가는데 호미를 들고 엄마를 따라나서야 했고 빨래며 부엌일도 마찬가지였다. 농사일에 바쁜 틈에도 뽕잎이 피기 시작하는 유월이면 엄마는 누에를 쳤다. 유일하다시피 현금을 만질 수 있는 방편이었다. 가을 추수 때나 되어야 돈이 들어오기도 했지만 밑 빠진 독처럼 금세 사라졌다. 돈이 궁했던 그 시절, 누에를 키우는 양잠만큼 돈이 되는 게 없었다. 더구나 봄, 가을 두 번에 걸쳐 목돈을 만질 수 있었기에 엄마의 누에치기는 피할 수 없는 과업이었다.

봄, 가을이면 엄마는 흰색 종이에 누에씨(?)를 받아 왔다. 까만 빛깔의 고운 모래 같은 누에 애벌레였는데, 검정깨보다 작았다. 아기누에는 너무도 작고 연약해서 뽕잎을 그냥 주면 너무 커서 잘 못 먹었고 연한 뽕잎을 채 썰어서 주어야 했다. 누에를 키우는 방을 잠실(蠶室)이라고 하는데, 항상 따뜻하게 온도를 유지해 줘야 했으니 초여름에도 불을 때야 했다. 3일이 지나면 새까만 작은 애벌레는 뽕잎을 갉아 먹는다. 조금 더 자라면 가지에서 딴 뽕잎을 그대로 주었다. 비가 오는 날은 빗물에 젖은 뽕잎을 일일이 닦아 물기를 제거한 다음 주어야 했다. 젖은 뽕잎을 먹은 누에는 설사를 했다.

어느 정도 더 자라면 잎으로 따지 않고 가지 채 베어 와 그대로 올려 주었다. 그때 잠실에 들어가면 소나기 쏟아지는 소리가 몰려들었다. 삽시간에 푸른 뽕잎은 사라지고 앙상한 가지만 남겼다. 그때가 문제였다. 밭과 둑에 심은 뽕잎으로는 해결할 수가 없었다. 가까운 산에는 없었고 멀리 산 너머까지 가야 했다. 뽕잎을 따는 것도 쉽지 않았다. 제멋대로 자란 나무들이었기 때문에 위태롭게 나무에도 올라 뽕잎을 훑었고 가파른 산길을 구르듯 집으로 돌아와 잠실에 풀어놓아도 게 눈 감추듯 사라졌다. 누에는 까탈스러워 뽕잎에 농약이 살짝이라도 묻었거나 물기가 많은 뽕잎은 줄 수 없었다.

늦봄과 가을의 아침저녁은 쌀쌀한 날도 있었기에, 누에를 키우는 방에는 불을 때곤 했다. 누에 자라는 과정으로 보면 단계적으로 잠자고 깨어나는 것에 따라 진화를 거듭한다. 누에가 자라면서 잠자는 것이 중요한데 한 번 자고 일어나는 것을 '영(齡)'이라 한다. 먼저 26~28도의 알에서 부화된 누에는 '1령'이다. 3일간 뽕잎 먹고 첫잠에 들어갔다가 깨어나고, 허물 벗으면 2령, 다시 세 번째 잠자고 일어나 허물 벗으면 3령, 이런 식으로 네 번째 잠인 막잠까지 자고 일어나면 4령이 된다. 5령부터는 잠자지 않고 7~8일간 먹기만 하고, 고치 집을 짓기 시작한다. 다시 8일 후에 번데기가 되고, 또 7~8일 후에는 나방이 되는데 이 모든 과정을 거치기까지 45일에서 50일가량이 걸렸고 그동안에는 고단한 시간이었지만 현금을 만질 수 있었으니 피할 수 없는 노동이었다.

한두 해는 참고 지낸다는 게, 집안일을 돕다가 마산에 있는 방직 공장에라도 다니면 야간으로 학교도 다닐 수 있다고 했는데 아버지가 극력 반대하셨다.

"고향에서 참허니 있다가 시집이나 가라."며 수수목 자르

듯 잘라 버리시곤 했다. 집안일을 돕다가 광천읍내에 있는 도자기 공장에 다닌 지도 2년이 지나고 있었다. 안면도 등 주변의 섬과 뱃길이 이어지고 그래서 그곳에서 농산물과 해산물이 배로 들어와 옹암포로 풀어낼 때는 그래도 장항선 일대에서 알아주던 곳이었는데 자꾸만 쇠락해져 가는 소읍이었다.

읍내에서 20여리 떨어진 시골집에서 아침저녁으로 만원 버스에 시달리며 출퇴근하는 것도 고역이었지만 그것은 견딜 만한 것이었다. 버스 안에서 읍내 학교에 다니는 친구들을 만나기라도 하는 날이면 너무나 창피하고 부끄러웠다. 하루빨리 고향을 떠나야겠다고 생각했다. 그러나 엄마마저 작은 틈도 주지 않으셨고 서울에도 제대로 아는 사람도 없어 마음만 안타까울 뿐이었다. 명절 때면 한껏 멋을 내고 이것저것 사 들고 오는 친구들을 보면 마음이 급해지기도 했다.

공장의 작업반장이 바뀌고 새로 온 작업반장은 날마다 치근덕거리는 엉큼한 사내였다. 어느 날 퇴근 후 읍내에 하나밖에 없는 중국집에서 저녁을 사 주겠다고 했다. 대꾸도 하지 않았는데 회사 문 앞에서 기다리고 있다가 손을 잡아챘다. 작업반장은 호기 있게 탕수육과 짜장면을 시키더니 배갈도 한 병 시켰다. 주문한 음식이 오기 전 작업반장은 "내

말만 잘 들으면 편한 자리로 옮겨 주겠다."며 손을 잡으려고 했다. 나이 오십이 다 된 가정이 있는 사내가 치근덕거리는 모습이 역겨웠고 화장실에 간다며 광천역으로 내달렸다.

한참을 화장실에 숨어들었다가 막차로 가는 상행선 비둘기호 완행열차를 탔다. 밤마다 상상의 나래를 펴며 장항선 열차를 타는 이 순간을 너무나 기다리기도 했지만 고향 집 아버지 어머니 얼굴이 떠오르고 아는 사람도 하나도 없는 서울이라는 낯선 도시가 먹구름처럼 다가서고 있었다. 낯선 서울 생활도 한 달이 지나고 있었다. 열차 안에서 옆자리에 앉았던 아주머니의 도움으로 식모로 일할 수 있었고 그러나 적응하기가 쉽지도 않았다.

직업으로서 '식모'가 처음 등장한 것은 일제 강점기에 우리 땅으로 온 일본 가정에서 조선 여성을 고용하면서부터였다. 1938년 일제가 조사한 식민지 조선의 여성 구직자는 2만 7,000명이었는데 이 중 식모 취직자가 2만 5,000명으로 90%에 육박했을 만큼 대표적인 여성 직업이었다. 적으나마 월급도 받았다. 하지만 해방 후 6·25로 전쟁고아가 쏟아져 나오며 '입에 풀칠만 시켜 주면 월급은 안 줘도 되는' 직업으로 전락했다.

식모(食母)는 말 그대로 '밥해 주는 사람'이라는, 시골에서 무작정 상경하거나 열악한 작업 환경의 공장에조차 갈 수 없는 처자들이 가질 수 있는 직업이었다. 요즘에는 가사 도우미나 파출부 등으로 표현되지만, 식모라는 호칭은 남의 집에서 숙식하며 그 집의 부엌일을 위주로 각종 가사 노동을 도맡아 하던 10~20대 정도의 어린 여성들을 이르던 말이었다. 그 당시 서울 등 도회지에 사는 가정에서는 세끼 밥을 거르지 않을 정도면 식모를 두는 경우가 많았다. 특히 서울은 두 집당 한 집꼴로 식모를 뒀다고 하니 얼마나 흔한 풍경이었던지. 1968년 기준으로 성인 남성의 한 달 담뱃값이 1,500원 정도였는데, 이는 식모 월급과 같았다. 당시에 최저 임금 제도는 지정되지도 않았고 근로기준법도 있으나 마나 한 법이었기 때문에 그야말로 집 밥상에 숟가락 하나만 더 얹으면 식모를 둘 수 있었다.

공지영의 소설 『봉순이 언니』는 다섯 살 어린아이의 눈으로 본 그 시절의 식모를 묘사한 작품이었다. 어느 날 봉순이 언니가 또 사라졌다는 엄마의 전화로부터 시작되는 이 소설은 짱아, 즉 소설 속 화자인 '나'가 봉순이 언니와 함께했던 어린 시절을 회상하는 것으로 이루어져 있다. 끊임없이 고난과 불운이 반복되었던 봉순이 언니의 기구한 삶의 이야기.

예닐곱 살에 의붓아버지의 폭력을 피해 도망했다가, 다시 숙모의 의해 버려져 짱아네 식모가 된 봉순이 언니. 열일곱에 세탁소 총각과 사랑의 도피를 감행했으나 실패하고, 다시 행복을 꿈꾸게 한 남자와 사랑하고 마침내 헤어지는 그녀, 그리고 또다시 남자에게 순정을 바치고 아이를 낳고 기르는, 평탄하지 않은 봉순이 언니의 삶을 묘사했다.

식모로 일하는 자체가 정당한 계약이 성립하지 않는 경우였고 부모 또는 보호자에게 일정 금액을 지불하고 '숙식 제공'을 약속한 뒤 데려오는 경우가 대부분이었으므로 임금 지불 자체가 계약 조건이 아닌 경우가 상당수였다. 그래도 인심이 아주 좋은 집에서는 최소한의 임금을 받기도 했으나, 이마저도 대부분 시골 본가로 보냈다.

그렇게 몇 년간 일하다 혼기가 차면 고용인이 선볼 자리를 주선해서 시집보내거나, 시집갈 때 장롱이나 하나 장만해 주는 게 당시 일반적인 문화였다. 관련된 법 같은 것도 없었고 인권에 대한 인식도 낮았던 시대이기 때문에 식모에 대한 대우는 그야말로 천차만별이었다. 인심 후한 집에서는 좋은 거 먹이고 입히고 하면서 나이 들면 시집도 좋은 곳으로 보내 주기도 했다. 나이가 들어서도 고용주였던 집안과 계속 교류하는 등, 수양딸 비슷한 대우를 해 주기도 했던 반면, 시대가 시대인 만큼, 학대와 폭력, 성범죄에 노출되는 경우도 많았다.

그렇듯 힘들게 식모 생활을 하는 경우도 적지 않다 보니 힘든 생활을 견디다 못해 자살하거나 최악의 경우 살인을 당하는 경우도 있었다. 대개 어린 여자애들이었고, 노동 인권에 대한 인식이 발달하지 않았던 시기였으므로 찬물로 설거지를 해야 한다든지 찬밥을 먹어야 한다든지 하는 등의 처참한 노동 처우는 매우 일상적인 수준이었다. 또한 아무리 학대가 없다고 한들 본인은 심리적으로든, 육체적으로든 힘들어하는 경우가 대부분이었다. 또 어린 소녀들이 대상이었으니 본인이 직접 식모로 나선 경우보다 인신매매에 가까운 경우도 있었다. 이 시절 어르신들이 "누구네 집에 양녀로 갔다."고 하는 표현은 십중팔구는 입양이 아니라 식모로 쓰기 위해 데려간 거였다.

좋은 주인 부부를 만나 식모로 생활하는 것은 크게 어렵지 않았지만 공부를 향한 열망은 저버릴 수가 없었고 다행히 좋은 주인을 만나 야학에 나가 공부를 할 수 있었다. 가끔 시내에 나가면서 버스를 타면 버스 차장이 괜찮아 보였고 집에 돌아와서는 "오라이", "스톱"을 소리 내며 연습도 했다. 어느 날 신문지에 끼워져 온 버스 차장 모집 전단지를 보고 원서를 냈다. 의외로 쉽게 합격했다는 연락을 받았다. 이제 식모 생활을 접을 생각을 하니 마음이 설레기도 했다. 일을 시작하기 전 버스 회사에 들렀다. 생각했던 것보다 사무실은 작은 편이었다.

5 · 16 군사 쿠데타 이후 사회 기강 확립을 주문했던 정부는 1961년 8월, 시내버스 차장을 전원 여자로 바꾸라고 지시한다. '혐오를 조장하듯 남자 차장들에 의하여 가끔 발생하는 거슬리는 행동을 없게 하기 위함'이었을 것이다. 전후에 가난은 피할 수 없었고 변변한 일자리도 없었으니 사람은 남아돌았다. 여성은 말할 것도 없었다. 학력이나 이력에 관계없이 쉽게 접근할 수 있었던 게 차장이었다. 하지만 그만큼 근무 여건이나 처우는 열악했다. 고속버스 차장은 그와는 달랐다.

앞서 식모라는 직업과 차장이라는 직업은 농촌을 떠나 도시로 흘러간 젊은 처자들이 먹고사는 문제를 해결해야 하는 현장이었다. 그 당시 서민들의 손과 발이 되어 주던 버스 안내양. 주로 차장이라 불리곤 했다. 비행기를 모는 기장(機長)은 긴 장자를 쓰지만 버스 차장(車掌)은 손바닥 장자를 쓴다. 팔이 떨어질 것 같았다. 운전수가 급커브를 돌았다. 당시에 기사란 말은 없었다. 차가 기우뚱하더니 사람들이 안쪽으로 쏠려 들어갔다. 배로 승객들을 밀면서 황급히 차문을 닫았다. 사방에서 비명 소리와 함께 욕설이 튀어나왔다. 버스가 속력을 냈다. 차장(車掌)은 차의 손바닥인 셈이었다. 출퇴근 시간이면 버스는 그야말로 콩나물시루였다.

문을 닫지 않고 출발하던 버스에서 여차장이 떨어져 사망하는 사고도 발생했다. 지난 1961년부터 버스 안내원이 남자에서 여자로, 이름도 조수에서 안내양으로 바뀌었지만 시외버스는 남자인 경우가 있었다. 1965년에는 전국적으로 버스 안내양 수가 1만 7천여 명에 달했다고 한다. 그러다가 1982년부터 토큰으로 요금을 해결하는 시민 자율 버스가 생기면서 점차 사라졌다.

버스 안내양은 식모나 여공과 함께 그 시절 대표적 '여성직업' 중 하나였다. 새벽 4시면 일어나야 했고 5시부터는 버스에 몸을 실었다. 하루 종일 버스에 매달려 목이 터져라 "오라~잇", "스톱"을 외쳤다. 근무는 고됐어도 그래도 버스 안내양은 인기 직종이었다. 별다른 훈련이 필요 없는 데다 다른 직종에 비해 보수도 높은 편이었다. 무엇보다 매력적인 점은 침식이 제공된다는 것이었다. 일자리가 귀하던 시절 10대 후반에서 20대 초반의 꽃다운 나이의 안내양들은 시골에서 올라와 집안을 돕고 오빠와 동생의 학비를 마련하기 위해 기숙사에서 생활하며 고된 근무를 감내해야만 했다. 그래서 영화나 책의 소재로도 자주 등장했다.

1973년 발표된 조선작의 단편소설을 1975년 김호선 감독이 영화화한 〈영자의 전성시대〉에서 영자는 버스 안내양을 하다 사고로 한 팔을 잃은 뒤 거리의 여자가 된다. 아동문학가 임길택의 동화집 『우리동네 아이들』 중 '명자와 버스비'에서 공부를 지지리도 못하던 명자는 버스 안내양이 되어 줄줄이 딸린 동생들을 공부시키는데 어느 날 버스에 탄 옛날 선생님의 차비를 받지 않는다는 소박한 내용으로 끝을 맺는다. 김수용 감독의 영화 〈도시로 간 처녀〉, 시골의 세 처녀 문희(유지인), 옥경(이영옥), 승희(금보라)는 도시로 와 버스 차장이 된다. 세태에 물들어 가는 옥경에 비해 문희는 자기 일을 자랑스러워하며 열심히 일한다. 그러나 근로 환경의 낙후로 차장들은 돈을 빼돌리는 것을 생활화하고 회사는 이를 감시, 수색한다. 문희는 버스 안에서 행상 상수(김만)를 만나 그가 냉동 기술을 배울 수 있게 하고, 상수는 문희와 장래를 약속하고 원양 어선을 탄다. 회사의 경영 부실로 차장들에 대한 몸수색이 심해지는 가운데 문희는 남자 감시원 앞에서 알몸을 보이는 모욕을 당하고 이를 견디다 못해 자살한다. 영문을 모르는 문희의 애인 상수는 버스를 타고 종점으로 돌아온다.

새벽 4시에 일어나 5시경 첫차에 올라서 하루 16~18시간을 승강구에 서서 일하다가 밤 12시가 다 돼서 막차에서 내렸다. 차 내부를 청소하고 세수를 하고 합숙소에 누우면 새벽 1시 정도였다. 3시간 만에 아침이 왔다. 요즘 기준으로 하면 대단한 혹사였다. 그러한 격무에도 불구하고 특히 시골 출신 아가씨들에게는 인기 직종으로 꼽혔다. 일반적인 보수가 아니었지만 70년대 초중반 9급 공무원 월급이 4만 5천 원일 때 버스 안내양은 8만 원을 받았고 속칭 '삥땅'이라는 부수입도 있어 안내양 모집 경쟁률이 10 대 1을 넘기도 했다. 특히 고속버스는 요즘의 항공기 여승무원만큼 인기 직종이었다.

삥땅은 당시 사회 문제가 될 정도로 공공연한 비밀이었다. 운전사와 차장이 하루 수입 중 일부를 따로 챙겨 6 대 4 정도의 비율로 나눠 가지는 비밀스러운 관행이었다. 당시 안내양들은 회사 단속을 피해 삥땅 요금을 속옷 안에 숨기거나 단골 가게에 맡겼다가 퇴근 후 찾아가곤 했다. 적발되면 사표는 물론 형사 처벌도 감수해야 했기 때문에 운전사와 안내양이 마음이 맞지 않으면 어림없었다. 고약한 운전수들은 차장들에게 담배며 토큰 상납을 요구하는 경우도 있었다. 어쩌다 졸다가 버스에서 떨어지면 무릎에 난 생채기는 빨간약 대충 바르고, 구멍 난 옷은 자기 전에 꿰맸다.

실제로 모 운수회사에서 여차장 두 명이 '삥땅'을 하다 적발된 사례가 있었다. 회사는 경찰을 동원해 여차장 전원을 조사하며 손가락 사이에 만년필을 끼워 비틀며 고문을 했다. 뻥땅 혐의를 받던 차장은 한강에서 투신자살한 사례도 있었는데, 열여덟 살이었다. 1969년 뻥땅 감시원이 생겨났다. 넘버링(발판 아래 설치한 계수기로 승객들 숫자를 새기는 일)을 해가며 이들이 얻어 낸 승객 숫자는 여차장들 '센터 까는 데(몸수색을 하는 데)' 이용됐다. 서울시는 시내 여차장 7,000여 명 가운데 50%가 매일 매를 맞고 있다고 발표했다. 일부 회사에서는 뻥땅을 막기 위해 지도원을 두었으나 지도원마저 매수돼 뻥땅에 동참(?)하기도 했고 뻥땅을 방지한다며 안내양을 몸수색해 사회 문제가 되기도 했다.

당시는 대중교통 수단이 버스뿐이어서 출퇴근이나 등하교 시간대에는 승객들로 초만원이었고 안내양이 버스 문에 매달려 가기 일쑤였다. 이 과정에서 차 문을 열고 달리는 차에서 떨어져 중상을 입고 불구가 되는 안내양도 없지 않았다. 그 와중에도 안내양과 승객 사이에 로맨스가 피어나기도 했다. 승객들로부터는 천대를 받았지만, 차장들은 감상 가득한 사춘기 어린 소녀들이었다. 우리의 누나이고 언니였다. 교복 입은 고학생이 물건을 팔고 내릴 때면 가끔 차비를 받지 않았다. 어떤 남학생은 회수권과 연애 쪽지를 쥐여 주고 달아나곤 했다. 많은 동료들과 생활했기 때문에 그 시절의 어려움을 이겨 낼 수 있었을 것이다.

4년인가 버스 문짝을 두드렸을까. 그동안 모은 돈은 동생들 학비를 보태고 아버지께도 소를 한 마리 사 드렸다. 그러다가 구로공단에서 공장에 다니는 친구를 만났고 친구의 권유에 봉제 공장에 들어갔다. 1960년대 후반에 생기기 시작한 전국 수출 공단이 본격 가동됐다. 많은 차장 직업을 가졌던 처자들이 공단으로 빠져나갔다. 공단에서는 야간 학교도 다닐 수 있었고 벌이도 더 좋았기 때문이다. 하지만 쉬운 일이 어디 있겠는가. 공장 생활은 역시 긴 노동 시간, 잦은 부상과 병, 과로와 영양실조, 재단사의 횡포 등을 겪으면서 살아갔다. 일은 아주 호되어서 몇 달만 일해도 피부가 다 상하고 병에 걸린 것처럼 보이게 되었다. 아침 8시부터 점심시간까지 쭉 재봉틀 앞에 앉아 있어야 했다. 점심시간이 되어도 아무도 움직이고 싶어 하지 않았다.

규모가 있는 방직 공장 등은 그나마 대우가 나았지만 취업 문이 좁았던 만큼 첫 달 월급부터 상납 형식으로 떼이는 경우도 있었다. 취직 단계에서부터 시작된 착취는 노동 과정 내내 계속되었다. 재단사와 미싱사, 시다(조수) 등으로 구성된 공고한 위계질서 속에서 자기가 담당한 일을 군소리 없이 해내야 했고, 사실상 성과급으로 지급되는 임금을 조금이라도 더 받기 위해 기계와 재봉틀은 쉼 없이 돌아갔다. 좁은 공간에 더 많은 노동자를 들이려는 봉제 공장 공장주들은 다락방을 만들어 1평당 4명의 노동자들을 구겨 넣었다. 어린 시다들은 일이 끝난 후 이 다락방에서 잠을 자야 했다. 이름도 없이 3번 시다로 불리고, 기숙사에서 허드렛일까지 하고서도 남성 노동자들의 절반에도 못 미치는 임금을 감수해야 했다.

산업화의 구체적인 현장이었던 공장과 회사에서의 가족주의는 이들 미혼 여성들을 가장 열악한 위치에 고정시켰다. '당신은 가족에게 충실하고 가족을 위해 일해야 합니다~'라는 슬로건은 공장에 막 취직한 어린 여성들이 처음 접하는 구호였다. 가족의 위계질서를 그대로 모방한 공장에서 사장은 물론이고 관리와 감독은 거의 남성들의 몫이었고 작업장과 기숙사에는 미혼의 여성들을 통제하고 착취하기 위한 온갖 규율이 동원되었다. 이들은 거시적으로는 노동을 통해 국가에 헌신하는 산업 전사였지만, 현장에서는 가부장의 권위에 복종해야 하는 미혼의 어린 소녀일 뿐이었다.

'내 자식은 가난한 농촌에서 더 이상 살기 말기를' 염원하며 농민들은 조상 대대로 발붙이고 살았던 삶의 터전을 뒤로하고 도시로, 도시로 떠났다. 점차 서울은 만원이 되어갔고 그렇게 유입된 값싼 노동력으로 급속한 산업화 단계로 접어들었다. 이는 농경 사회에서 자본주의 체제의 팽창을 도모했고 농민과 그 자녀들은 다시 힘없는 노동자의 대열에서야 했다. 빠르게 성장하는 경제 발전만큼 정치적 장치는 물론 사소한 시민 의식조차 그에 따르지 못했으니 자본가의 횡포는 말할 수 없었다.

1970년대가 시작되고 그해가 저물어 가던 11월 13일 오후 1시 30분, 찌뿌둥한 날씨였다. 서울 청계천 평화시장 구름다리 밑에서 평화시장의 영세 봉제 공장 노동자이던 당시 스물두 살의 청년 전태일은 온몸이 불길에 휩싸인 채 "근로기준법을 준수하라!", "우리는 기계가 아니다!"라고 외치며 스스로 몸에 기름을 끼얹고 불을 붙였다. 스스로 불기를 들였다는 것에는 논란이 있었다. 아무튼 열악하기 짝이 없는 노동 조건에 목숨을 내던지 초유의 일이었다. 평화시장 봉제 공장 노동자로 채광·통풍 시설조차 없는 열악한 작업 환경 속에서 최저 생계비에도 턱없이 못 미치는 저임금을 받으며 하루 15시간 이상 중노동에 시달린다.

몇 해 뒤 재단사가 된 그는 노동자들의 참상을 세상에 알리고 노동 조건의 개선을 위해 싸우기로 마음을 굳힌다. 평화시장 일대에 밀집해 있는 봉제 공장들의 노동 실태를 꼼꼼하게 조사한 뒤 동료들과 친목회를 꾸린 그는 고용주들에게 근로기준법을 들어 노동 시간 단축, 환풍기 설치, 임금 인상, 건강 진단 실시 등을 요구한다. 그러나 돈벌이에만 눈이 어두운 나머지 고용주들은 들은 척도 하지 않고, 노동

조건이 개선될 낌새는 전혀 보이지 않는다.

1970년 11월 13일 그날, 전태일은 평화시장 앞길에서 동료들과 피켓 시위를 벌이다가 경찰이 강제로 해산시키려고 들자 제 몸에 휘발유를 끼얹고 불을 댕긴다. 이 사건으로 노동자들이 처해 있는 참담한 현실이 알려지고, 사회 각계는 충격과 분노로 들끓는다. 언론 매체들이 나서 노동 문제를 특집 기사로 다루며 사회적 관심을 환기시키고, 대학가와 종교계에서는 추모 집회, 시위, 철야 농성 등이 잇따른다. 전태일의 뜻을 기려 '전국연합노조 청계피복지부'가 닻을 올린 것은 같은 해 11월 27일의 일이다.

이후 노동 현장은 변화가 있었다지만 그로부터 몇 해 뒤인 1977년 7월, 노동 현장에서 또 하나의 충격적인 사건이 터진다. 일명 '동일방직' 사건이 일어난 것이다. 섬유 제조업체인 동일방직의 여성 노동자들은 회사 측이 대의원 선거를 치르며 저지른 부정과 비리에 반발하고 나선다. 작업복을 벗어 던지고 알몸으로 시위하던 여성 노동자들에게 경찰과 진압대는 무차별적으로 주먹과 곤봉을 휘두르고 똥물까지 끼얹는다. 경찰과 폭력배를 앞세워 여성 노동자들을 짓밟은 회사 측은 시위 주동자와 적극 가담자들을 무더기 해고한다. 이 사건은 비인격적인 대우와 열악한 노동 환경에 시달려 온 노동자들이 더욱 거세게 분노를 터뜨리며 생존권 보장과 근로 조건의 개선을 요구하는 계기가 된다.

그렇게 노동 현장은 변화해 왔고 무작정 상경하듯 도시로 들어와 직업을 갖는 것도 여전히 쉬운 일은 아니었다. 이제 돌아다보면 흘러간 강물처럼 허무하듯 지나쳐 버린 세월이지만 그렇게 한 시대의 격랑을 헤쳐 나왔다. 못 배운 한을 풀려고 밤잠을 줄여 고입 검정고시를 통과했고 공장 생활 3년 차, 중매로 만난 총각과 결혼하면서 '공순이' 생활을 마감했다. 결혼 생활은 순탄하지 못했다.

그 시절 그도 양복점에서 일을 배우던 시절이었다. 한 젊은이의 충격적인 죽음은 엄청난 반향을 일으킨 너무나 안타까운 현실이었고 직간접 그의 이야기를 들을 수 있었다. 그도 열악한 노동 조건과 처우에 불만이었지만 한 젊은이의 죽음을 막지 못한, "정치가 모든 것은 아니지만 모든 것은 정치적이다."라는 말처럼 그 시대의 비극이랄 수도 있었다.

삼청교육대

1979년, 종로 6가에 그가 개업한 양복점의 간판은 '맨션 양복점'이었다. 1980년대 아파트 개발 붐이 일면서 '맨션 (mansion)'이란 이름이 붙은 아파트가 유난히 많았다. 원래 맨션은 대저택이라는 뜻이지만 우리나라에서는 상류층을 겨냥해 엘리베이터 등을 두고 호화스럽게 지은 아파트란 의미로 통용됐다.

격동의 70년대가 저물어 가면서 유신의 어두운 그림자가 드리워지고 있었다. YH무역은 가발 제작 수출 회사였다. 무역공사의 해외 주재원이었던 창업자는 가발 산업의 가능성에 주목했다. 당시 중국이 핵무기 개발에 성공하면서 미국의 제재 중 하나가 중국에서 생산되는 가발도 포함되었다. 창업자는 당시 '하늘에 나는 새도 떨어뜨린다'는 김형욱 중정부장 등의 권력층과 아주 가깝게 교유하는 사이였다. 처음 시작할 때는 직원 10명, 자본금 100만 원으로 시작했지만 4년 만에 직원이 4천 명으로 늘어났고 수출액도 1,000만 달러로 늘어났다.

무슨 연유에선지 창업자는 잘나가던 회사를 동서에게 맡기고 미국으로 건너가 별도의 회사를 설립했다. 자신이 경영하던 회사의 물건을 후불 결제한다며 싼 가격에 가져갔지만, 결제를 하지 않았다. 당시 언론에 의하면 그렇게 미국으로 빼돌린 돈은 15억 원이었다. 그 돈으로 미국에 백화점, 방송국, 호텔을 신축하며 부를 축적해 나갔고 회사의 경영을 맡은 동서 또한 10억 원의 돈을 직원들에게 상여금으로 준다고 하고 실제로는 그 돈을 빼돌려 해운회사를 설립한다. YH무역은 경영진의 횡령과 사양길에 들어선 가발 산업, 무리한 사업 확장을 시도하면서 빚이 눈덩이처럼 불어나기 시작했다.

1979년 3월, 부채액은 40억 원이 넘었고 결국 회사 운영이 어렵다고 판단한 경영진은 1979년 8월 폐업 공고를 낸다. 회사의 직원들은 하루 14시간을 일하면서 물건을 만들었는데 황당했던 상황이었고 석 달 치 월급도 밀려 있었다. 이에 반발한 여공들이 폐업을 반대하고 밀린 월급을 달라며 농성을 시작한 것이 이른바 YH무역 사건이었다.

회사는 직원들과 협상을 하기보다는 기숙사에 단전 단수를 하고 폐쇄하겠다는 강경 일변도로 대처했다. 이에 대응하기 위해 주목한 곳이 김영삼 씨가 총재로 있는 신민당사였다. 당시 신민당은 권력에 대항하던 1야당이었고 9호까지 긴급조치를 발동하여 정치를 옥죄던 상황이었다. 여공들은 목욕을 가장하여 기숙사를 빠져나갔고 신민당사 4층으로 올라갔다. 단식농성 3일째, 대화를 통해 문제를 해결하기보다는 경찰을 통한 강제 진압이었다. 경찰 2명이 여공 1명을 끌어내는 방법으로 곤봉과 쇠 파이프, 벽돌 등의 물리적 방법이었다. 끌려 나간 여공들은 경찰서에 분산되어 조사를 받았고 강제로 고향으로 돌아가야 했다. 이 과정에서 여공 1명이 시신으로 발견된다. 당시 경찰의 발표는 투신, 자살 등 사인이 바뀌었고 후에 과거사 위원회는 경찰 진압 후 추락했다고 추측했다.

당시 유신 정권의 한계라고 해야 하나, 노동자들의 요구를 절대적으로 외면하고 공안의 관점에서 폭압적으로 처리하여 몰락의 길을 돌아선다. 김영삼 총재를 제명했다. 당시 김영삼 총재가 했던 말이 "닭의 모가지를 비틀어도 새벽이 온다."였다. 하지만 새벽은 쉽게 오지 않았다. 이어 부산과 마산에서 반정부 시위가 격화되었다. 이른바 부마사태였다. 오만했던 권력은 앞서 YH 사건을 해결하듯 물리적 해결을 시사한다.

이로 인해 차지철 경호실장과 김재규 중정부장의 증폭된

갈등 등으로 그해 10월 26일 '야수의 심정으로 유신의 심장을 쏘았다'던, 밤을 맞게 된다. 절대 충성으로 모셨던 주군에게 저주처럼 당겨진 총탄이었지만 자신에게도 피할 수 없는 야만처럼 내뱉어진 말이었다. 정규 방송의 중단은 일상의 흐트러짐이었고 보이지 않는 동요에 짙은 어둠이 깃들었다. 세종로에는 일견 하늘이 무너져 내린 듯 크나큰 상실감의 기운이 엄습했다. 경향 각지에서 몰려든 백성들은 멈춰진 역사의 수레바퀴를 아쉬워하며 땅을 쳐야 했다.

새로운 광명을 갈구하던 이들에게 한 줄기 빛처럼 다가들기도 했지만 이내 그 광명에 대한 열망도 흐려지고 야만과 광란의 시간이 흘러갔다. 시작과 끝을, 옳고 그름을 구분하는 것이 무의미한 시간들도 흘러갔다. 12 · 12는 광란의 정점이자 또 다른 광란의 시작이었다. '성공하면 혁명, 실패하면 반역'이라는 공공연히 내뱉는 말은 혁명으로 미화할 수 있다는 자신감이었을 것이다. 그럼 단순히 정치를 지향하는 군인들의 권력욕으로 치부할 수 있을까?

6 · 25 전쟁은 결국 휴전으로 끝나고 민주주의 이력이 전무했던 정치는 민심과 따로 가게 된다. 4 · 19는 그에 대한 저항이었으며 이는 새로운 방향을 제시하는 계기가 되었기도 했지만, 정치적 혼돈이었고 군사적 반란의 단초가 되기

도 했다. 신생 정부는 신구 파로 갈라져 당파 싸움에만 몰두하는 상황이었고 국민들의 정치적 불신은 극에 달했다.

당시 군의 핵심 간부는 일제 강점기 저들의 군사 교육을 받은 자들이었다. 수구 세력이라 해야 하나, 해방과 함께 북한은 소련에 의해 점령되고 공산화가 되어 가자 토호 세력은 모든 기득권을 버리고 이남으로 도피할 수밖에 없었다. 이들은 분노로 가득 차 있었고 미국의 도움을 받아 남로당 계열의 척결에 앞장선다. 6·25 전쟁 때에는 용맹하게 전쟁에 가담하고 휴전 후에는 군 수뇌부 거의 대부분을 장악하게 된다.

박정희는 이들과 함께 5·16을 도모했고 그는 경상도 출신이었다. 당시 대통령 윤보선도 인지한 사실이었지만 참모총장 장도영은 과장된 것이라고 확인된 사실을 문제화하지 않는 선에서 보고했다. 12·12 당시와 같이 한강교를 사수하던 헌병과 교전하게 되면서 고민하게 되지만 결국 강을 건넌다. 쿠데타군은 팔과 철모에 하얀 천을 둘렀는데 이는 김종필의 작품이라고 했다.

당시 군부의 실세였다 하더라도 지역적 기반이 전무한 상태에서 국가 재건을 위한 접근도 느슨할 수밖에 없었다. 지역적 기반이 약하다 보니 자신의 영달에 집착할 수밖에 없었지만 박정희는 기득권인 경상도 출신이라는 게 지역민들에게 우호적으로 다가왔다. 미국의 지원으로 전쟁 중에 4년제 정규 사관학교가 생기고 대거 경상도 출신들이 입교하게 된다. 이들이 12·12의 주역이 되었고 동향 출신 재벌들과 가까워지고 그 2세들과도 가까운 사이가 된다.

그때부터 군부와 재벌의 유착 관계가 형성되고 하나회라는 군 내부에 사조직이 결성되는 계기가 된다. 초대 회장은 박정희의 측근인 경상도 출신 윤필용이었고 이를 감지한 이북 출신 경호실장 박종규는 하나회를 해체하기 위해 윤필용을 제거한다. 하지만 이들은 더 견고한 조직으로 거듭나고 두 번째 나이가 많은 전두환이 우두머리가 된다. 박정희가 전두환을 크게 경계하지 않았던 것은 경상도 출신의 후배가 장차 군의 큰 인물이 될 거라는 기대와 충성심을 의심치 않았기 때문이었을 것이다.

하나회는 재벌과 더욱 밀착되었고 자금줄이 있으니 규모는 날로 확장됐다. 대권을 꿈꾸기라도 했던 것일까? 당시 중정부장 김재규도 육군참모총장이던 정승화를 비롯한 군 내부에서도 알고 있었을 것이다. 한마디로 공공연한 비밀이었던 셈이다. 결국 윤필용 사건은 하나회의 결속을 다지는 계기가 되어 주었던 셈이다. 박정희의 권력욕은 식을 길이 없었고 김재규는 정승화와 손잡고 그를 제거할 생각을 하지만 정승화는 적극적이지 않았다. 군 내부에 하나회는 견고

한 세력이었고 이는 군내 병력을 이동시킬 수 있는 기반이 되었던 셈이다.

영화 제목처럼 서울의 봄이 도래해 선거를 치렀다 하더라고 재벌과 유착했던 그가 유리한 상황이었을 테고 경상도 출신이었다는 점도 그랬을 것이다. 어쨌든 간접 선거를 통해 대통령이 되었다. 광주에서의 충돌은 삼청교육대를 신설하게 됐고 보호 감호 신설, 언론 통폐합이 이뤄졌다.

그의 양복점에 직원으로 일하던 안 군은 근무 태도가 불성실했고 책임감이 희박했다. 세상일에는 거친 잣대를 들이대면서 전날 술을 먹은 날은 지각하거나 아예 출근하지 않았고 이를 지적하면 대들기가 일쑤였다. 다른 직원들과 다투거나 폭력을 행사하는 것도 예사였다. 더는 두고 볼 수가 없어 해고할 수도 있었지만 다른 양복점으로 이직을 알선해 주었다. 안 군은 거기에 반감을 갖고 양복점에 와서 기물을 파손하고 난동을 부렸다. 타이르고 말고 할 일이 더는 아니어서 어쩔 수 없이 가까운 파출소에 신고했다. 그는 단순하게 파출소에 불려 간 줄 알았는데 삼청교육대에 끌려갔다고 했다. 원인이야 안 군 자신이 제공했다지만 삼청교육대로 끌려갔다는 것이 꺼림직했다.

삼청교육대는 1980년 8월 1일부터 81년 1월 25일까지 총

6만 755명이 법원의 영장 발부 없이 체포되어 그중 순화 교육 대상자로 분류된 3만 9,742명이 군부대 내에서 삼청교육을 받았다. 전두환 신군부가 장악한 국가보위비상대책위원회가 만든 이른바 '불량배 소탕계획' 및 계엄포고령 13호를 근거로 만들어졌다.

전과자와 폭력배, 마약 사범 등이 대상자였지만 무고한 시민도 다수였다. 교육 중 54명이 사망했고 많은 부상자가 발생했다. 이는 지역마다 할당량이 주어진 이유도 있었다. 교육은 3단계로 1단계는 교육대상자들의 신상 파악과 교육의 필요성을 주입하기 위한 과정이었고 2단계는 본격 교육으로 교육 대상자들에게 강압적인 군대식 훈련과 정신 교육을 실시했다. 3단계는 사회 복귀 교육으로 교육 대상자들이 사회에 복귀할 수 있도록 직업 훈련과 생활 지도를 실시하는 것이었다. 이 교육 과정은 혹독하고 폭력적이었다. 교육 대상자들은 하루에 12시간 이상 노동을 강요받았고 가혹 행위와 폭행, 고문까지 당하는 경우가 많았다.

군 복무 중 당시 상황을 목격한 이가 기록한 내용을 보자.

"서울 시내버스 여러 대가 부대 내로 들어오고 버스 안에 사람들이 보이지 않았는데 연병장에 도착하고 버스 문이 열리자 쪼그려 앉은 자세의 남자들이 밧줄에 묶여서 내렸다.

연병장에 기다리고 있던 군인들이 곤봉을 든 위압적인 자세로 '너희들은 죄인이니 하늘을 보면 안 된다.'고 하며 모두 머리를 숙이게 했다. 다시 그들을 정렬시켜 바리깡으로 머리를 박박 깎고 입고 있던 옷을 모두 벗긴 다음에 군용 팬티와 런닝, 군복으로 갈아입혔다. 이어 그들에게 대형 천막을 치게 하고 그 둘레에 말뚝을 박고 철조망을 설치했다. 그 부대였는지 알 수 없지만 '땅딸이'란 별명으로 유명한 코미디언 이기동 씨도 그렇게 교육 대상이었다고 했다. 당시 음료 땅딸사와 사업을 하면서 사기를 쳤다는 죄명으로 잡혀 왔다고 했다. 교육을 담당했던 부대는 순화 교육 2~3개월 전부터 교관과 조교의 강도 높은 유격 훈련과 동시에 수용자들을 제압할 몽둥이도 만들었다고 했다. 교육 지침에서 수용자를 범법자와 동일시하고 그들에게는 기선을 제압하기 위해 폭력이 정당화되었다. 교육을 담당한 조교들에게는 제압하지 못하면 당할 수 있다는 불안감과 두려움을 끊임없이 주입했다. 나이가 많은 수용자를 대할 때 조심스러워 반말을 하지 않았다는 이유로 조교가 선임들에게 구타를 당하는 일까지 발생했다."

5공화국이 막을 내리고 노태우 대통령은 명예 회복과 피해 보상을 하겠다는 대국민 담화를 발표했지만 지지부진했다.

그렇게 안 군은 4주간의 군사 훈련과 6개월의 근로 봉사를 마치고 돌아왔다. 의도한 것은 아니었지만, 그의 신고로 삼청 교육대에 들어간 것이니 내내 불편함은 피할 수 없었다. 행여 돌아온 후에 해코지는 하지 않을까 하는 불안한 마음도 피할 수 없었다. 안 군이 양복점 문을 밀치고 들어왔을 때 당황스러움을 피할 수 없었지만, 그는 예전의 모습을 찾아볼 수 없었다. 언론이든 여론이든 부정적인 부분만 부각하던 시절이었다. 자칫하면 당시 정권의 폭정을 합리화하느냐, 할 수 있느냐 할 수도 있지만 사실이었다.

"잘 다녀왔습니다. 사장님 때문에 끌려가 고생했지만 새로운 삶을 살 수 있도록 해 주셔서 감사합니다. 앞으로 새로운 마음으로 잘 살겠습니다."

그가 건넨 살뜰한 인사말에 겨우 섬뜩했던 가슴을 쓸어내려야 했다. 일부러 확인한 것은 아니지만 새로운 인생의 목표를 설정하기라도 한 것처럼 매사에 열성이라는 소식을 들었다. 남대문의 봉제 공장에서 힘들게 일을 해도 삼청교육대의 상황을 빗대 잘 견뎌 냈다.

파출소 입구에 '정의사회구현'이라는 간판을 내걸었던 그 시절 사회악을 차단한다며 삼청교육대를 설치했던 것처럼, 야간 통행금지를 폐지하고 두발 자유화에 이어 교복 자율화도 단행했다. 극도의 정치적 혼란기에 그야말로 정치적으로 준비 없이 갑자기 이뤄진 조치였다. 갑자기 찾아온 자율화로 학생들의 일탈이 급증하고 빈부 격차로 인한 위화감 조성 등이 사회 문제화된 것이다. 교복이 아닌 사복, 외출복은 준비되지 않아 어색하기가 이루 말할 수 없었다. 그랬으니 결국 완전 교복 자율화는 철회되고 각 학교 재량에 맞는 교복을 정하는 것으로 바뀌었다. 이때 안 군은 평화시장 5층 옥상 가건물에서 대량으로 교복을 만들어 많은 돈을 벌었다. 그의 양복점에도 많은 고객을 만들어 주었고 가끔 밥을 사기도 했다.

절정 그리고 추락

그가 하던 양복점은 자리를 잡아갔고 1982년에는 한국양복협회 종로 지부장이 되었다. 양복 기술이 출중하다고 할 수 있는 자리가 아니었다. 1989년에는 제23차 세계주문복업자연맹총회에 참석, 함부르크에서 양복 제작 기술을 선보여 현지 방송에 대대적으로 보도되기도 했다. 어려운 과정이었지만 아들도 생기고 하는 일도 순탄했으나 학력에 대한 미련은 떨칠 수 없었다. 소위 '가방끈'이라는 학력은 잔인하게 쫓아다니며 자신을 옥죄곤 했다.

어느 날 고객을 만나러 갔다가 계단에서 검정고시 학원 광고를 보았다. 광고 문구에는 '9개월 단기 완성'이라 적혀 있었다. 단기 완성이라는 말에 홀렸다고 해야 하나, 하여튼 여유 있게 긴 시간을 두고 공부를 한다는 게 불가능할 것 같았다. 초등학교를 졸업하고 오로지 양복 만드는 데만 집중했으니 당연히 책을 가까이할 기회가 없었다. 30대 중반의 나이, 그보다 의욕과 자신감이었다. 자신이 없었기에 짧은 과정을 선택해야겠다는, 어쩌면 지금 시도하지 않으면 영영 공부할 기회가 없을 것 같은 절박함은 막연했던 그에게 목표 의식이 되었다.

문제는 수학과 영어였다. 방정식을 푸는데 x, y도 몰랐지만 무조건 외웠다. 낮에는 일하고 저녁에는 학원에 갔다가 자정이 지나서까지 공부했다. 누군가 그랬을까, 공부는 엉덩이로 하는 거라고. 악착같이 공부했으니 합격이었다. 중학교 과정은 마쳤으니 내쳐 고등학교 과정에 도전했다. 충분한 시간이 주어지지 않았지만, 양복점 일은 뒤로하고 공부에 전력했다. 그해 7월 고등학교 졸업 자격 검정시험에도 합격했다. 내심 아내에게 부끄러웠던 과거를 털어 낼 수 있었다.

양복점은 자리를 잡아갔고 국제 행사에도 적극적으로 참가했다. 지부장을 맡고 있던 종로에서 가장 많은 회원을 입회시켜 최우수지부장으로 표창을 받았고 본부의 상임이사를 맡기도 했다. 검정고시를 통과하여 대학 진학을 꿈꾸기도 했지만 동국대 경영대학원 최고경영자과정을 41기로 수료했다. 다양한 분야에서 활동하는 사람들과 교류하며 시야를 넓히고 고객도 확보할 수 있었다. 1997년에는 방통대 평생교육원 중소기업과정 1기로 공부하며 명망 있는 인사들과 교류의 기회를 갖기도 했다.

1999년도에는 스위스 인터라켄 제28차 세계주문복업자 총회에 참석하여 안기성을 모델로 휀시턱시도를 출품하여 최우수작품으로 선정되었다. 일본 요소 잡지 9월호에 소개되기도 했다. 2001년도에는 전 일본 교토기술경진대회에 심사위원으로 참석했다. 제16대 한국 양복협회 부회장 성공리에 수행했고 제19차 서울 아시아 맞춤양복 연맹총회 의전분야 위원장직을 수행했다. 이렇게 국내외적으로 활발한 활동을 하는 동안 아내의 사업은 나락으로 떨어지고 있었다.

"이곳에서 실력을 인정받았으니 아마 미국에 가서도 큰 문제가 없을 거요. 새로운 기회라고 생각하고 한번 부딪쳐 보도록 합니다."

꼬였던 일이 이렇게 풀려 나갈 수도 있구나, 한편으로 당황스럽기도 하고 한 줄기 희망의 빛이 가슴을 뛰게 했다. 챙겨 갈 것도 없었으니 홀가분하다고 해야 하나, 그렇게 미국에 가게 된 것이다. 미국으로 떠난다고 했을 때 아내는 이혼의 과정을 선택했다. 여행자의 신분으로 떠날 수밖에 없던 거니 아내의 마지막 배려였을 것이다.

미국과 조선,
그리고 대한민국

 그와는 브라질에서 헤어졌다. 이구아수 폭포에서 만나 혼자 여행을 다니는 이유를 묻고 대답했다. 리오에서는 얼떨결에 미국에 들어와 겪어야 했던 여러 이야기들을 전해 주었다. 그가 어렵게 찾아낸 미지의 땅 미국, 과연 미국은 어떤 나라일까? 우리 역사와 개인의 삶에도 어떤 영향을 미쳤을까? 그가 태어난 땅에서 모든 것을 버리고 미국으로 오면서 과연 미국이라는 나라에 대해서 어떻게 알고 있었을까? 미국이라는 과연 우리에게 어떤 나라일까?

 태평양은 그 크기를 가늠하기 어려운 넓은 바다다. 그 바다를 건너 미국과 우리는 어떤 역사적 인과를 이루고 있는가?

 12살, 어린 고종이 왕위에 오르자 흥선군은 대원군이라는 칭호를 붙여 기다렸다는 듯 실질적인 권력을 갖는다. 당시 서구 열강들은 동아시아 지역에 교두보를 확보하기 위하여 힘을 쏟고 있었고 영국은 아편 전쟁에서 이겨 홍콩의 지배권을 확보했다. 1854년 미국은 강제로 일본을 개항하였으며 러시아와 청나라는 베이징 조약(1860년)을 맺어 두만강을 경계로 조선과 국경을 맞닿게 했다.

서학으로 전파된 천주교는 음지로 숨어들었다가 흥선 대원군이 집권할 당시, 확산 일로에 있었고 포교를 위해 프랑스 선교사들이 파견되어 있었다. 흥선 대원군이 처음부터 천주교에 반감을 가진 것은 아니라고 했다. 오히려 천주교를 이용하여 국제 관계에서 도움을 받고자 프랑스 선교사들과 친분을 쌓았다. 조선에 접근해 오는 국가들 중 흥선 대원군이 가장 경계한 나라는 러시아였다. 중국, 일본이야 원래 교류가 있던 나라고 다른 서양 국가들은 지리적 거리 때문에 크게 위협이 되지 않았으나 러시아는 달랐다. 가까이 있는 데다 남하 정책을 펴며 조선과 충돌할 가능성이 높은데 전혀 정보가 없어 위협적으로 느꼈다.

이에 흥선 대원군은 프랑스 선교사를 통해 서구 국가의 도움을 받아 러시아의 남하를 막아 보려 했다. 하지만 프랑스 선교사의 반응은 흥선 대원군의 예상을 보기 좋게 빗나갔다. 자신들은 종교를 전파하러 온 것이지 정치와는 무관하다며 흥선 대원군이 요청한 외교적 도움을 단칼에 거절한 것이다. 홍선 대원군은 이때부터 천주교에 반감을 품었을 것이다. 프랑스 선교사들의 이용 가치가 없다고 생각될 즈음 청나라에서 천주교 탄압 소식이 들려왔다. 이전부터 천주교가 주장하는 내세관과 평등사상에 반감을 품고 있는 양반 계층은 우리도 중국처럼 천주교를 금지해야 한다며 목소리를 높였다. 당시 여러 정책의 시행으로 양반들과 사이가 좋지 않던 홍선 대원군은 천주교에 대한 자신의 입장을 분명히 밝힐 필요가 있었다.

홍선 대원군은 천주교 박해에 나섰다. 1866년 천주교 신자 8천여 명을 새남터·절두산·해미 읍성 등 전국 각지에서 처형했고, 계속된 박해로 숨진 천주교인은 무려 2만 명이 넘는다는 기록이 있다. 또한 조선에 있던 프랑스 선교사 열두 명 중 아홉 명을 처형하는 등 대대적인 천주교 탄압을 펼쳤다. 이것이 1866년 병인년에 일어난 병인박해다.

프랑스 선교사 열두 명 중 살아남은 선교사 리델은 청나라로 피신하여 베이징에 있는 프랑스 사령관 로즈 제독에게 병인박해 소식을 전했다. 이에 프랑스는 천주교 선교사를 처형한 조선 왕실에 책임을 묻겠다며 강화도로 쳐들어왔다. 바로 병인양요다. 로즈 제독의 제1차 원정은 강화도와 한양의 수로를 탐사하기 위한 것이었다. 한강을 거슬러 양화진과 서강까지 올라와 수로가 표시된 지도 세 장을 만들고 돌아갔다. 제2차 원정은 전쟁 선포의 성격을 띠었다. 프랑스 선교사 리델과 조선인 천주교도 세 명이 원정길을 안내했는데, 로즈 제독은 "조선이 선교사 아홉 명을 죽였으니 우리는 조선인 9천 명을 죽이겠다."라는 포고문을 발표하며 보복 의지를 다졌다. 아울러 관리를 보내 통상 조약을 맺으라고 조선 왕실을 위협했다.

조선에서는 해안 방어를 강화하고 의용군을 모집하는 등 프랑스와의 전쟁에 대비했다. 그러나 첫 번째 전투인 문수산성 전투에서 조선군은 프랑스 군대의 신무기 앞에 무릎을 꿇으며 참패하고 말았다. 문수산성 전투를 경험한 조선의 군대는 기습 작전이 필요하다고 판단하여 양헌수가 군사를 이끌고 강화도 정족산성에 들어가 잠복했다. 이틀 후 양헌수 부대는 정족산성으로 쳐들어오는 프랑스군을 물리쳤다. 이 싸움에서 프랑스군은 사망자 여섯 명을 포함해 60여 명의 사상자를 내며 참패한 반면 조선군은 사망 한 명, 부상 네 명에 그쳤다.

이 패배로 프랑스군의 사기는 크게 떨어졌다. 게다가 한 달 가까이 강화도를 점령하며 피로가 누적되어 더 이상 전쟁을 벌이는 것은 무리라고 판단하고 물러갔다. 그러나 철수하는 프랑스군은 강화도에 있는 외규장각(정조가 왕실 관련 서적을 보관하고자 설치한 일종의 도서관) 등 왕실 건물에 불을 지르고 금은보화와 책, 군수 물자 등을 약탈했다. 이렇게 프랑스군의 침략을 막아 내는 과정에서 흥선 대원군과 조선 왕실은 서양 세력에 대한 불신이 커져 문호를 더욱 단단히 닫아걸게 되었다.

병인박해가 일어난 1866년 7월 미국의 상선 제너럴셔먼호는 통상을 요구하며 한반도로 들어왔다. 서양인과 교류하지 않겠다는 쇄국 정책을 내세운 조선은 당연히 제너럴셔먼호의 요구를 받아들이지 않았다. 그리고 조선의 경고를 무시한 채 대동강을 따라 들어온 제너럴셔먼호의 미국인과 평양 사람들 사이에 충돌이 발생했다. 이때 제너럴셔먼호의 접근을 막기 위해 나선 조선인 두 명이 죽임을 당하자 화가 난 평양 시민들은 제너럴셔먼호에 불을 질렀다.

5년 후인 1871년 아시아 함대 사령관 로저스가 이끄는 미국 함대는 서해안으로 다가왔다. 미국 함대가 접근해 온다는 소식에 조선은 군대를 배치했다. 그러나 조선 해안으로 온 미국 함대는 싸움을 벌이는 게 아니라 탐사 작업을 진행했다. 조선은 물러나라며 경고했지만 미국 측은 수로 탐색을 위해 강화 해협을 탐측해야 한다고 통보하고는 작업에 돌입했다. 경고에도 불구하고 미국이 탐측을 계속하자 조선 군대는 포격을 가했고, 미국은 평화로운 탐측 작업에 조선이 먼저 포격을 가했으니 사과하고 변상하라며 대표단 파견을 요구했다.

이것이 미국의 술수였을까? 미국은 평화적으로 접근하는 척하면서 조선의 공격을 유도하여 피해 보상과 통상을 요구하려 한 것이다. 자신들의 요구 사항을 들어주지 않으면 열흘 후 상륙 작전을 벌이겠다며 협상을 제안했다. 조선은 협상 대신 전쟁을 택하고 강화도 초지진에 군대를 배치하여 미군을 공격했다. 미군이 함포를 앞세워 초지진에서 대승을 거두자, 이번에는 광성보로 군대를 보내 미군을 막아섰다. 그러나 조선은 광성보에서도 패배하면서 강화도 사수에 실패했다.

전쟁은 미국의 승리로 끝났지만, 미국이 원한 결과가 아니었다. 미국은 전쟁이 아니라 위협을 가해 조선을 굴복시킨 뒤 무역을 하려 했다. 실제로 그런 방식으로 중국, 일본, 동남아시아 여러 나라를 개항시키고 통상에 응하게 한 경험이 있었다. 그런데 조선만은 미국의 계획대로 움직이지 않았다. 항복하고 통상을 허용하는 대신 전쟁에 지고도 계속 싸울 준비를 했다. 이에 미국은 계획이 수포로 돌아갔음을 깨닫고 조선의 개항을 포기한 채 자진해서 물러났다. 이 사건이 신미양요다.

강화도 전투에서 이기고도 미국이 더 이상 침략하지 않고 물러나자, 조선은 어리둥절했지만 마냥 기뻐할 일만은 아니었다. 언제 또다시 서양 세력이 조선에 침략할지 모른다는 위기감이 감돌았다. 그리고 무례하고 야만스러운 서양 사람들과는 절대 무역하지 않겠다는 의지가 더욱 굳건해졌다. 흥선 대원군은 서양 사람들과 절대 화해하지 않고 맞서 싸우겠다는 의지를 담아 전국에 척화비를 세웠다. 눈을 뜨고도 보지 못하는 청맹과니 같은 어리석은 행로였다. 물론 혼란스러운 상황이었지만 정세 판단을 제대로 하지 못한 결과였다. 국가를 위해 지혜로운 방향을 탐색하는 것이 아닌 내 편, 자신의 권력 유지에 유리하면 정의이고 아니면 불의인 세태이니 오늘날까지 어리석음은 계속되고 있다.

근래 모 신문의 칼럼은 미·중 간의 갈등과 우리의 처지를 말하고 있었다. 그 내용을 옮겨 보면 이렇다.

"사주(四柱)라고도 하는 팔자(八字)는 흔히 타고난 운명이나 숙명을 뜻한다. 사람은 누구나 타고난 삶의 조건이 있다. 부잣집에서 태어나기도 하고 가난한 집에서 태어나기도 한다. 이 조건이 운명이자 숙명이기는 하겠지만 절대 바뀔수 없는 것도 아니라는 사실은 모두가 안다.

사람만이 아니라 나라에도 운명이나 숙명과 같은 팔자가 있다. 한국은 세계에서 팔자가 가장 사나운 나라 중 하나일 것이다. 오랜 역사를 통해 중국과 같은 대륙 세력에 끊임없이 시달림을 당했다. 일본 같은 해양 세력에서 본 피해도 이루 말할 수 없다. 큰 전쟁만 50여 차례 당했다. 중국이 김일성과 모의한 6·25 남침은 한 사례일 뿐이다. 왜구 정도의 침략은 헤아릴 수도 없다. 나라를 통째로 들어 이사를 갈 수 있다면 정말 이사 가고 싶은 숙명을 안고 살아온 것이 우리다.

그 숙명 중에 가장 가혹했던 것은 중국이라는 존재였다. 육지로 바로 연결된 중국은 수천 년간 피할 수 없는 숙명이었다. 조선은 생존 전략으로 사실상 무력을 포기하고 중국 밑으로 들어갔다. 그에 따른 피해나 수모도 전쟁 못지않게 고통스러웠다. 처녀들을 바치라, 금을 바치라, 은을 바치라, 사냥용 매를 바치라, 말을 바치라는 등 조공 요구는 끝이 없었다. 바치라는 단위가 감당하기 힘든 수준이었다. 안 그래도 물산이 부족한 나라가 거덜 날 지경일 때도 있었다. 이 가혹한 조공을 피하고자 조선은 중국 조정을 속이기 위한 거짓말이 생존 수단이 됐고 그 잔재가 아직까지 남아 있다는 글도 읽은 적이 있다. 뇌물로 조선에 가는 사신이 된 중국인들이 조선에 와서 금과 은을 내놓으라며 부린 행패는 끔찍한 재앙이었다.

중국이 러시아의 연해주 진입을 막는다고 조선군 부대 파병을 요구하고서는 조선군이 총을 잘 쏘자 조선군 총을 다

뺏고 무장 해제한 일을 다룬 내용도 읽었다. 조선이 미국에 외교관을 파견하자 가로막고 미국 대통령도 만나지 못하게 방해했다. 20대 중국 애송이가 조선에 와 대신들을 때리고 조선 왕 위에 군림하기도 했다. 중국이라는 숙명 속에서 우리는 한순간도 빛나는 순간을 누리지 못했다."

1884년 9월 최초의 선교사로 조선을 방문해 서울에 거주하고 있던 알렌은 한국에 서양 의학이 본격적으로 뿌리내리게 되는 계기를 마련했다. 결정적인 사건으로 명성황후의 조카인 민영익을 서양식 외과 수술로 살리게 되는데, 알렌이 조선에 도착한 지 불과 3개월이 지난 1884년 12월 4일 갑신정변이 일어난 그때 민영익이 자객에게 칼을 맞은 후였다. 동맥이 끊기고 머리와 몸이 칼에 수차례 찔려 사경을 헤매던 민영익을 알렌은 조선에서는 볼 수 없던 서양식 외과 수술로 간신히 살려 냈고, 알렌의 수술 덕분에 민영익은 목숨을 구할 수 있었다.

3개월 만에 조카 민영익이 완쾌하자 명성황후는 크게 기뻐하며 알렌에게 고마움의 뜻으로 10만 냥을 하사했는데, 지금으로 치면 무려 50억 원이나 되는 거금이었다. 민영익을 살린 일이 조선 팔도에 삽시간에 퍼지면서 알렌은 최고의 명의로 이름을 떨치게 되고, 고종의 신임을 얻은 그는 왕실 주치의뿐만 아니라 최장기 주한 미국 공사로 지내며 승 승장구했다.

또 조선인의 질병 치료와 조선인 의료진 양성을 목적으로 서양식 병원 설립을 고종에게 제안하여 탄생한 것이 우리나라 최초의 서양식 병원 광혜원(廣惠院)이다. 1885년 2월 29일에 문을 연 광혜원은 이후 3월 12일 제중원(濟衆院 널리 민중을 구제하는 병원)으로 이름을 바꿨고, 1904년에는 지금의 이름인 세브란스병원이 되었다. 외교 관계가 없었지만 낯선 땅에 와서 종교의 씨를 뿌리며 병원과 근대식 학교의 시작이었다.

위 칼럼에서도 언급했지만 중국은 미국의 선교사들과 비슷한 모습을 보인 경우는 한 번도 없었다. 중국 대사가 우리 야당 대표를 초청 형식으로 불러 "한국이 중국에 베팅하지 않으면 후회할 것"이라고 경고하듯 상전 행세를 했다.

미국이라는 나라

미국은 대한민국이 오늘날의 번영과 자유민주주의 국가로 존재할 수 있게 해 준 고마운 나라라는 긍정의 인식과 함께 넓은 땅에 풍요로운 나라라는 부러움의 대상이기도 하다. 철천지원수라는 원색적인 비난을 던지며 끊임없이 대화를 갈구하는 북한의 입장에서 보듯 국제 질서를 주도하는 패권 국가로 미국은 이중적인 인식 또한 강한 나라이다.

지난 2002년 대통령 선거 기간에 미군 장갑차에 의한 효순 미선 여중생 교통사고가 큰 이슈가 된 적이 있었다. 당시 월드컵 4강으로 한껏 고조된 국가적 자존심과는 달리 미군의 교통사고에 대한 대처 미흡으로 민족적 자긍심을 훼손당했다며 반미 분위기가 확산됐다. 그때 다른 후보들과 달리 노무현 후보는 "반미면 또 어떠냐?" "사진 찍기 위해서는 미국에 가지 않겠다."라고 해서 민족주의적 경향이 강한 사람들에게 어필했고 이는 선거 결과에 분명히 영향을 미쳤을 것이다. 하지만 그는 막상 대통령이 되고 나서 첫 미국 방문 길에 "미국이 없었다면 자신은 북한의 정치범 수용소에 있었을 것이다."라는 후보 시절의 말과 대비되는 듯한 말을 해 혼란스러웠다. 혈맹 관계가 중요하다고 생각하고 있는 이들에게도 마찬가지였다. 아무튼 미국은 멀리 있지만 가까운 나라라는 것은 분명했다.

내가 미국이라는 나라를 인식하게 된 건 언제부터였을까? 충청도 내포 땅, 내가 태어난 마을에서 천수만이 가까웠으나 무엇 하나 내세울 것이 없는 벽촌이었다. 산봉우리 둘이 마주 서고 두 봉우리가 늘여놓다 야트막한 능선이 마을의 끝으로 내려와 있었다. 구불거리는 고샅길을 따라 돌담 너머로 낮은 초가들이 낮게 엎드려 있었다.

한국전쟁 후에 주둔하게 되었을 듯싶은데, 마을의 뒷산 정상에는 미군의 반공포 부대가 있었다. 단순히 '미군 부대'였지만 반공포 부대였다는 것을 알게 된 것은 미군이 철수한 뒤였다. 정상의 기지는 넘겨다볼 수 없었고 견고한 2중의 철조망 울타리 안의 레이다는 대부분의 시간을 멈추지 않고 돌아갔다. 깜깜한 밤에 그림자를 만들 정도로 봉우리를 둘러선 경계등의 불빛은 마을까지 내려왔다. 아이들은 철조망 밖으로 미군들이 던지고 버린 물건들을 주우러 가곤 했다. 콜라병과 빵, 때로는 야한 사진이 박혀 있는 잡지를 주워 오기도 했다. 가족과 떨어져 멀리 해외에 파견된 우방국의 군인으로 인식하기보다는 우리와는 급이 다른 특별한 국가의 국민으로나 인식되었다.

부대 규모가 작았으니 소위 기지촌이라는 유흥가는 촌을 이루지 못했고 한두 군데 술집은 있었다. 부대로 오르는 진입로의 입구는 다른 마을에 있었기 때문에 미군들을 직접 볼 기회는 드물었다. 어느 해 가을, 그 마을로 벼 베기 대민 봉사를 하러 갔을 때 가까이서 미군들을 볼 수 있었다. 짙은 화장을 한 젊은 여성 한둘이 의류대를 멘 미군들을 붙잡고 '컴백 투 미'를 읍소하듯 말하던 것이 기억나곤 했다.

자유의 벗이라는 잡지, 한국전쟁이 끝나고 미 극동군사령부에서 계도용으로 발간했던 잡지였다. 당초 목적은 한국 국민들에게 자유 우방으로 미국을 널리 홍보할 목적이었고 그 많던 구호처럼 학교 교실에도 사람들이 시선이 모일 만한 곳이면 잡지가 걸려 있었다. 1955년 6월, 창간호로 하여 1972년 6월, 종간되었다. 요즘의 기준으로 치면 단순히 잡지였지만 3년여의 전쟁과 분단의 상흔으로 불안했던 민심을 수습하는 데 기여했다는 평을 얻었다. 국내외 동향과 전쟁 후의 재건 모습, 수필과 시사만평, 천연색 사진을 곁들인 세대를 아우르는 종합 교양 잡지였다. '코주부'로 유명했던 김용환 화백이 그린 만화나 삽화는 인기 있는 코너였다.

당시는 가난했기에 학교 교과서도 형제끼리 대물림해서 쓸 때였고 그래서 표지가 해지지 않도록 두툼한 종이로 표지를 싸서 쓰곤 했다. 그런데 교과서의 표지를 싸는데 〈자유의 벗〉만큼 좋은 종이가 없었다. 잡지를 철한 가운데 철심을 빼고 종이를 벌려 교과서 표지를 싼 다음 표면에 양초를 문지르면 한 학기는 거뜬히 버틸 수 있었다. 딱지를 접는데도 마찬가지였다. 또한 교실 환경 정리용으로도 유용했다. 당시 사진 자료가 귀했기 때문이었다. 산업 발전을 소개한 기사나 후면에는 베트남전 파월 장병들의 대민 지원 모습 등.

70년대가 지나면서 영상 매체나 활자화된 매체가 대중화되면서 영향력이 감소하면서 종간되었다. 반공이라는 강력한 계도 성격을 부인할 수 없지만 삭막했던 전후 상황에서 우리나라 국민들에게 정서적으로 위안을 주고 희망을 불어넣었던 든든한 벗이었다. 자유를 누리고 민주적인 정치 체제를 이루는데도 마찬가지였을 것이다.

역시 초등학교에 다니던 시기였다. 3년여의 전쟁으로 가난하고 황폐화된 땅에서 아이들은 잘도 태어났으니 벽촌의 초등학교에도 200명 가까이 한 학년을 이루고 있었다. 형편에 따라 차이는 있었지만 다들 배고픈 시절이었다. 50여 가구가 모여 살던 마을에 같은 해에 태어난 아이들이 열다섯이었다.

1956년부터 미국은 한국에 잉여 농산물을 무상 원조했다.

어려운 이웃 나라를 도와준다는 명분이었지만 자국 내의 사정도 있었으니 미국 내에서 남아도는 농산물의 소비를 위한 것이기도 했다. 1948년 이후 잉여 농산물이 계속 쌓여 자국 내의 농업에 짐이 됐기 때문이었다. 전후 황폐화된 땅에서 굶주림에 시달리던 이 땅의 국민들에게 잉여 농산물 원조는 한국의 식량 문제를 해결하는 데 많은 도움을 주었다.

물론 순기능만 있었던 것은 아니었다. 원조되는 식량을 다시 무상으로 분배하기도 했지만 이를 팔아 미국산 무기 등을 구매하는 데 쓰도록 했으며 필요량보다 너무 많이 들어오기도 해 국내 곡물 가격의 하락으로 농민들이 큰 타격을 받기도 했다. 특히 밀과 원면 등이 대량으로 들어온 후 농촌에서는 목화밭과 밀밭 등이 사라져 가기도 했다. 국민 교육 헌장을 암기해야 했던 시절, 허기진 오후에 기다렸던 건빵 차, 그 건빵은 원조 밀가루로 만든 것이었다. 탈지분유도 옥수수빵도 마찬가지였다. 5·16 군사 정변 후에 대대적인 사방 공사와 나무 심기가 시작되었는데 그 품삯의 일부도 원조 밀가루였다. 원조의 부정적인 파편들이 따라온다 해도 배고픔을 덜어 주었다는 것은 피할 수 없는 사실이었다.

읍내에 있는 중학교에 입학한 후 얼마 지나지 않은 영어 시간, 영어 선생님은 한 미국인과 함께 들어왔다. 젊은 미국인은 평화 봉사 단원이었다. 멀리 미국에서 파견되어 작은 소읍의 중학교까지 봉사 단원을 맞게 된 것에 의미를 생각할 수 없던 시절이었다. 예술과 미술을 옹호했고 인권 운동 등에도 관심이 많았던 케네디 대통령 시절, 뉴 프론티어(New Frontier) 정책의 일환으로 "인생의 2년을 개발 도상국에서 봉사해 세계 평화에 기여하자."는 캠페인을 하면서 평화봉사단(Peace Corps)을 1961년에 설립했다. 미국의 청년들에게 각종 기술을 배우도록 하여 그들을 2년 기한으로 동남아시아·아프리카·중남미 등으로 파견했다. 개발 도상국의 생활 수준 향상에 기여토록 하자는 취지였고 일명 평화군단(平和軍團)이라고도 했다.

1961년 설립된 이래 2015년까지 약 220,000명의 미국인이 평화 봉사단에 가입하여 141개국에서 봉사했다. 기록에 의하면 1966년부터 50차례에 걸쳐 봉사 단원과 직원 2천여 명을 우리나라에 파견했다. 그들은 평균 2년 정도 머물며 영어를 가르치고, 보건소에서 결핵 퇴치 사업을 벌였다. 지난 2008년 주한 미국대사로 근무했던 캐슬린 스티븐스(한국명: 심은경) 1975년 평화봉사단으로 한국에 와 2년 동안 충남 예산의 중학교에서 영어를 가르쳤다. 내가 중학교에 다녔던 비슷한 시기였다. 한 학기 동안 발음 위주로 교육을 실시했지만 멀리서 온 벽안의 선생님에게 감사한 마음을 가졌다거나 호의적인 학습 태도를 보이지 않았던 것 같다.

동맹

    구한말 조선인들이 서양 사람들을 접할 기회는 흔치 않았다. 대부분 선교사들이었다. 우리와는 전혀 다른 모습에다 말도 통하지 않았을 테니. 제임스 게일이 황해도 해주를 방문했을 당시 해주 목사가 제임스 게일을 접대했는데 해주 목사는 처음 서양인을 만난 데다 서양인과 조선인의 인식 차이가 너무 커서 상대를 어려워했다. 그러다가 식사 시간이 되어서 함께 식사하게 되었는데, 게일이 자신처럼 같은 음식을 먹는 것을 보고 제임스 게일을 비롯한 서양인도 조선인과 같은 인간임을 비로소 느끼게 되었다고 했다.

    게일이 경상도 대구를 방문했을 때 당시 조선인들은 게일을 사람인지 귀신인지 모르겠다고 할 정도로 낯설어했다. 그러나 마침 다음 날이 새해 첫날이어서 부모님에게 편지를 쓰고 싶다고 말하자, '부모가 있고 공경할 줄 안다니 우리와 같은 사람이다.'라는 공감대가 생겨서 분위기가 누그러졌다고 했다.

19세기 중엽으로 헌종 때의 일화도 있다. 완도 본섬에서 가까운 신지도에 프랑스 해군 군함이 고장으로 표류해 온 일이 있었다. 표류해 왔기로 프랑스 수병(水兵)들은 섬 주민들에 우호적일 수밖에 없었다. 하지만 난생처음 백인을 본 섬사람들은 귀신들로만 알고 근처 산속에 숨어 마을로 내려오길 거부했다. 이때 프랑스 수병들은 유리그릇, 단추, 비누 등 양품으로 섬사람들을 달래 보려 했으나 막무가내였다.

프랑스 수병들이 배를 고치고 식수를 보급하고 이 섬을 떠나면서 선물로써 각종 서양 물품을 마루 아래 토방 가득히 놓아두고 떠나갔다. 산에서 내려온 마을 사람들이 이 양품이 쌓인 토방에 와 보고 크게 놀라야 했다. 왜냐하면 낯선 서양 물품 틈에서 째깍째깍하는 소리가 계속 들렸기 때문이다. 이 섬사람들은 분명히 귀신의 소리라 하여 바닷가 외딴곳에 곳간을 짓고 그 속에 이 귀신 붙은 물건들을 옮겨 놓고 왕실의 지시를 기다렸다고 했다. 째깍째깍 소리를 낸 물건은 시계였다. 이 시계에 관해 무식했던 섬사람들이 귀신 소행으로 겁을 먹었을 것은 지극히 당연한 일이다.

구한말 조선의 권력은 무능하고 부패했다. 일본의 식민지가 된 건 결코 힘이 없어서만은 아니었다. 1895년 동학 농민 군을 진압하기 위해 고종이 청나라를 불러들이자, 일본군은 톈진 조약을 빌미로 한반도로 신속 진공했다. 곧바로 고종 이 거처하는 경복궁을 점령했다. 일본군은 조선 관군과 함 께 동학 농민 혁명군을 진압했다.

고종은 일본, 러시아, 미국에 차례로 손을 내밀었다. 루스벨트 대통령은 1905년 세계의 많은 국가들과의 외교 관계를 이루기 위해서 각 국가에 정부의 각 유명 인사들과 장교 급 군인들을 파견했다. 당시 대한제국도 그 대상국이었기에 대통령의 딸인 앨리스 루스벨트와 약혼자까지, 정부 유명 인사 10인도 함께 보냈다. 당시 앨리스 루스벨트는 미국의 공주라고 불릴 정도로 대중들에게 관심의 대상이었다. 고종 과 순종은 미국의 최고 지도자의 딸이 자국을 방문하는 것 을 분명 큰 외교적인 일을 염두에 두고 있다는 것으로 판단 하였고 만반의 준비를 갖추고 그녀를 국빈의 신분으로 의전 을 준비했을 것이다.

하지만 현실은 달랐다. 평소에도 거침없는 언행으로 유명했던 앨리스는 서울에서도 승마복 차림에 시가를 피워 가 며 고종을 알현했고, 명성황후 능에 가서는 능을 지키는 수 호상 위에 떡하니 걸터앉아 사진을 찍는 오불관언의 무례를 저질렀으니 철없고 무례한 행동이었다. 문제는 앨리스가 대한제국을 농락하고 돌아간 지 두 달도 지나지 않아 을사늑약(11월 17일)에 의해 대한제국 외교권이 박탈됐다. 게다가 미국은 가장 먼저 주한공사관을 철수한 국교 단절 국가가 됐다. 수호 조약의 '거중조정' 언약을 철석같이 믿은 고종의 애정 공세는 슬픈 짝사랑으로 끝나고 말았다.

한편 일본의 침탈로부터 대한제국의 주권을 보호해 달라는 청원서를 들고 청년 이승만이 미국 대통령 루스벨트의 여름 별장, 시가모어 힐을 찾은 것은 1905년이었다. 기울어가는 대한제국의 운명을 감지했던 이승만은 절박했다. 당시 소개장을 써준 당사자는 '가쓰라-태프트 밀약'의 주인공 윌리엄 태프트였다. 이미 미국과 일본은 필리핀과 조선을 각자 나눠 통치하기로 합의한 상태였다. 그런 강대국의 밀약조차 모르고 미국에 조선을 보호해 달라고 청원하러 갔으니, 참담한 노릇이었다.

훗날 이 사건은 이승만의 독립운동과 외교 노선에 엄청난 영향을 미치게 된다. 나라건 사람이건 힘이 없으면 죽는다는. 당시에는 자동차가 없어 맨해튼에서 배를 타고 왔고 다시 여름 별장까지 마차를 탔다. 오랜 여행길이었지만 첫 만남은 약속도 잡지 않고 왔다는 문지기의 문전박대로 발걸음을 돌려야 했다. 다시 돌아와 사진관에서 정장까지 빌려 입고 찾아갔지만 이번에는 거만하게 나타난 대통령이 '정식 외교문서도 없이 왔다'면서 형식을 갖추고 오라고 내쫓았다.

일본은 국운을 걸고 청나라와 러시아를 무력으로 제압했고, 쓰러져 가는 조선 왕조를 집어삼켰다. 조선은 자신을 지킬 힘이 없었다. 구한말의 사정은 그러했다.

1945년 4월 25일 샌프란시스코에서 국제연합(유엔) 창립 총회가 열렸다. 50국 대표가 참가한 이 회의는 6월 26일 국제연합 헌장을 채택하고 폐막할 때까지 두 달 넘게 이어지며 전후 국제 질서의 재편 방향을 논의했다. 대한민국 임시정부(임정)와 이승만은 전후 한국의 독립을 국제 사회에서 보장받기 위해서 이 회의에 한국 대표단이 꼭 참석할 필요가 있다고 의견을 모았다. 이승만은 자신을 포함한 대표단 9명 명단을 임정에 보고했고, 임정은 국무위원회의 추인을 받아 이승만을 단장으로 한 한국 대표단을 승인했다.

총회 시작을 한 달 앞두고 이승만은 총회를 주관하는 미국 국무부에 참가를 신청했다. 하지만 국무부는 "1945년 3월 1일까지 유엔에 가입한 국가들만을 초청한다."는 원칙을 내세워 한국 대표단의 참가를 허용하지 않았다. 이승만은 "아르헨티나, 시리아, 레바논 등 그 조건을 충족하지 못한 나라들도 초청받았다."는 사실을 지적하면서, 참관인 자격으로라도 참가를 허용해 달라고 거듭 요청했다. 하지만 총회

사무국은 "한국에는 어떠한 승인받은 정부도 없다."는 이유로 끝내 이승만의 요구를 받아들이지 않았다.

5월 초순 이승만은 INS통신사 기자이자 이승만 후원 단체인 한미협회 이사 윌리엄스의 소개로 샌프란시스코 모리스호텔에서 고브로우를 만났다. 소련 공산당을 탈당하고 미국으로 귀화한 고브로우는 신문사에서 일하는 신뢰할 만한 인물이었다. 고브로우는 이승만에게 루스벨트가 그해 2월 얄타 회담에서 대일전(對日戰) 참전 대가로 소련에 한국을 넘겨주었다는 정보를 알려 주었다. 이승만이 오랫동안 품고 있던 미국에 대한 '의심'을 사실로 확인해 주는 정보였다.

40년 전인 1905년 7월, 미국 전쟁부 장관 태프트는 일본 총리 가쓰라를 만나러 일본으로 가는 길에 하와이에 들렀다. 하와이 한인 대표 윤병구와 면담한 태프트는 이승만과 윤병구가 시어도어 루스벨트 대통령을 면담할 수 있도록 추천장을 써 주었다. 그러고는 도쿄로 가서 '가쓰라-태프트 밀약'을 체결했다. 밀약 체결 나흘 후, 루스벨트는 마치 아무 일도 없었던 것처럼 이승만과 윤병구를 30분간 만나 주었고, 탄원서를 '정식 외교 통로'로 제출하면 러일전쟁 강화회의 탁상에 올려놓겠다고 약속했다. 우호적 면담 분위기에 고무된 서른 살 청년 이승만은 한국에 대한 루스벨트의 호의에 한껏 기대를 걸었다.

그때부터 20여 년이 지난 1924년, 가쓰라-태프트 밀약이 폭로되었고, 오십 줄에 이른 이승만은 그제야 루스벨트와 태프트에 농락당한 것을 알고 분개했다.

이승만은 유엔 창립 총회 취재 기자들을 상대로 '얄타 밀약'을 폭로하는 선전 활동에 나섰다. '시카고 트리뷴'(5월 8일), '샌프란시스코 이그재미너'(5월 12일)에 "미국과 영국은 일본과 전쟁이 끝난 뒤까지 한국을 소련의 세력 범위 안에 둘 것을 소련과 합의했다."는 이승만의 주장에 기초한 장문 기사가 실렸다. 이승만은 미국 상하원 외교 분과 위원장에게 항의 전보를 보냈고, 한 달 전 임기 중 사망한 루스벨트에 이어 대통령직을 승계한 트루먼에게 서한을 보냈다.

"한국에 관한 카이로 선언에 위배되는 얄타에서의 비밀 협정이 최근에 밝혀짐으로써 대통령께서 크게 놀라셨을 겁니다. 비밀 외교에 의해 한국이 희생된 것은 이번이 처음이 아닙니다. 1905년 한국을 일본에 팔아넘긴 밀약은 20년 동안이나 비밀에 부쳐졌습니다. 다행히 얄타 협정은 바로 이곳 유엔 창립 총회 도중에 밝혀졌습니다. 과거 미국이 저지른 잘못을 바로잡고, 3,000만 한국인이 노예로 전락하는 것을 막기 위해 대통령께서 이 상황에 개입하시기를 호소합니다."

국무부는 이승만에게 '사실무근'이라는 답장을 보내고, 별도의 공식 성명을 발표해 "얄타 회담에서 한국의 독립을 약속한 카이로 선언에 어긋나는 어떠한 비밀 협정도 체결되지 않았다."고 해명했다. 영국 하원에서 얄타 밀약에 대한 질의를 받은 처칠은 "3국 정상 사이에 많은 주제가 논의되었고, 약간의 일반적 이해가 성립되었지만 아무런 비밀 협약도 체결되지 않았다."고 해명했다. 소련 정부는 공산당 기관지를 통해 "정신 상태가 좋지 않은 사람의 무책임하고 황당한 주장"이라고 논평했다. 미국과 영국 정부의 공식 부인에도 이승만은 "밀약설이 사실이 아니라면 3국 정상들이 한국에 관한 비밀 협정을 부인하는 공동 성명을 발표하라."고 요구했다.

그때부터 두 달쯤 지나 히로시마에 원자 폭탄이 떨어졌고, 사흘 후인 8월 9일 소련은 만주와 한반도에서 일본을 상대로 전쟁을 개시했다. 8월 10일 밤부터 11일 사이 워싱턴 DC에서는 국무부, 전쟁부, 해군부 차관보를 위원으로 하는 '3부조정위원회(SWNCC)'가 개최되었다. 소련군은 이미 한반도에 진주한 상태였지만, 미군은 1,000km 이상 떨어진 오키나와에 머물러 있었다. 미국은 적절한 선에서 소련과 타협해 소련이 한반도를 전부 점령하는 일만은 막으려 했다.

실무를 맡은 본스틸 대령과 딘 러스크 대령은 내셔널지오 그래픽 극동 지도를 펼쳐 들고 30분 만에 북위 38도선으로 미소 점령의 경계선을 그었다. 소련은 단독으로 한반도 전역을 점령할 수 있었지만, 무슨 이유에서인지 미국이 제안한 한국 분할 점령 안을 아무런 조건 없이 수락했다.

미국과 소련의 협의안은 9월 2일 미국과 일본 사이 항복 문서 조인식 때 '일반명령 제1호'라는 이름으로 포고되었다. 제1절 b항 "만주, 북위 38도 이북의 한국, 가라후토 및 쿠릴 열도 내에 있는 일본 부대는 소련군 극동 사령관에게 항복한다." 제1절 e항 "일본 본토 및 그 부속 도서, 북위 38도 이남의 한국, 류큐 제도 및 필리핀 제도의 일본 부대는 미군 태평양 총사령관에게 항복한다." 한국 분할과 관계된 부분을 제외하면, 얄타 회담에서 미국과 소련이 합의한 내용과 정확히 일치했다. 이승만이 주장한 얄타 밀약은 적어도 문서상으로는 확인되지 않았다. 그 후로도 이승만은 한반도 38선 분할 점령이 얄타 회담에서 루스벨트가 스탈린에게 소련군의 북한 지역 점령을 허용한 결과라고 비난을 이어 갔다.

대한민국 대통령이 된 이승만은 1949년 주한 미국 대사 무초, 1953년 아이젠하워 대통령 특사 로버트슨에게 미국이 한국에 저지른 두 차례에 걸친 배신을 공개적으로 질타했다.

"과거 40년 동안 미국은 한국을 2번 포기했다. 처음은 시어도어 루스벨트가 그랬고, 두 번째로는 프랭클린 루스벨트가 얄타에서 그랬다."

하지만 또 다른 시각으로 일본이 점령하기 전에 미국이나 소련이 침략의 야욕이었다면 우리는 그들의 식민지가 되었을 것이다. 하지만 일본이 패망했을 때 세상은 변했고 미국과 소련은 남북한으로 금을 그어 식민지화할 수 있는 세상이 아니었다. 그렇게 신탁 통치를 생각했다. 한 개의 국가를 이루는 통일 정부는 극심한 혼란을 초래할 것이 분명했다. 찬탁과 반탁의 진영으로 갈렸고 국론의 분열을 야기했다. 국론의 분열이었기보다는 민족의 분열이었다.

지면에 보도된 내용도 인용했지만 정식 외교 관계가 수립되지 않았던 구한말의 조선 및 일제 강점기 우리의 존재감이 희박하였음을 나타내는 내용이다. 최근 한미 동맹이 강화되면서 상대적으로 미국의 민낯을 드러내는 내용이기도 하겠지만 꼭 그렇지만은 않다. 아무튼 남북은 분단되었고 동족상잔의 참혹한 전쟁은 피할 수 없었고 미국이 주도한 유엔군의 참전으로 오늘날의 대한민국을 이룰 수 있었다.

미국으로

　인천공항에서 열네 시간, 현지 시간은 비행시간만큼 떠나온 곳의 자리에 가 있었다. 태평양을 건너고도 네 시간을 더 날아왔으니 그 크기를 가늠할 수 없는 대륙이다. 먼저 1996년 하계올림픽이 열렸던 애틀랜타에 들렀다가 그가 살고 있는 LA로 갈 계획이었다. 애틀랜타는 이봉주 선수가 3초 차로 은메달을 목에 걸어야 했던 안타까움으로 기억하는 곳.

　조지아는 생소했지만 퇴임 후 플레인즈로 돌아갔던, 땅콩 농장의 주인이었던 카터 전 대통령의 고향이었다는 기억은 한참 만에 돌아 나왔다. 애틀랜타는 마가렛 미첼의 생가와 흑인 인권 운동가 마틴 루터 킹 목사 기념관이 함께 있는 곳이다. 링컨 기념관에서 "나에게는 꿈이 있습니다."라고 연설했던 마틴 루터 킹과, 소설은 물론 영화로도 보았던 〈바람과 함께 사라지다〉는 남북 전쟁 당시 노예 해방과 인종 차별의 심각성을 희석시켰다고 해야 하나, 미첼이 안타까워했던 게 무엇이었을까를 생각했다.

국제선 환승 이용객이 가장 많은 공항은 두바이, 국내선을 포함한다면 이곳 애틀랜타 하츠필드–잭슨 공항이라고 했다. 돌아갈 표를 기준으로 체류 시간이 길어 긴장했던 출입국 심사가 끝나고 역사를 빠져나오는데도 한참이었다. 밖에서 기다릴 이를 생각하면 조바심이 일었지만 마음만 급했지 쉽게 출구를 찾을 수 없었다. 긴장된 시간이 지나고 처음으로 찾아간 곳은 애틀랜타의 코리아 타운이었다. 한국을 떠나왔는데 겨우 다시 찾아든 곳이 한국인들의 가게가 밀집된 지역이라니.

'코리아 타운'으로 구분되는 상가에서 필요한 물건들을 구입하고 두 시간을 달려 도착한 곳은 작은 소읍, 워너 로빈스였다. 웰스턴의 철도를 끼고 형성된 작은 촌락이었으나, 1940년 건설된 로빈스 공군 기지로 작은 도시를 이루고 있다. 한동안 머물 곳은 한국 상품을 파는 가게였다. 익숙한 사람과 환경을 떠나 미국에 왔지만 여전히 모국을 옮겨 와 머물러야 하는 셈이었다. 한국인의 정체성에 대해 생각했던 이야기였다.

미국에 와 공부하고 있던 아버지와 아들, 아버지가 학위를 마치고 귀국한 후에도 미국에 남아 공부를 계속했던 아들이 본 관점이었다. 잠시 머무는 여행자야 체감할 수 없는 것이지만 의식주를 해결하며 사는 경우로 현지인들과 직접 부딪쳐야 하는 현실이라면 체감할 수밖에 없을 인종 차별을 그도 의식했을 것이다. 당시 미국 사회에는 동양 사람들이 지금처럼 흔하지는 않았던 시절이었다.

잠깐 만나는 사람에게도 쉽게 물을 수 있는 게 "어디에서 왔느냐?"는 것이다. 우리에게는 마치 "고향이 어디냐?" 묻는 것과도 같았을 것이다. 그도 마찬가지였을 것이다. 사람들을 만났을 때 "당신은 중국 사람이냐?" 아니라고 하면 "일본 사람이냐?"고 물어 "코리안"이라고 하면 "코리안이 어느 나라냐?"고 묻는 것이 아니라 "코리안이 뭐야?"라고 되물었다는 것이다. 그때부터 한국 사람의 정체성에 대해 고민하면서 세계 속 한국 사람의 정체성에 대해 고민하고 실체를 규명해 보고 싶은 의문을 가졌다고 했다.

그 이유처럼, 유대인들은 400여 년간을 애급의 노예로 살아왔음에도 민족의 정체성을 잃지 않고 세계 어느 곳에 살든지 흑인이든 백인이든 인종에 구별 없이 '유대인(JEW)'으로 불리고, 중국 사람 역시 본토 밖 세계 어느 곳에 살든지 '화교(華僑)'로 불리는데 우리 민족의 경우는 사는 지역에 따라 달리 표현되고 있다. 영어로는 'Korean' 하면 그가 세계 어느 곳에 살든지 'Korean'으로 통한다.

그런데 우리말에는 그런 단어가 없다. 한국에 살면 한국 사람, 북한에 살면 조선 사람, 미국에 살면 재미 교포, 일본에 살면 재일 교포, 중국에 살면 조선족, 중앙아시아에 살면 고려인 등으로 분류하여 부른다. 이렇듯 '코리안'에 해당하는 한국말이 없기 때문에 그 대안으로 가장 흔히 쓰이는 말이 '우리'다. 그러나 이 표현은 민족의 정체성을 규정하고 범주를 구분하기 애매하거나 힘들 때 사용하는 용어일 뿐이다. 공통의 단어만 없는 것이 아니다. 이들을 하나로 묶어주는 공통점을 찾기도 어렵다. 즉 언어인가? 이념인가? 종교인가? 풍습인가? 혈통인가? 무엇이 '한국적'인 것인지 아직도 정해진 것도 합의된 것도 없다.

조선 왕조 시절 별다른 존재성이 없었던 각자는 이어진 일제에 의한 강점으로 주권을 상실한 울분은 피할 수 없는 것이었지만 일부를 제외하고는 왕조 체제에 대한 미련은 없었던 듯싶다. 주체적인 인간이 될 수 없었던 시절이기도 하였지만 '조선 사람'이라는 정체성은 어디에서도 찾을 수 없는 것이었다. '한국 사람'이란 호칭은 1897년 12월 2일자 독립신문에 최초로 등장하였다가 대한민국이 건국된 이후 1949년부터 보편화되었다. 결국 '한국 사람'은 20세기 후반에 만들어지기 시작한 새로운 인간형이다. 오랜 기간 중국의 속국으로 이어서 일제의 강점으로 규정될 수 없었던 우리의 정체성을 각자의 입장에서 규정하고자 하였을까? 이는 오늘날까지 내부 분열의 요소로 이어졌다.

첫 번째는 위정척사로 우리 주변국들의 변화에도 불구하고 명나라를 문명의 원천이요, 중심이라 보는 친중 사관을 가지고 조선의 전통을 고수하려는 쇄국으로 일관했다. 이는 결국 조선 왕조의 멸망과 국권의 상실이었다. 이는 한 국가의 대표가 '중국은 우리의 큰 봉우리'라는 의식으로 이어졌다. 두 번째는 친일 개화파로 메이지 유신을 통해 서구 문물을 받아들인 일본을 쫓아 부국강병을 추구했다. 세 번째는 친미 기독교파로 정치적 야심을 드러내지 않고 교육 의료 활동 등을 지원하는 기독교 선교사들을 보면서 그들을 추종했고 오늘날 한미 동맹과도 관련이 있다. 네 번째는 친소 공산주의파로 유학의 기회를 통해 사회주의를 받아들였던 이들이 항일 투쟁을 했고 해방이 되면서 반자본주의 반제국주의를 주창한 공산주의를 추종했고 역시 이들은 오늘날까지 마찬가지로 있다. 다섯째로 민족주의파로 '혈통'이라고 주장하면서 공산주의파와 궤를 같이하는 듯 한민족을 강조한다.

일제의 강점이 미국에 의해 그치고 일본이 패망하자 이 다섯 가지 대안은 동시에 한반도에 모여들어 자신들이 선택한 정체성과 이념, 체제, 제도가 '우리'에게 가장 적합하다는 신념으로 가르치고 조직화하고 선동하면서 분열과 갈등을

야기한다. 나라를 잃었을 때나 되찾았을 때나 여전히 한반
도는 지정학적인 이유로 주변 강대국들의 이해가 얽히면서
'우리'는 더욱 분열되었고 드디어 동족상잔의 비극을 겪으면
서 남-북, 좌-우, 동-서로 갈라진다. 미국으로 옮겨 간 이
들은 '우리'에게서 벗어나 있을까?

　미국은 이주민들이 세운 나라였다. 원주민들은 결국 외부
침입자들이 지정한 보호구역에서 비루한 삶을 이어 가고 있
다. 이제 도착한 나는 이방인이지만 영주권이든 시민권이든
나름의 권리를 가지고 뿌리를 내리고 살아가는 사람들을 만
나게 된 셈이었다. 먼 타국에서 마을 사람으로 살아가는 사
람들 중 이곳에서 만난 70대의 여성은 1970년대 미군과 결
혼하여 이곳으로 왔다고 했다. 당시 가족들의 반대를 무릅
쓰고 한 결혼이었는데 미국에 와서 40여 년 동안 한 번도 모
국에 가 보지 못했다고 했다. 돌아가거나 찾아가도 반겨 줄
이가 없을 것이라는 절망의 깊이를 나는 가늠할 수 없었다.
　뿌리를 부정할 수 없는데 잊고 산다는 의미도 마찬가지였
다. 이민으로, 입양으로, 해외 파견 근무로 더러는 여행을
왔다 가도 눌러앉은 사람들, 자신들의 태를 묻은 고향을 떠
난 사람들의 애환을 생각하며 바다에 떠 있는 섬을 생각했
다. 사람들 저마다는 섬처럼 살아가는 존재일지도 모른다

는. 바다에서 바라보는 사람에게 섬은 외로움과 단절의 대
상이기도 하지만 도피처로 보이기도 한다는 것. 모국을 떠
난다는 것은 어쩔 수 없이 피붙이들도 떠난다는 것을 의미
했다. 혈연으로 맺어진 관계는 거친 세상을 살아가는 데 울
타리가 되어 주기도 하지만 걸림돌 또는 장애가 되기도 한
다. 때로는 외로움과 단절을 견디어야 하는 섬인 듯도 싶지
만 얽히고설키어 살아가야 하는 존재들이라는 것.

  워낙 넓은 땅이기도 했지만 미국은 상대적으로 지상의 대
중교통망이 발달하지 못했다. 그를 만나러 가는 길, 동남부
지역인 조지아주 애틀랜타에서 로스앤젤레스까지는 비행기
로 네 시간 거리였다. 차로 이동한다면 열흘이 넘게 걸린다
고 했다. 시차가 무려 4시간, 가늠되지 않는 거리였다. 이
곳에 오면서 〈나성에 가면〉이라는 오래된 대중가요를 흥얼
거렸을까. 1978년 발표되었던 노래, 나도 짧은 기억을 되살
렸다.

  나성에 가면 편지를 보내 달라더니
  중간 생략하고 안녕 내 사랑으로
  까맣게 당신을 잊고 주소도 잊었어요
  어울릴 거라고 어딜 가든

반짝거릴 거라 했던 그날들은

그곳에 오지 못했기에 그려진 그림이었을까요

사뿐히 즈려 밟고 가라며

진달래꽃도 뿌려 두듯 안녕 내 사랑이라

지금은 어디에 계신 건가요

이제는 다시 만날 기약도 없기에

나성에 와 부치지 못할 편지를 씁니다

가지 못한 길은 결코 아름답지도

서글프지도 않았더랍니다

서로를 얽어매려는 듯 몸짓은

허망한 자국으로 남아 있고

사라진 사랑의 말들만 허공에 부유할 뿐

　동남아는 물론 세계 모든 나라에 '차이나타운'이 있듯이 우리 교민들이 많은 미국의 도시 곳곳에도 코리아타운이 있다. LA 한인 타운은 동쪽으로는 각종 유색 인종이 사는 LA 다운타운이 서쪽으로는 부유한 백인들이 주로 사는 베벌리힐스가 있다. 이 때문에 1992년 흑인 폭동 때 한인 타운이 큰 피해를 입었다. 물론 공간적인 조건만이 아닌 백인과 흑인 간의 갈등에 한인들을 부각시킨 이유가 우선이지만 백인들 편에 선 편파적인 공권력 때문이기도 하였다.

유학이나 영주권을 받지 않은 신분이라면 3개월 동안은 여행자의 신분을 유지할 수 있지만 이후에는 불법 체류자가 된다. 많은 사람들이 그렇게 머물다 영주권 또는 시민권을 받기도 하지만 이런저런 우여곡절을 겪는다. 미국에 있는 동안 많은 이민자들을 만날 수 있었다. 종교적인 깃발을 들었던 초기 이민자들과는 다른 또 다른 '아메리칸드림'으로 표현되는 열정으로 건너온 땅이지만 초기는 물론 여전히 그 꿈은 만만하지 않았음을 볼 수 있었다. 가정이 해체되고 혼자된 80대 노인은 방을 구하지 못하고 찜질방에서 하루하루를 이어 가고 있었다. 특히 이민 1세대들은 영어를 잘 못하는 경우가 많다 보니 미국 사회에 적응하는 데 많은 어려움을 겪어야 했고 이는 여전한 것이었다.

부부로 살면서 아내에게 예금 등을 관리하도록 했던 노인은 모았던 돈을 다 아내였던 이에게 빼앗기고 빈털터리로 돌아와 아직도 일하고 있다고 했다. 언어로 인해 심한 경우 부적응자로 남는 경우도 적지 않았다. 거기다 무작정 미국에 건너와 불법 체류자가 된 한인들의 어려움은 말로 표현하기 어려울 정도로 힘든 생활을 하는 경우가 많다는 것. 한인이 한인에게 사기 행각을 벌이거나, 한인 병원을 운영하며 폭리를 취하는 사람도 있다. 불법 체류자에게 임금을 지불하지 않고 떼먹거나, 어렵게 기른 자식이 교묘하게 부모의 재산을 물려받고 천대하는 일도 적지 않게 벌어진다.

영주권을 미끼로 결혼해서 돈을 다 뜯기거나 위장 결혼 장사를 하는 일은 여전히 다반사였다. 몸이 아파 병원에 가려 해도 영어를 몰라 발만 동동 구르거나, 말이 안 통하는 미국보다 한국에서 여생을 보내고 싶어 하는 노인들도 한국은 돌아갈 수 없는 나라가 된 것이다. 그렇듯 영주권이나 시민권이니 하는 권리를 갖는 것도 쉽지 않았고 언어의 장벽과 인종 차별 등으로 상류 사회에서도 인정 못 받고 그렇다고 아주 못 가진 자들의 하류 사회에도 끼지 못해 배척받는 이민 1세대들이 모인 곳, 과거와 현재가 박제된 것처럼 바뀌지 않고 박물관처럼 전시된 도시 그곳이 한인 타운이다.

아직도 중남미 등 주변국에 사는 많은 사람들이 우리의 이민 1세대와 같이 단순히 일자리를 얻기 위하여 험난한 장벽을 넘어서려고 한다. 빈곤한 불법 이민자에게 최선의 선택은 언제나 최악의 선택과 같고 선택의 결과는 예상대로 비극으로 돌아오곤 했다. 다른 선택의 여지가 없기 때문에 그들은 같은 선택을 반복할 수밖에 없는 듯한데 그들의 노동력을 필요로 하면서, 그에 따른 대접을 하지 않는 미국 사회의 어쩔 수 없는 이면일 듯싶다. 스스로 찾아왔던, 노예로 끌려왔던 보호 구역 등에 사는 원주민을 제외하고는 모두 이민자들이거나 그 후예들이었다. 그도 마찬가지였다.

미국에서 그를 만나다

그를 만나러 가는 길, 동남부 지역인 조지아주 애틀랜타에서 로스앤젤레스까지는 비행기로 네 시간 거리였다. 마추픽추에서 처음 만난 지 1년 만이었다. 그를 만나면서 개인의 삶에서 역사와의 인과 관계를 천착한 것이 다시 그를 만나러 미국으로 가게 된 계기가 되었으리라.

전쟁에 휘말린 그의 어머니의 굴곡진 생애, 전쟁의 폐허에서 조국 근대화의 시대를 바닥에서 치고 올라야 했던 그의 젊은 시절, 하늘에서 내려온 선녀의 옷을 감춘 나무꾼인 듯 배우자를 만나고 어렵게 아들을 얻기까지, 하지만 지상에서의 행복을 시샘한 듯 회복할 수 없었던 절망에서 건너간 미국은 그에게 어떤 대지였을까?

LA 공항에 도착했을 때 그가 마중 나와 있었다. 근 1년 만이었다.

"번거롭게 해 드려 죄송해요. 잘 지내셨죠?"

"반갑습니다. 환영합니다. 차로 가요."

인천공항을 기준으로 하면 그곳 공항은 오래된 느낌이었다.

"서울은 초겨울인데 이곳 날씨는 어때요?"

"여기는 전형적인 가을 날씨죠, 맑고 쾌적한 날씨. 사계절에 익숙해 있다가 이곳에서는 좀 맹맹한 느낌이라고 해야 하나."

"미국에 처음 오셨을 때는 어떤 기분이었을까요?"

그는 한동안 말이 없었다.

"여기 왔으니 한인 타운으로 가서 저녁이나 먹어요. 미국이라고 해서 뭐 특별한 게 없잖아요. 처음 서울에서 이곳으로 오는 비행기에 탔을 때는 마치 버려야 할 물건을 버린 듯 가벼운 마음이었는데 막상 도착했을 때는 착잡했지요. 업무상 출장이나 여행은 제자리로 돌아오기 위해 떠나는 것이라지만 그때 상황은 전혀 다른 국면이었잖아요. 스스로 찾아온 곳이었지만 언어는 물론 모든 것이 생소했으니 설렘보다는 두려움이 훨씬 더 많았지요. 아내도 없이 당시 중학생이던 아들까지 데리고 왔으니 더 그랬을 거예요."

"정말 그러셨을 거 같아요. 본인은 그러하셨겠지만 새로운 환경에서 적응해야 할 아들 걱정도 하셨어야 했을 테니."

"이제 지난 이야기이지만 당시에는 암담했지요. 무엇이 그리 급했는지 엄마 배 속에서 6개월 만에 세상에 나왔으니, 모든 과정이 살얼음판을 걷듯 조심스러운 세월을 보내야 했지요. 정말 세상의 일원으로 존재한다는 게 기적 같은 일이기도 했고요. 갓난아기 때 황달기가 있었고 오장육부가 정상적인 기능을 하지 못하니 섭생에 어려움이 많았지요. 본인은 물론 가족들도. 그런 영향이었는지 모르지만 아들은 자라면서 왼쪽 다리가 약간 짧아서 절뚝거리기도 했고 척추측만증으로 뼈만 앙상했어요. 치아 상태도 아주 좋지 않고 전반적으로 몸이 좋지 않았으니 아비 혼자 생업에다 아들을 돌보는 게 쉽지 않았어요. 비관적인 현실에 빠져 허우적거리기보다는 될 대로 되겠지 하는, 낙관을 가지려고 노력했어요. 아내와는 그렇게 헤어졌지만 조금이라도 미워하고 원망하기보다는 고마웠고 안타까웠던 마음을 아들이 알 수 있도록 노력했어요. 실제로 그게 아들에게도 훨씬 좋았던 것 같아요."

"저도 살아오면서 아비의 역할이 제일 힘들었던 것 같아요. 어렸을 때 TV로 본 〈초원의 빛〉이라는 미국 드라마는 뭐라 그럴까, 굉장한 부러움의 장면이었어요. 1870년대 미국 서부 개척 시대 한 가족의 스토리를 담은 미국판 〈전원일기〉라고 해야 하나, 후에 결혼하면 저런 아버지가 되어야겠다는 생각도 했지만 아버지에 대한 원망과 아쉬움도 감추기 힘들었지요. 그런데 실제로 아비가 되고 보니 내가 원망했던 아버지의 모습을 따라 하는 것 같았어요. 그래서 높은 산의 정상에 오르면 무릎을 꿇곤 했어요. 나름 반성하거나 아비의 역할을 잘해 보자는 다짐이었지요. 역시 산을 내려오면 제자리로 돌아오곤 했지만, 아무튼 대단하세요."

"새로운 직장에 적응하는 것도 힘들었지만 병원에서 허리며 치아 교정을 했고 퇴근하면 아이들 데리고 학교 운동장에 가서 같이 체력 단련을 했어요. 다리 운동으로 왼발 차기는 수십 번을 반복해서 했어요. 형편이 넉넉하진 않았지만 학교 공부에 따라갈 수 있도록 별도로 공부도 시키고, 다양한 프로그램에 참여하도록 도와주어야 했지요. 본인의 의지와 노력 덕분인지 다리도 교정되고 정상적인 신체를 가진 청년으로 자랐지요. 교육 봉사 활동에도 참여하고 할리우드 국악 퍼레이드나 월트디즈니 퍼레이드에 북을 치며 참가했어요. 그러한 활동에 참여하면서 아이는 자신의 정체성을 변화시키고 미국 사회에 훨씬 빨리 적응할 수 있었던 것 같아요. 한번은 재미 교포 학생들의 고국 방문 행사가 있었는데 아들이 다녀와서 그런 자랑을 했어요. 해양 경찰의 가장 큰 함정을 타고 울릉도와 독도를 다녀왔다고요. 당시 박병석 국회부의장의 배려였다고 아들이 이야기했던 걸 기억하고 있어요."

"그래도 하셨던 일의 연장으로 이곳에서 하실 일이 정해졌으니까 큰 부담은 없었을 듯싶어요."

"그랬어요. 이곳에 와서 처음으로 아버지께 감사한 마음이었다고 해야 하나. 어린 나이에 양복 기술을 배우게 했던, 중학교를 보내 주지 않았다, 뭐 그런 걸 가지고 아버지를 원망한 적은 없었어요. 다만 어머니를 너무 힘들게 해 그것 때문에 아버지를 미워했던 거 같아요. 이제는 다 지난 일이지만, 아무튼 양복 기술이 아니었으면 그렇게 쉽게 미국 사회에 적응하기는 어려웠을 것 같아요. 더욱이 젊은 나이도 아니었고."

거리에는 한글로 된 간판들이 많이 보이기 시작했다.

"여기가 한인 타운인가요?"

"네, 맞아요. LA 한인 타운은 과거와 현재가 공존한다고 했나요. 그 말이 맞는 말인 게, 전후 50년대에 건너온 사람은 50년대의 삶을, 60년대에 넘어온 사람은 60년대의 삶을 그 후로도 그대로 살아요. 각자 넘어온 시대에 박물관에 박제된 동물 모형처럼 변화 없이 그때 당시의 모습을 그대로 간직한 채로 살아가고 있는 것이죠. 한국의 문화가 세계화되면서 음식도 마찬가지잖아요. 김이나 김밥이 어떻게 미국에서 선호 식품이 되리라고 생각한 사람은 없었던 만큼. 한인 타운의 랜드마크라고 해야 하나, 순두부집으로 갑시다."

"추억의 반이 음식이라 듯이 음식은 삶을 구성하는 중요한 요소라고 하죠. 일반적으로 간편하게 먹는 미국의 음식과는 다른 게 한식일 거예요. 처음 여기 와서는 고향 생각이 많이 나셨겠어요?"

"아니라고는 할 수 없지만 복잡한 인간관계에서 벗어난 홀가분함은 피할 수 없었어요. 물론 미국으로 오기 전에 너무나 힘든 상황을 견디어야 했으니 더 그랬을 테지만 여기서는 내 기술로만 나를 드러낼 수 있었으니 너무나 좋았지요. 피곤할 텐데 식사하시고 쉬도록 합시다."

LA의 순두부는 서울의 맛보다 더 고소한 듯했다. 다음 날은 그가 일하는 곳도 가 보았다. 할리우드의 유명 배우들도 그곳 손님이라고 했다.

"혹시 톰 크루즈도 손님이어요? 제 또래여서 좋아하는 배우이거든요. 엉뚱하지만 그를 따라 하듯 한 번쯤은 주인공을 꿈꾸기도 하고."

"그럼요. 한동안 파업 때문에 보기 힘들었지만 여기서 옷을 맞춰 입었지요. 그리고 잘 아실 만한 분들, 레오나르도 디카프리오며 사무엘 잭슨, 마이클 잭슨, 트럼프 대통령까지, 나름 여기서 최고의 기술자로 인정받고 있어요."

"나이 먹으면 눈이 침침해지는 것 빼고는 크게 힘이 들어

가지는 않는 일이라 그래도 큰 어려움은 없겠네요?"

"그런 것도 있지만 새로운 유행을 따라가야 하니 쉽지는 않아요. 요즘엔 기성복이 잘 만들어지기도 하고."

"여기에 왔으니 요세미티에는 한번 가 보았으면 하는데, 주말에 시간이 나겠어요?"

"당연히 시간을 내야지요."

캘리포니아 사막을 지나고 평원 지대로 들어서면 긴 초록의 바다, 정확한 수종을 식별하기는 어려웠지만 아몬드와 피스타치오, 오렌지 나무가 끝없는 숲을 이루는 게 경이로웠다. 낮은 산들의 풀들은 누렇게 죽어 있는 듯, 지금이 건기이기 때문이라는데, 겨울이 되면 파랗게 살아난다고 했다. 광활한 땅이 초록의 숲을 이루고 채소가 자랄 수 있는 것은 광범위한 관개 시설의 혜택이리라. 요세미티로 가는 길에 독립문이 있다며 그가 특별한 곳으로 안내했다.

"하와이 사탕수수밭에 최초 농업 이민이 시작되었다는 건 알고 있지요. 그때 건너오신 분들 중에 본토로 건너와 자리를 잡은 분들이 있었어요. 그렇게 자리를 잡은 분 중에 털 없는 복숭아, 천도복숭아이지요. 천도복숭아 묘목을 재배해서 엄청난 부를 축적했어요. 그렇게 만든 수익의 일부를 독립운동 지원과 재미이민사회발전과 육영 사업에 거금을 쾌척했던 것이지요. 마찬가지로 이승만이나 도산 안창호의 독립운동을 적극 후원했고 독립을 도모했어요. 많은 세월이 지나서야 그분들의 이민 정신과 독립 정신을 기억하기 위하여 '리들리 한인 이민 역사 기념각'을 만든 것이지요. 참고로 건립 기금이 25만 달러가 들었다면 리들리시에서 건립 부지와 자금 등에 12만 달러 이상을 제공했대요. 작은 공간이지만 축소된 독립문과 애국지사 10인의 기념비가 건립되어 있지요."

"먼 이국땅에 와서 이러한 기념물을 보니 감회가 새롭네요. 평가가 엇갈리기는 하지만 이승만 초대 대통령과 미국은 떼려야 뗄 수 없는 관계인 것 같아요. 변화하는 세태에서 방향을 모색하고 정하지 못했던 비루한 위정자들 때문에 일본에 강점되었던 암울한 시기에 미국은 얼마나 먼 나라였던가요? 선교사들 때문에 미국이라는 나라가 있다는 것을 알게 된 사람도 또 얼마나 되었을까요? 그런데 그렇게 먼 미국 땅까지 와 새로운 학문을 접하고 독립을 도모했던 선각자가 있었다는 게 우리 민족에게 아니 나에게조차 엄청난 행운이었다고 생각해요. 누군가 그런 말을 했을까요. '역사에서 좋은 지도자란 도덕적인 판단이 아니라 시대의 과제를 잘 해결한 사람을 말한다'는."

"맞아요. 사실은 먹고 사는 문제로 나부터도 그런 것에는 등한시한 듯싶은데, 우리 후손들에게도 잘 알려 주어야 할 듯싶어요. 우리가 누리는 자유, 특히 내가 미국 땅에 와서 뿌리를 내릴 수 있었던 것도 거슬러 오르면 그분들 덕분이기도 하니까요."

미국 땅에 우리의 영토 일부를 이룬 듯 마음이 훈훈했다. 그곳을 나와 잠시 전에 기념비로 마주했던 이승만이나 안창호 선생이 이곳에 오면 머물렀던 숙소로 안내했다. 호텔 '버지스', 이 호텔에 머물면서 이 지역의 한인들과 독립운동을 도모했다. 호텔의 입구에 들어섰을 때 왼쪽에 동판에 사진과 다음과 같은 글씨가 새겨져 있었다.

"In Memory of the Two Korean Patriotes Stay an this hotel."

계단을 따라 2층에 올라가면 역시 두 분의 발자취를 목도할 수 있었고 근처 식당에서 점심을 먹었다.

구불거리는 길을 따라 요세미티 국립공원에 들어선다. 미국은 넓다. 한반도에서 나고 자란 인식 체계가 흔들린다. 일부를 제외하고 도심의 정원을 가꾸는 것은 별로라고 생각했지만 보호해야 할 국립공원은 확고한 원칙을 가지고 관리한다고 했다. 미국은 50개의 주 중 29개 주안에 총 63개의 국립공원이 있다. 그중 캘리포니아는 9개의 국립공원을 가지고 있어서 가장 많다. 가장 처음 지정된 국립공원은 1872년에 지정된 옐로우스톤이고, 가장 최근에는 웨스트버지니

아에 위치한 뉴 리버 조지 국립공원 2020년에 지정되었다고
한다.

미국의 국립공원은 철저하게 '자연 그대로 보존하는' 차원
에서 관리된다. 때문에 아무리 불편하더라도 국립공원의 자
연 경관을 해치는 그 어떤 인공 시설물도 설치하지 않는다.
심지어는 '불조심' 표지판조차 설치하지 않는다. 산불도 자
연의 일부라는 인식 때문이다. 세계 최초로 도입된 미국의
국립공원 시스템은 세계 모든 나라들의 '살아 있는 모델'이
되고 있다. 1859년 찰스 다윈이 『종의 기원』을 발표한 이래
많은 논란이 거듭되었지만, 그래도 한 가지 분명해진 것은
있다. 사람은 조물주가 만든 '만물의 영장'이 아니라 지구라
는 행성에서 진화를 거듭하는 수많은 생물종 가운데 하나에
불과하다는 사실이다.

국립공원 제도는 이런 인식의 반영이다. 인간의 손길로
인해 망가지는 자연환경과 멸종위기에 놓인 생물종을 국가
가 지정하는 공원으로 묶어 보호하려는 것이다. '국립공원'
에 '공원'(Park)이라는 용어가 들어 있어 '서울대공원'과 혼동
하는 사람들이 많지만, 국립공원의 주인은 인간이 아니라
자연이다. 그것이 국립공원 제도의 기본 정신이다.

미국의 국립공원 중 처음으로 들어간 요세미티는 느리게

봄이 오는 듯했다. 전날 비가 내린 덕분에 대지는 싱그러움이 피어오르고 산불이 할퀸 듯 검은 흔적도 자연스러웠다. 거세게 흐르는 강물 너머로 초록의 습지가 강렬한 유혹으로 다가왔다. 다들 폭포를 보러 갔지만 나는 자연의 빛을 마주하고 담아 가고 싶었다. 잠시이지만 그 마음을 읊었다.

오랫동안 마음의 벽에
걸어 두었던 화보였을까?
잠시라도 그 자리에
머물 수 있기를 꿈꾸었기에
만년설과 침엽수 고즈넉한
청옥빛 호수가 없었더라도
한순간 스쳐 지나는 빛이 아닌
내 안에 오래 쟁여 두고 싶어
조바심이 날 지경이었다

키 큰 나무들 사이로 흘러
들었으니 향긋하고 서늘한 바람
흘러가는 흰 뭉게구름에서
흘러내리듯 하얀 물줄기는
알알이 부서져 강물로 모여

제자리로 돌아가고

하늘이 내리는 빛과

대지로 스민 물은 생명을 품어 키웠으니

그 오묘한 빛에 홀려 그만

천지를 분간할 수 없도록 아득했다

차갑지도 뜨겁지도 않고

옳고 그름도 이와 해도 도무지

상관이 없는 천진난만이어서

때로는 자연이 지상에도 천국이

임하여 이르게 하더라고

산길을 걸어 어딘가로 가고 싶은 충동을 참아 내기가 어려웠다.

"며칠쯤 산을 넘어가고 싶은데 어쩌지요?"

그는 어이없다는 듯 웃었고 숲속의 식당으로 안내했다. 주 메뉴는 햄버거였다. 감자튀김은 빠질 수 없는 듯했다.

"1년에 한 번쯤은 여기 오셨었어요?"

"여기 온 지 20년쯤 되었다면 두세 번 왔었던 것 같아요. 아시겠지만 얼떨결에 미국에 왔으니 신분이 불확실했고 그걸 해결하는데 너무 힘들었어요. 알게 모르게 여행자 신분으로 왔던 많은 사람들이 겪어야 했던 애환이었지요. 나도 시민권을 가진 교포와 결혼을 전제로 교제했는데, 마음고생을 많이 했지요."

"아, 그러셨구나. 그럼 어떻게 그 난관을 통과하셨어요?"

"한 교포 여성과 결혼을 전제로 교제한 적이 있었어요. 처음에는 내면의 욕심을 숨기고 만났을 텐데 시간이 지나면서 자꾸만 그 속내를 드러내듯 차일피일 면접 일정을 정하지 않고 관계를 유지하며 애태웠지요. 결국 원했던 건 금전적인 목적이어서 마음도 지갑도 헐렁해져서야 7개월 만에 그 여자의 집에서 나왔지요. 그때 그 여자는 마치 먹잇감이 사라짐을 걱정하듯, 그렇게 협박성의 말을 했어요. 이 집을 나가는 순간 불법체류자, 폭력으로 고소할 거라는. 결국 경찰이 일하고 있던 곳으로 체포하러 왔던 적이 있었어요. 그래서 경찰 책임자에게 도대체 무슨 근거로 하지도 않은 공갈 협박이나 폭력 혐의 등으로 체포하느냐 했더니, 일단은 경찰서에 가서 조사를 받으라 했었지요. 요즘엔 한국도 마찬가지라고 알고 있는데, 그런 상황이 생겼을 때 경찰도 여자 입장에서 더 많이 생각하더라고요. 보증인을 세우고 일단 풀려났지만, 그 뒤로도 검찰청과 법원을 두세 번씩 드나들어야 했지요. 그렇게 영주권 때문에 정신적으로 경제적으로도 많은 곤란을 겪어야 했지요. 후에 보니 그 여성이 불미스러운 송사로 법정에 섰던 걸 확인했을 땐 씁쓸했지요. 다음번에 사귀었던 여성은 면접 과정에서 서로 말이 맞지 않아 위태했는데 면접관이 부드럽게 넘어가 주었어요. 그렇게 지금은 미합중국의 시민이 되었지요."

"50대에 빈손으로 낯선 이국땅에 와서 아드님도 잘 키우시고 나름 보람 있는 일도 하시고."

"청년 시절은 고생했고 그 분야에서 나름의 성취를 이루었고 다시 절망의 어두운 터널을 엉금엉금 기어다니다 희망을 빛을 가슴에 들였다고 해야 하나, 어렵게 키운 아들은 이곳에서 수학 교사로 근무하고 있고 재작년에는 배우자를 만나 가정을 꾸려 가고 있으니 별 아쉬움은 없어요. 하지만 나를 낳고 키워 준 어머니와 여러 가지 부족한 나를 지아비로 선택해 준 아내에게 흘러간 시간들이 너무 아쉽지요. 흘려보낸 강처럼 돌아서지도 않을 테니."

마추픽추에서 우연히 만났던 그 남자, 외면하듯 먼 산을 바라보는 그의 눈가가 젖는 듯싶었는데 이슬이 구르듯 흘러내렸다.

강은 흘러가야 하는 숙명이었기에 돌아설 수 없었다.